U0597016

闻一多作品集

闻一多　著

凡尼　郁苇　编

中国出版集团　现代出版社

图书在版编目(CIP)数据

闻一多作品集 / 闻一多著；凡尼, 郁苇编. —北京：现代出版社，2018.1
（2021.5 重印）

ISBN 978-7-5143-6649-5

Ⅰ.①闻…　Ⅱ.①闻…　②凡…　③郁…　Ⅲ.①诗集－中国－现代

②散文集－中国－现代　Ⅳ.①I216.2

中国版本图书馆CIP数据核字(2017)第329271号

闻一多作品集

作　　者	闻一多
编　　者	凡　尼　郁　苇
责任编辑	申　晶
出版发行	现代出版社
地　　址	北京市安定门外安华里504号
邮政编码	100011
电　　话	010-64267325　010-64245264（兼传真）
网　　址	www.1980xd.com
电子邮箱	xiandai@vip.sina.com
印　　刷	永清县晔盛亚胶印有限公司
开　　本	710mm×1000mm　1/16
印　　张	24.75
字　　数	382千
版　　次	2018年3月第1版　2021年5月第2次印刷
书　　号	ISBN 978-7-5143-6649-5
定　　价	59.80元

编者前言

　　在我国现代史上，闻一多那"昂头作狮子吼的民主战士"的形象，以及"拍案而起，横眉怒对国民党的手枪，宁可倒下去，不愿屈服"的英雄气概，业已深深地烙印在中国人民的心里。作为一个著名的学者，他在学术研究上的造诣，特别是在我国古典文学的一些方面——《周易》《诗经》《庄子》《楚辞》等研究中，"他那眼光的犀利，考索的赅博，立说的新颖，不仅是前无古人，恐怕还要后无来者的"。作为一个优秀的爱国诗人，他的两部新诗集《红烛》和《死水》，在新诗史上矗立起一座璀璨夺目的丰碑。

一

　　作为一个诗人，闻一多在诗歌创作方面的数量是并不多的，他只出版过两本完整的诗集:《红烛》和《死水》。此外，还有一些零星的篇章。他写作新诗的时间，从 1921 年到 1928 年，也仅仅是八年(少数几篇诗，如《奇迹》《教授颂》《政治家》除外)。然而，在我国新诗史上，他却占有一个独特的地位，正如胡乔木同志所说:"要在中国现代诗人中，找出像他这样联结着中国古代诗、西洋诗和中国现代各派诗的人，并不是容易的。"①

　　闻一多在现代诗坛上的这种独特地位，是怎样确立的呢? 我们认为，主要是这两个方面:(一) 他写过很多抒发深沉的爱国主义思想的优秀诗篇，他的这些诗比之同时代另一些诗人的作品，带有更突出、更炽热的爱国情感。所以朱自清说

---

① 《闻一多先生》,《解放日报》1946 年 7 月 18 日。

闻一多"是个爱国诗人，而且几乎可以说是唯一的爱国诗人"①。后半句虽说得过头了些，但深沉地表现爱国主义的思想感情，而又那样真挚，富于创造力，的确是闻一多诗歌创作的一个显著特色。（二）在新诗形式的革新与探求方面，闻一多做出了可贵的贡献。他善于吸取我国古典诗歌的格调韵律和西洋诗的音节，用洗练的白话，特别是尝试用口语写诗，并对新诗格律进行勇敢的探索和实践，把古今中外诗歌艺术的成功经验冶于一炉。他在新诗的形式上独树一帜，开一代诗风。以上两个方面，构成了闻一多诗作的独特风格和艺术特色。

作为一个"有意大声歌咏爱国的诗人"②，爱国主义的热忱像一条红线，或明或隐地贯穿在他的许多诗作中。

五四运动的革命风暴，唤醒了青年诗人蛰伏内心的爱国情感。正如他自己所说："五四时代我受到的思想影响是爱国的，民主的，觉得我们中国人应该如何团结起来救国。"③正是在这种爱国思想的驱使下，为了寻求救国的途径，他背井离乡去美国留学。由于受过五四革命精神的熏陶，在美国，他很快就发现了资本主义世界在"民主"的帷幕下那种人剥削人、人压迫人的罪恶事实，体味了种族歧视的苦楚，他在当时的一封家书里发泄了身受侮辱与贱视的愤恨："一个有思想之中国青年留学美国之滋味，非笔墨所能形容。俟后年年底我归家度岁时当与家人围炉絮谈，痛哭流涕，以泄余之积愤……"④一个如此热爱祖国的诗人，在异国受到的歧视与凌侮越重，对祖国的思念也就越是强烈深沉。在这样的处境里，为了倾诉那被压抑的思想感情，他写了好些"出于至性至情"的爱国思乡诗。在闻一多留美时期的诗歌创作中，这一类诗篇具有极高的艺术魅力，一股强大的感情洪流奔泻着，叩击着读者的心扉。

这里，举具有代表性的《太阳吟》和《忆菊》两诗来谈谈。

《太阳吟》写的是诗人身处异域思念祖国的情绪。由于尝够了种族歧视的痛苦，所以这种思乡之恸就格外地强烈与深沉。而这，在国外是没有倾诉对象的，因此他选择了那"每日绕行地球一周"的太阳来做诉说缠绵曲折的思乡之情的对

---

① 《新文学大系：诗集》导言。

② 朱自清：《新诗杂话·爱国诗》。

③ 《五四历史座谈》。

④ 《家书——给父母亲》。

象，在构思上体现了浪漫主义特色。

身居异邦，关山阻隔，迢迢万里，无人与说，只有在梦中才能还乡；可是，黑夜的还乡梦每次都被初升的太阳惊破，而剩下的，就只是那"火一样烧着的太阳"也烘不干的"游子的冷泪盈眶"，所以他索性乞求太阳：

> 太阳啊——神速的金乌——太阳！
> 让我骑着你每日绕行地球一周，
> 也便能天天望见一次家乡！

这毕竟是不可能的。于是，他只好请太阳带给他家乡的音讯："我的家乡此刻可都依然无恙？"或者"北京城里底官柳裹上一身秋了罢？"（由诗人身居异国"憔悴的同深秋一样"而引起的联想）为什么他思念祖国之情如此灼烈炙人呢？他当时的一封家书回答了这个问题："在国时从不知思家之真滋味，出国始觉得也，而在美国为尤甚。因美国只知白种人也，有颜色之人（彼称黄、黑、红种人为颜色人）蛮夷也，狗彘也。呜乎！我堂堂华胄，有五千年之政教、礼俗、文学、美术，除不娴制造机械以为杀人掠财之用，我有何者多后于彼哉？而竟为彼所藐视，是可忍，孰不可忍！大丈夫之久居此邦而犹不知发愤为雄者真木石也。"[①]他在异国饱受歧辱，过着"流囚"般的日子，因而难以自已地要"拼着寸磔的愁肠，泣诉那无边的酸楚"（《孤雁》）了——

> 太阳啊，这不像我的山川，太阳！
> 这里的风云另带一般颜色，
> 这里鸟儿唱的调子格外凄凉。

山川异色，风云殊态，鸟禽变音。表面上五光十色的资本主义世界的物质文明，在不甘"木石"的诗人看来是如此不和谐！这里，只身他国的难堪处境，跟怀念祖国的缱绻心情交织在一起，使爱国主义的主题得到了更为完整、突出的表现。

---

① 《给繁祈、方重》。

这首诗里的"家乡"，实际上是祖国的同义语。诗人在当时写给朋友的信里说:"我想你读完这两首诗（指《太阳吟》和《晴朝》——引者），当不致误会以为我想的是狭义的'家'。不是！我所想的是中国的山川，中国的草木，中国的鸟兽，中国的屋宇——中国的人。"①

在《忆菊》里，诗人以菊花来象征祖国，赋予菊花五彩缤纷的色彩和高洁的品德。诗的前半部分追忆了各种菊花美艳多姿的形象，字里行间流贯着深厚、浓郁的爱国感情;后半部分以急骤的旋律和奔腾的气势转向了对祖国的直接赞颂:

> 啊！诗人底花呀！我想起你，
> 我的心也开成顷刻之花，
> 灿烂的如同你的一样;
> 我想起你同我的家乡，
> 我们的庄严灿烂的祖国，
> 我的希望之花又开得同你一样。
>
> 习习的秋风啊！吹着，吹着！
> 我要赞美我祖国底花！
> 我要赞美我如花的祖国！
> 请将我的字吹成一簇鲜花，
> 金底黄，玉底白，春酿底绿，秋山底紫，……
> 然后又统统吹散，吹得落英缤纷，
> 弥漫了高天，铺遍了大地！

这两首同样是抒发爱国主义思想的诗，在写法上又各自呈其特色。《太阳吟》构思新巧，想象奇特。作者对祖国的思念，是通过把太阳拟人化后缠绵反复地向它吟咏而逐层深入的。始则流露嫌厌，继则对之乞求，再而与它产生身世相同之感，向它倾吐衷肠。最后，由于归期遥遥，又无可奈何地把它认作"家乡"。这

---

① 《致吴景超》。

4

样的感情变化是极自然的，虽然是浪漫主义的手法，但使人感到入情入理。在形式上，整首诗均为三行一节，显得整饬、对称；节奏明快，押韵规律，具有一种和谐的音乐美。《忆菊》则仿佛是一首优美的词：诗的前五节好比是词的上阕，重点在写景物，可以用一个"忆"字来概括；后四节好比是词的下阕，重点在抒情议论，可以用一个"赞"字来形容。全诗景中含情，情中有景，情与景遇，意与境浑。诗人思国之情与他所描绘的菊花的绚丽多彩之景融为一体，构成一种深远、绵邈的艺术境界。由于作者忆的是祖国之景，抒的是爱国之情，因而使"祖国底花"和"如花的祖国"交相辉映。细心的读者还可发现，此诗虽然是写景抒情，却并不是一般的触景生情（因为作者远在国外，菊花的形象仅是忆中情景），而是缘情写景。正是那股炽热的爱国思乡之情，才使菊花抹上一层浓重的感情色彩。由此可见，诗人写景用的那些笔墨，实际上是借景言情。"诗缘情而绮靡"，诗人在色香俱佳的词句中做到了胜意迭出，韵味绵远。

如果说，在闻一多的第一部诗集《红烛》中的这些爱国思乡的诗篇，更多地表现出浪漫主义的气质，那么，诗人回国后出版的《死水》，其爱国主义思想的抒发就带有更执着的现实主义色彩了。

1925年夏天，闻一多终于提前回到了他在国外魂牵梦绕的祖国，接触到军阀混战、山河破碎、民不聊生的黑暗现实。想象中"如花的祖国"，此刻正沉沦在水深火热之中。在国外的那种对祖国的美梦像肥皂泡般地破灭了。他感到深哀巨痛。《发现》这首诗就是这种失望和愤懑情绪的反映：

> 我来了，我喊一声，迸着血泪，
>
> "这不是我的中华，不对，不对！"

他为什么不相信这就是他日夜思念的祖国呢？因为在国外时他心目中的祖国是庄严美丽的，在《一个观念》和《祈祷》这两首诗里，诗人曾用满腔的热情歌颂了伟大祖国历史上值得夸耀的人物和事件，以及壮丽的河山、"五千年的文明"。他把这美好的一切比作"绚缦的长虹"："如今我只问如何抱得紧你，你是那样横蛮，那样美丽！"现在看到的却是"噩梦"似的满身疮痍的残破景象，他竟不相信这一切都是真的。

我会见的是噩梦，那里是你？
那是恐怖，是噩梦挂着悬崖，
那不是你，那不是我的心爱！
我追问青天，逼迫八面的风，
我问，拳头擂着大地的赤胸，
总问不出消息，我哭着叫你，
呕出一颗心来，——在我心里！

　　一种如同郭沫若《女神》中的火山爆发式的激情，荡漾在这首深湛而简练的诗章中。这里抒发的绝不仅仅是个人的休戚，更是蕴藏于诗人胸际的忧国忧民的情绪。透过字里行间，我们看到了诗人水晶一般纯洁明亮的内心世界，火一般燃焚的爱国热情。正像诗人在评论屈原《离骚》时所说，他把"个人的身世，国家的命运，变成哀怨和愤怒，火浆似的喷向听众，炙灼着，燃着千百人的心……"①。这首诗在艺术上也是很出色的。它一开头就以"迸着血泪"的喊声吸引着读者，造成"高山坠石，不知其来"的悬念，同时也渲染了那种极度失望和愤懑的情绪。诗人撇开了他所见所闻的那些具体事实的描绘，只用"噩梦"、"恐怖"这两个词来概括。接着的一句"噩梦挂着悬崖"，更形象、更深一层地展示出祖国当时的危险处境，可以说是极富表现力的。而"追问青天，逼迫八面的风"，"拳头擂着大地的赤胸"，更是"意新语工，得前人所未道"②的警句。这种精警动人的诗句是诗人目睹奸贼窃国，外侮日逼，以深广的忧愤凝成的结晶，它绝不是一般思想空虚者刻意求工，故作奇突之笔所能比拟的。结尾两句，又进一步地突出和深化了诗人的爱国主义思想，于失望和愤懑中升腾起一种对祖国的执着和忠贞的爱："如花的祖国"绝不会化为"乌有"，她那庄严、美好的形象始终珍藏在"我心里"，这是一个急促的转折，具有"悬崖勒马的神气与力量"③，给读者以"一旦点破，豁然惊醒"之感，发人深思，余味无穷。

① 《屈原问题》。
② 参见欧阳修：《六一诗话》。
③ 闻一多：《论"悔与回"》。

由于对祖国的未来怀着一种虽然朦胧，却坚定、乐观的信念，闻一多写了奇迹般的《一句话》：

有一句话说出就是祸，
有一句话能点得着火。
别看五千年没有说破，
你猜得透火山的缄默？
说不定是突然着了魔，
突然青天里一个霹雳，
　　爆一声：
　　"咱们的中国！"

这话教我今天怎么说？
你不信铁树开花也可，
那么有一句话你听着：
等火山忍不住了缄默，
不要发抖，伸舌头，顿脚，
等到青天里一个霹雳，
　　爆一声：
　　"咱们的中国！"

这信念的火花并不是突然在诗人心里萌绽出来的。在他的早期创作里，在表现诗人厌恶黑暗现实的同时，也透露了憧憬光明未来的情怀。《西岸》里的那条被"无涯的苦雾"笼罩下"死睡"的大河，诗人似乎是绝望了："没有真，没有美，没有善，更那里去找光明来！"《死水》里也找不到"美的所在"，"不如让给丑恶来开垦，看它造出个什么世界"。这些都是愤激之词，即所谓"爱之愈深，恨之愈切"。朱自清在给闻一多的《全集》写的序言中说："这不是'恶之花'的赞颂，而是索性让'丑恶'早些恶贯满盈，绝望里才有希望。"所以，《一句话》里所预言的"咱们的中国"，实在是诗人早就"缄默"在胸中的一个毫不动摇的信念。

诗人早期说过的一段话可以作证。他说："二十世纪是黑暗的世界，但这黑暗是先导黎明的黑暗。二十世纪是死的世界，但这死是预言更生的死。这样便是二十世纪，尤其是二十世纪的中国。"① 黑暗里隐伏着光明，绝望中蕴含着希望，这就是闻一多爱国主义思想的辩证法，也是他的爱国诗的力量所在。就是这种"点得着火"的爱国自信心，曾经震撼过许多青年的灵魂。据说，在抗日战争中，这首《一句话》曾多次在前线朗诵过，鼓舞了战士们保卫神圣祖国的斗志。漫长的民主革命的历史任务，以及千百万志士仁人抛头颅洒热血的目的，实际上都是为了建立一个"咱们的中国"！

在《文艺与爱国——纪念三月十八》一文里，闻一多写道："我希望爱自由，爱正义，爱理想的热血要流在天安门，流在铁狮子胡同，但是也要流在笔尖，流在纸上。……也许有时仅仅一点文字上的表现还不够，那便非现身说法不可了。所以陆游一个七十衰翁要'泪洒龙床请北征'，拜伦要战死在疆场了。所以拜伦最完美、最伟大的一首诗，也便是这一死。所以我们觉得诸志士们三月十八日的死难不仅是爱国，而且是伟大的诗。"

闻一多的爱国诗，就是他的爱国热血"流在笔尖，流在纸上"的结晶，他的"最完美，最伟大的一首诗"，也便是他那拍案而起，怒斥凶顽，壮烈的死。他是一个用笔、用纸，同时更是用鲜血和生命来写诗的爱国诗人！

你是一团火，照见了魔鬼；

烧毁了自己，遗烬里爆出个新中国②！

这是对闻一多整个一生的精确写照，也可以看作是对闻一多全部爱国诗的全面概括。

闻一多经常说："诗人主要的天赋是'爱'，爱他的祖国，爱他的人民。"③ 正是这种爱祖国、爱人民的"天赋"，决定了闻一多创作出新诗史上的独特的艺术奇葩——爱国诗。这是闻一多留给我们的一笔最珍贵的文学遗产。

当然，正如人们所指出的，闻一多的爱国主义思想，特别是在早期，是存在

---

① 《女神之时代精神》。

② 朱自清为闻一多写的挽诗。

③ 熊佛西：《悼闻一多——诗人·学者·民主的鼓手》。

某些局限性的。他说过："我爱中国固因他是我的祖国，而尤其因他是有他那种可敬爱的文化的国家。"① 由于向后看得多了一些，所以他总是怀着骄傲的感情去歌颂我国五千年的文明历史，而当时蓬勃开展的反帝反封建的爱国斗争却较少在他的诗篇里得到反映。正因为诗作里缺少了这一点，所以也有消极的一面：容易引导人们陶醉于以往的光荣，而淡忘了眼前的斗争。如前所说，这主要是因为诗人当时还没有和广大人民群众的革命斗争相结合，也和他所受的国家主义派的政治影响有关。

怎样去评价闻一多爱国诗的思想意义呢？我们认为，对此应当进行具体的、历史主义的分析。闻一多所宣扬的爱国主义，本质上是建立在对祖国、对民族的强烈自豪感上的，它没有一点狂傲自大的神气和妄自菲薄的心理。他一生所追求的，是一个独立富强的新中国，尽管在他来说这还是一个朦胧的理想，但对于激发人们的民族自信心和爱国热忱，毕竟有很大的意义，列宁曾经说过："爱国主义就是千百年来巩固起来的对自己祖国的一种最深厚的感情。"② 因而，在任何时代，歌颂这样一种纯正的爱国思想都是进步的、有益的。特别是鸦片战争以来，中国是被侵略的国家，高举爱国主义的旗帜就具有更为积极的意义。我们着重谈闻一多的爱国诗篇，其理由也在这里。

除了抒发爱国主义思想的作品以外，闻一多还在一些诗篇里，反映了处于黑暗社会里的劳动人民的痛苦遭遇，如《荒村》《欺负着了》《罪过》等，展示了军阀混战下的可痛心的现实。在这些诗里，闻一多的爱国热忱又倾注到对广大劳苦人民的同情中去了。由于篇幅关系，我们不准备多谈这些诗了。

二

五四以来有成绩的诗人很多，但具有独特的风格和艺术特色的诗人还不很多，闻一多是很突出的一个。

这里，我们简略地谈谈闻一多诗歌创作的独特风格和艺术特色。

我们知道，闻一多是新诗格律的最早探索者和创建者之一。五四以来流行着

---

① 《女神之地方色彩》
② 《列宁全集》第二十八集，第 16~169 页。

松散的新诗体，突破了旧诗的格律，但又没有根据新诗的内容探索新诗格律的规律，因而，在形式上大多是一些随意走笔、自由松散之作。所谓"绝端的自由，绝端的自主"①，完全脱离了我国古典诗歌的好的传统，使内容与形式产生不统一、不协调的情况，因而，也削弱了诗的艺术感染力。自由诗是诗体大解放的产物，在当时是起过积极作用的，现在也完全可以作为一种新诗体存在。那些写得很精练很完美的自由诗（如冯至、艾青的自由诗），也仍然深受读者欢迎。但总的来说，流于松散者太多了。原因在于许多诗人写诗实在很不讲究音节与旋律，他们不了解诗和散文的区别在于它的语言更有鲜明的节奏感。针对这一情况，闻一多提倡建立新诗格律，是很有见地的。如果说，郭沫若的《女神》以彻底的反帝反封建的内容，开了一代诗风，那么，闻一多的《死水》可以说是在形式上以认真创造新诗格律而开一代诗风。这是闻一多对新诗发展的可贵贡献。诗集《死水》以其谨严的结构和抑扬顿挫的音律美在新诗史上占有一个重要的地位，它直接影响和造就了稍后的一批有成就的诗人。

闻一多要求新格律诗具有三种美：音乐的美，绘画的美，建筑的美。所谓"音乐的美"，指的是音节和旋律的美；所谓"绘画的美"，指的是辞藻的运用，要体现出中国象形文字的视觉方面的印象；所谓"建筑的美"，指的是节的对称和句的均齐。我们且以《死水》一诗为例，具体地谈谈他的这些主张在创作中的体现。这首诗从第一行起，每一行都是用三个"二字尺"和一个"三字尺"（即二或三个字组成的音尺，也叫音组、音步或顿）构成的，所以每行的字数也一样多；全诗都用形象的辞藻，像死水、丑恶、漪沦、残羹、翡翠、桃花、罗绮、云霞等语词，安排妥帖，镂金错采，在视觉上令人目眩神摇；每行诗收尾的都是双音词，读起来音调和谐。音乐的美、绘画的美和建筑的美，得到了完美的体现与融合。

这种关于新诗格律的理论，其旨意并不是要制造那种束缚创作的清规戒律，我们不能片面地理解他那"戴着脚镣跳舞"的话，他要强调的只是"在一种规定的格律之内出奇制胜"。而目的是为了纠正五四以来在新诗创作上逐渐露头、发展的那种"散而无章"的诗风。他吸收了西洋诗某些音节长处，结合我国古典诗词的经验和现代汉语的特点，创造和实践新诗的格律和形式。尽管他的主张存在

---

① 郭沫若：《三叶集》。

某些不完善之处，个别诗作也还可以找出凑字或凑韵、凑行的缺点，但他毕竟依据这些严格要求写出许多好诗来。

他不是脱离新诗内容去片面追求形式的。他在对新诗格律、格式提出各种严格要求的同时，强调要"相体裁衣"，"根据内容的精神"创造格式，反对生搬硬套。他主张新诗的格律、格式"层出不穷"，"由我们自己的意匠来随时构造"。《死水》集子里的二十几首诗，就依据不同的题材、内容制造出多种多样的形式。后来有一些思想空虚的诗人，片面追求诗的光滑外形，堕入形式主义的末路，那是不能归咎于闻一多的。

上面说过，闻一多是个具有独特风格的诗人，早在刚开始发表新诗时，他就强调"个性是艺术的神髓，没有个性就没有艺术"。他独特的艺术风格，是经过辛勤的思想锻炼和实践逐渐形成的。在写《红烛》中那些爱国诗篇的时候，他就注意到自己创作中的某些特点了。他在当时的通信中就谈道："现在渐趋雄浑沉劲"，"《忆菊》一诗……后半赞叹是沉雄"。从《红烛》到《死水》，这种雄浑沉劲的艺术风格逐渐形成和稳定。这是一个思想敏锐深邃，而又富于浪漫气质的诗人所独具的艺术风格。

闻一多的散文，主要的是杂文，而又以后期的杂文为主。他的散文就像他的为人一样，是一团燃烧着的火焰，那里面有惊涛骇浪，电闪雷鸣，呐喊拼搏。洋溢着革命的激情，闪动着他那真诚坦率、狂放不羁、刚强不屈的面影，形成了他独特的战斗风格。

关于本书的编选工作，说明一下：

一、诗歌作品主要是从闻一多生前出版的两个诗集(《红烛》《死水》)中编选，此外的一些诗作则根据闻一多早年自己编定的诗集手抄本《真我集》及一些集外诗作编成。

二、散文（主要是杂文）全从《闻一多全集》中选出。

三、为保留时代特色，本书在整理过程中，字词用法等均保留作者同时代习惯用法，择善而从。

编　者

2016 年 8 月

目　录

诗歌·红烛

诗歌·死水

诗歌·《真我集》及其他佚诗

散　文

附录：书信

诗歌·红烛 〉〉〉〉〉〉〉〉

红　烛

蜡炬成灰泪始干

　　　　——李商隐

红烛啊！
这样红的烛！
诗人啊！
吐出你的心来比比，
可是一般颜色？

红烛啊！
是谁制的蜡——给你躯体？
是谁点的火——点着灵魂？
为何更须烧蜡成灰，
然后才放光出？
一误再误，
矛盾！冲突！

红烛啊！
不误，不误！
原是要"烧"出你的光来——
这正是自然底方法。

红烛啊！
既制了，便烧着！
烧罢！烧罢！
烧破世人底梦，
烧沸世人底血——
也救出他们的灵魂，
也捣破他们的监狱！

红烛啊！
你心火发光之期，
正是泪流开始之日。

红烛啊！
匠人造了你，
原是为烧的。
既已烧着，
又何苦伤心流泪？
哦！我知道了！
是残风来侵你的光芒，
你烧得不稳时，
才着急得流泪！

红烛啊！
流罢！你怎能不流呢？
请将你的脂膏，
不息地流向人间，
培出慰藉底花儿，
结成快乐底果子！

红烛啊！
你流一滴泪，灰一分心。
灰心流泪你的果，
创造光明你的因。

红烛啊！
"莫问收获，但问耕耘。"

李白之死

世俗流传太白以捉月骑鲸而终，本属荒诞。此诗所述亦凭臆造，无非欲借以
描画诗人底人格罢了。读者不要当作历史看就对了。

我本楚狂人，
凤歌笑孔丘。
——李白

一对龙烛已烧得只剩光杆两枝，
却又借回已流出的浓泪底余脂，
牵延着欲断不断的弥留的残火，
在夜底喘息里无效地抖擞振作。
杯盘狼藉在案上，酒坛睡倒在地下，
醉客散了，如同散阵投巢的乌鸦，
只那醉得最很，醉得如泥的李青莲
（全身底骨架如同脱了榫的一般）

还歪倒倒的在花园底椅上堆着，
口里喃喃地，不知到底说些什么。
声音听不见了，嘴唇还喋着不止；
忽地那络着密密红丝网的眼珠子，
（他自身也像一个微小的醉汉）
对着那怯懦的烛焰瞪了半天：
仿佛一只狮，发见了一个小兽，
一声不响，两眼睁睁地望他尽瞅；
然后轻轻地缓缓地举起前脚，
便迅雷不及掩耳，忽地往前扑着——
像这样，桌上两对角摆着的烛架，
都被这个醉汉拉倒在地下。

"哼哼！就是你，你这可恶的作怪，"
他从咬紧的齿缝里泌出声音来，
"碍着我的月儿不能露面哪！
月儿啊！你如今应该出来了罢！
哈哈！我已经替你除了障碍，
骄傲的月儿，你怎么还不出来？
你是瞧不起我吗？啊，不错！
你是天上广寒宫里的仙娥，
我呢？不过那戏弄黄土的女娲
散到六合里来底一颗尘沙！
啊！不是！谁不知我是太白之精？
我母亲没有在梦里会过长庚？
月儿，我们星月原是同族的，
我说我们本来是很面熟呢！"
在说话时，他没留心那黑树梢头
渐渐有一层薄光将天幕烘透，

几朵铅灰云彩一层层都被烘黄，
忽地有一个琥珀盘轻轻浮上，
（却又像没动似的）他越浮得高，
越缩越下；颜色越褪淡了，直到
后来，竟变成银子样的白的亮——
于是全世界都浴着伊的晶光。
簇簇的花影也次第分明起来，
悄悄爬到人脚下偎着，总躲不开——
像个小狮子狗儿睡醒了摇摇耳朵
又移到主人身边懒洋洋地睡着。
诗人自身的影子，细长得可怕的一条，
竟拖到五步外的栏杆上坐起来了。
从叶缝里筛过来的银光跳荡，
啮着环子的兽面蠢似一朵缩菌，
也鼓着嘴儿笑了，但总笑不出声音。
桌上一切的器皿，接受复又反射
那闪灼的光芒，又好像日下的盔甲。

这段时间中，他通身的知觉都已死去，
那被酒催迫了的呼吸几乎也要停驻；
两眼只是对着碧空悬着的玉盘，
对着他尽看，看了又看，总看不倦。
"啊！美呀！"他叹道，"清寥的美！莹澈的美！
宇宙为你而存吗？你为宇宙而在？
哎呀！怎么总是可望而不可即！
月儿呀月儿！难道我不应该爱你？
难道我们永远便是这样隔着？
月儿，你又总爱涎着脸皮跟着我；
等我被你媚狂了，要拿你下来，

7

却总攀你不到。唉！这样狠又这样乖！
月啊！你怎同天帝一样地残忍！
我要白日照我这至诚的丹心，
狰狞的怒雷又砑訇地吼我；
我在落雁峰前几次朝拜帝座，
额撞裂了，嗓叫破了，阊阖还不开。
吾爱啊！帝旁擎着雉扇的吾爱！
你可能问帝，我究犯了那条天律？
把我谪了下来，还不召我回去？
帝啊！帝啊！我这罪过将永不能赎？
帝呀！我将无期地囚在这痛苦之窟？"

又圆又大的热泪滚向膨胀的胸前，
却有水银一般地沉重与灿烂；
又像是刚同黑云碰碎了的明月
溅下来点点的残屑，眩目的残屑。
"帝啊！既遣我来，就莫生他们！"他又讲，
"他们，那般妖媚的狐狸，恶狠的豺狼！
我无心作我的诗，谁想着骂人呢？
他们小人总要忍心地吹毛求疵，
说那是讥诮伊的。哈哈！这真是笑话！
他是个什么人？他是个将军吗？
将军不见得就不该替我脱靴子。
唉！但是我为什么要作那样好的诗？
这岂不自作的孽，自招的罪？……
那里？我那里配得上谈诗？不配，不配；
谢玄晖才是千古的大诗人呢！——
那吟'余霞散成绮，澄江净如练'的
谢将军，诗既作的那么好——真好！——

8

但是那里像我这样地坎坷潦倒？"
然后，撑起胸膛，他长长地叹了一声。
只自身的影子点点头，再没别的同情？
这叹声，便似平远的沙汀上一声鸟语，
叫不应回音，只悠悠地独自沉没，
终于无可奈何，被宽嘴的寂静吞了。

"啊'澄江净如练'，这种妙处谁能解道？
记得那回东巡浮江底一个春天，——
两岸旌旗引着腾龙飞虎回绕碧山，——
果然如是，果然是白练满江……
唔？又讲起他的事了？冤枉啊！冤枉！
夜郎有的是酒，有的是月，我岂怨嫌？
但不记得那天夜半，我被捉上楼船！
我企望谈谈笑笑，学着仲连安石们，
替他们解决些纠纷，扫却了胡尘。
哈哈！谁又知道他竟起了野心呢？
哦，我竟被人卖了！但一半也怪我自身？"

这样他便将那成灰的心渐渐扇着，
到底又得痛饮一顿，浇熄了愁底火，
谁知道这愁竟像田单底火牛一般：
热油淋着，狂风扇着，越奔火越燃，
毕竟谁烧焦了骨肉，牺牲了生命，
那束刃的采帛却焕成五色的龙文：
如同这样，李白那煎心烙肺的愁焰，
也便烧得他那幻象底轮子急转，
转出了满牙齿上攒着的"丽藻春葩"。
于是他又讲，"月儿！若不是你和他，"

9

手指着酒壶，"若不是你们的爱护，
我这生活可不还要百倍地痛苦？
啊！可爱的酒！自然赐给伊的骄子——
诗人底恩俸！啊，神奇的射愁底弓矢！
开启琼宫底管钥！琼宫开了：
那里有鸣泉漱石，玲鳞怪羽，仙花逸条；
又有琼瑶的轩馆同金碧的台榭；
还有吹不满旗的灵风推着云车，
满载霓裳缥缈，彩珮玲珑的仙娥，
给人们颁送着驰魂宕魄的天乐。
啊！是一个绮丽的蓬莱底世界，
被一层银色的梦轻轻地锁着在！"

啊！月呀！可望而不可即的明月！
当我看你看得正出神的时节，
我只觉得你那不可思议的美艳，
已经把我全身溶化成水质一团，
然后你那提挈海潮底全副的神力，
把我也吸起，浮向开遍水钻花的
碧玉的草场上；这时我肩上忽展开
一双翅膀，越张越大，在空中徘徊，
如同一只大鹏浮游于八极之表。
哦，月儿，我这时不敢正眼看你了！
你那太强烈的光芒刺得我心痛。……
忽地一阵清香搅着我的鼻孔，
我吃了一个寒噤，猛开眼一看，……
哎呀！怎地这样一副美貌的容颜！
丑陋的尘世！你那有过这样的副本？
啊！布置得这样调和，又这般端正，

竟同一阕鸾凤和鸣底乐章一般！
哦，我如何能信任我的这双肉眼？
我不相信宇宙间竟有这样的美！
啊，大胆的我哟，还不自惭形秽，
竟敢现于伊前！——啊！笨愚呀糊涂！——
这时我只觉得头昏眼花，血凝心沍；
我觉得我是污烂的石头一块，
被上界底清道夫抛掷了下来，
掷到一个无垠的黑暗的虚空里，
坠降，坠降，永无着落，永无休止！

月儿初还在池下丝丝柳影后窥看，
像沐罢的美人在玻璃窗口晾发一般；
于今却已姗姗移步出来，来到了池西；
夜筵底私语不知说破了什么消息，
池波一皱，又惹动了伊娴静的微笑。
沉醉的诗人忽又战巍巍地站起了，
东倒西歪地挨到池边望着那晶波。
他看见这月儿，他不觉惊讶地想着：
如何这里又有一个伊呢？奇怪！奇怪！
难道天有两个月，我有两个爱？
难道刚才伊送我下来时失了脚，
掉在这池里了吗？——这样他正疑着……
他脚底下正当活泼的小涧注入池中，
被一丛刚劲的菖蒲鲠塞了喉咙，
便咯咯地咽着，像喘不出气的呕吐。
他听着吃了一惊，不由得放声大哭：
"哎呀！爱人啊！淹死了，已经叫不出声了！"
他翻身跳下池去了，便向伊一抱，

11

伊已不见了，他更惊慌地叫着，
却不知道自己也叫不出声了！
他挣扎着向上猛踊，再昂头一望，
又见圆圆的月儿还平安地贴在天上。
他的力已尽了，气已竭了，他要笑，
笑不出了，只想道："我已救伊上天了！"

剑　匣

I built my soul a lordly pleasure - house,
Wherein at ease for aye to dwell.
……

And 'While the world runs round and round,' I said,
'Reign thou apart, a quiet king,
Still as, while Saturn whirls, his steadfast shade.
Sleeps on his luminous ring.'

To which my soul made answer readily:
'Trust me in bliss I shall abide
In this great mansion, that is built for me,
So royal - rich and wide.'

——Tennyson

在生命底大激战中，

我曾是一名盖世的骁将。
我走到四面楚歌底末路时，
并不同项羽那般顽固，
定要投身于命运底罗网。
但我有这绝岛作了堡垒，
可以永远驻扎我的退败的心兵。
在这里我将养好了我的战创，
在这里我将忘却了我的仇敌。

在这里我将作个无名的农夫，
但我将让闲情底芜蔓，
蚕食了我的生命之田。
也许因为我这眼泪底无心的灌溉，
一旦芜蔓还要开出花来呢？
那我就镇日徜徉在田塍上．
饱喝着他们的明艳的色彩。
我也可以作个海上的渔夫：
我将撒开我的幻想之网。
在寥阔的海洋里，
在放网收网之间，
我可以坐在沙岸上做我的梦，
从日出梦到黄昏……
假若撒起网来，不是一些鱼虾，
只有海树珊瑚同含胎的老蚌，
那我却也喜也望外呢。
有时我也可佩佩我的旧剑，
踱山进去作个樵夫。
但群松舞着葱翠的干戚，
雍容地唱着歌儿时，

我又不觉得心悸了。
我立刻套上我的宝剑，
在空山里徘徊了一天。
有时看见些奇怪的彩石，
我便拾起来，带了回去；
这便算我这一日底成绩了。

但这不是全无意识的。
现在我得着这些材料，
我真得其所了；
我可以开始我的工匠生活了，
开始修葺那久要修葺的剑匣。

我将摊开所有的珍宝，
陈列在我面前，
一样样地雕着，镂着，
磨着，重磨着……
然后将他们都镶在剑匣上，
用我的每出的梦作蓝本，
镶成各种光怪陆离的图画。

我将描出白面美髯的太乙
卧在粉红色的荷花瓣里，
在象牙雕成的白云里飘着。
我将用墨玉同金丝
制出一只雷纹镶嵌的香炉；
那炉上驻着袅袅的篆烟，
许只可用半透明的猫儿眼刻着。
烟痕半消未灭之处，

隐约地又升起了一个玉人，
仿佛是肉袒的维纳司呢……
这块玫瑰玉正合伊那肤色了。
晨鸡惊耸地叫着，
我在蛋白的曙光里工作，
夜晚人们都睡去，我还作着工——
烛光抹在我的直陡的额上，
好像紫铜色的晚霞
映在精赤的悬崖上一样。

我又将用玛瑙雕成一尊梵像，
三首六臂的梵像，
骑在鱼子石的象背上。
珊瑚作他口里含着的火，
银线辫成他腰间缠着的蟒蛇，
他头上的圆光是块琥珀的圆璧。

我又将镶出一个瞎人
在竹筏上弹着单弦的古瑟。
（这可要镶得和王叔远底
桃核雕成的《赤壁赋》一般精细。）
然后让翡翠，蓝玥玉，紫石瑛，
错杂地砌成一片惊涛骇浪；
再用碎砟的螺钿点缀着，
那便是涛头闪目的沫花了。
上面再笼着一张乌金的穹窿，
只有一颗宝钻的星儿照着。
春草绿了，绿上了我的门阶，
我同春一块儿工作着；

15

蟋蟀在我床上唱着秋歌，
我也唱着歌儿作我的活。
我一壁工作着，一壁唱着歌：
我的歌里的律吕
都从手指尖头流出来，
我又将他制成层叠的花边：
有盘龙，对凤，天马，辟邪底花边，
有芝草，玉莲，万字，双胜底花边，
又有各色的汉纹边
套在最外的一层边外。

若果边上还缺些角花，
把蝴蝶嵌进去应当恰好。
瑇瑁刻作梁山伯，
璧玺刻作祝英台，
碧玉，赤瑛，白玛瑙，蓝琉璃，……
拼成各种彩色的凤蝶。
于是我的大功便告成了！
哦，我的大功告成了！
你不要轻看了我这些工作！
这些不伦不类的花样，
你该知道不是我的手笔，
这都是梦底原稿的影本。
这些不伦不类的色彩，
也不是我的意匠底产品，
是我那芜蔓底花儿开出来的。
你不要轻看了我这些工作哟！

哦，我的大功告成了！

16

我将抽出我的宝剑来——
我的百炼成钢的宝剑，
吻着他吻着他……
吻去他的锈，吻去他的伤疤；
用热泪洗着他，洗着他……
洗净他上面的血痕，
洗净他罪孽底遗迹；
又在龙涎香上熏着他，
熏去了他一切腥膻的记忆。
然后轻轻把他送进这匣里，
唱着温柔的歌儿，
催他快在这艺术之宫中酣睡。

哦，哦，我的大功告成了！
我的大功终于告成了！
人们的匣是为保护剑底锋铓，
我的匣是要藏他睡觉的。
哦，我的剑匣修成了，
我的剑有了永久的归宿了！

哦，我的剑要归寝了！
我不要学轻佻的李将军，
拿他的兵器去射老虎，
其实只射着一块僵冷的顽石。
哦，我的剑要归寝了！
我也不要学迂腐的李翰林，
拿他的兵器去割流水，
一壁割着，一壁水又流着。
哦！我的兵器只要韬藏，

我的兵器只要酣睡。
我的兵器不要斩芟奸横，
我知道奸横是僵冷的顽石一堆；
我的兵器也不要割着愁苦，
我知道愁苦是割不断的流水。
哦，我的大功告成了！
让我的宝剑归寝了！
我岂似滑头的汉高祖，
拿宝剑斫死了一条白蛇，
因此造一个谣言，
就骗到了一个天下？
哦！天下，我早已得着了啊！
我早坐在艺术底凤阙里，
像大舜皇帝，垂裳而治着
哦！让我的宝剑归寝罢！
我又岂似无聊的楚霸王，
拿宝剑斫掉多少的人头，
一夜梦回听着恍惚的歌声，
忽又拥着爱姬，抚着名马，
提起宝剑来刎了自己的颈？

哦！但我又不妨学了楚霸王，
用自己的宝剑杀了自己。
不过果然我要自杀，
定不用这宝剑底锋铓。
我但愿展玩着这剑匣——
展玩着我这自制的剑匣，
我便昏死在他的光彩里！

哦，我的大功告成了！
我将让宝剑在匣里睡着觉，
我将摩抚着这剑匣，
我将宠媚着这剑匣，——
看着缠着神蟒的梵像，
我将巍巍地抖颤了，
看看筏上鼓瑟的瞎人，
我将号咷地哭泣了；
看看睡在荷瓣里的太乙，
飘在篆烟上的玉人，
我又将迷迷地嫣笑了呢！

哦，我的大功告成了！
我将让宝剑在匣里睡着。
我将看着他那光怪的图画，
重温我的成形的梦幻，
我将看着他那异彩的花边，
再唱着我的结晶的音乐。

啊！我将看着，看着，看着，
看到剑匣战动了，
模糊了，更模糊了
一个烟雾弥漫的虚空了，……

哦！我看到肺脏忘了呼吸，
血液忘了流驶，
看到眼睛忘了看了。
哦！我自杀了！
我用自制的剑匣自杀了！
哦哦！我的大功告成了！

19

西　岸

He has a lusty spring, when fancy clear takes in all beauty within an easy span.

——Keats

这里是一道河，一道大河，
宽无边，深无底，
四季里风姨巡遍世界，
便回到河上来休息；
满天糊着无涯的苦雾，
压着满河无期的死睡。
河岸下酣睡着，河岸上
反起了不断的波澜，
啊！卷走了多少的痛苦！
淘尽了多少的欣欢！
多少心被羞愧才鞭驯，
一转眼被虚荣又煽癫！
鞭下去，煽起来，
又莫非是金钱底买卖。
黑夜哄着聋瞎的人马，
前潮刷走，后潮又挟回。
没有真，没有美，没有善，
更那里去找光明来！

但不怕那大泽里，
风波怎样凶，水兽怎样猛，
总难惊破那浅水芦花里
那些仙草的幽梦，——
一样的，有个人也逃脱了
河岸上那纷纠的樊笼。
他见了这宽深的大河，
便私心唤醒了些疑义：
分明是一道河，有东岸，
岂有没个西岸底道理？
啊！这东岸底黑暗恰是那
西岸底光明底影子。

但是满河无期的死睡，
撑着满天无涯的雾幪；
西岸也许有，但是谁看见？
哎……这话也不错。
"恶雾遮不住我，"心讲道，
"见不着，那是目底过！"
有时他忽见浓雾变得
绯样薄，在风翅上荡漾；
雾缝里又筛出些
丝丝的金光洒在河身上。
看！那里！可不是个大鼋背？
毛发又长得那样长。
不是的！倒是一座小岛
戴着一头的花草：
看！灿烂的鱼龙都出来

21

晒甲胄，理须桡；
鸳鸯洗刷完了，喙子
插在翅膀里，睡着觉了。
鸳鸯睡了，百鳞退了——
满河一片凄凉；
太阳也没兴，卷起了金练，
让雾帘重往下放：
恶雾瞪着死水，一切的
于是又同从前一样。

"啊！我懂了，我何曾见着
那美人底容仪？
但猜着蠕动的绣裳下，
定有副美人底肢体。
同一理：见着的是小岛，
猜着的是岸西。"

"一道河中一座岛，河西
一盏灯光被岛遮断了。"
这语声到处，是有些人
鹦哥样，听熟了，也会叫；
但是那多数的人
不笑他发狂，便骂他造谣。

也有人相信他，但还讲道：
"西岸地岂是为东岸人？
若不然，为什么要划开
一道河，这样宽又这样深？"

有人讲："河太宽，雾正密。
找条陆道过去多么稳！"
还有人明晓得道儿
只这一条，单恨生来错——
难学那些鸟儿飞着渡，
难学那些鱼儿划着过，
却总都怕说得："搭个桥，
穿过岛，走着过！"为什么？

雨　夜

几朵浮云，仗着雷雨底势力，
把一天底星月都扫尽了。
一阵狂风还喊来要捉那软弱的树枝，
树枝拼命地扭来扭去，
但是无法躲避风的爪子。

凶狠的风声，悲酸的雨声——
我一壁听着，一壁想着；
假使梦这时要来找我，
我定要永远拉着他，不放他走；
还剜出我的心来送他作赘礼，
他要收我作个莫逆的朋友。
风声还在树里呻吟着，
泪痕满面的曙天白得可怕，

我的梦依然没有做成。
啊！原来真的已被我厌恶了，
假的就没他自身的尊严吗？

雪

夜散下无数茸毛似的天花，
织成一片大氅，
轻轻地将憔悴的世界，
从头到脚地包了起来；
又加了死人一层殓衣。

伊将一片鱼鳞似的屋顶埋起了，
却总埋不住那屋顶上的青烟缕。
哦！缕缕蜿蜒的青烟啊！
仿佛是诗人向上的灵魂，
穿透自身的躯壳，直向天堂迈往。

高视阔步的风霜蹂躏世界，
森林里抖颤的众生争斗多时，
最末望见伊底白氅，
都欢声喊道："和平到了！奋斗成功了！
这不是冬投降底白旗吗？"

睡　者

灯儿灭了，人儿在床；
月儿底银潮
沥过了叶缝，冲进了洞窗，
射到睡觉的双厣上，
跟他亲了嘴儿又偎脸，
便洗净一切感情底表象，
只剩下了如梦幻的天真，
笼在那连耳目口鼻
都分不清的玉影上。

啊！这才是人底真色相！
这才是自然底真创造！
自然只此一副模型；
铸了月面，又铸人面。

哦！但是我爱这睡觉的人，
他醒了我又怕他呢！
我越看这可爱的睡容，
想起那醒容，越发可怕。
啊！让我睡了，躲脱他的醒罢！
可是瞌睡像只秋燕，
在我眼帘前掠了一周，

忽地翻身飞去了，
不知几时才能得回来呢？

月儿，将银潮密密地酌着！
睡觉的，撑开枯肠深深地喝着！
快酌，快喝！喝着，睡着！
莫又醒了，切莫醒了！
但是还响点擂着，鼾雷！
我只爱听这自然底壮美底回音，
他警告我这时候
那人心宫底禁闼大开，
上帝在里头登极了！

黄　昏

太阳辛苦了一天，
赚得一个平安的黄昏，
喜得满面通红，
一气直往山洼里狂奔。

黑黯好比无声的雨丝，
慢慢往世界上飘洒……
贪睡的合欢叠拢了绿鬓，钩下了柔颈，
路灯也一齐偷了残霞，换了金花；
单剩那喷水池

不怕惊破别家底酣梦，

依然活泼泼地高呼狂笑，独自玩耍。

饭后散步的人们，

好像刚吃饱了蜜的蜂儿一窠，

三三五五地都往

马路上头，板桥栏畔飞着。

嗡……嗡……嗡……听听唱的什么——

　　　是花色底美丑？

　　　是蜜味底厚薄？

　　　是女王底专制？

　　　是东风底残虐？

啊！神秘的黄昏啊！

问你这首玄妙的歌儿，

这辈嚣喧的众生

谁个唱的是你的真义？

时间底教训

太阳射上床，惊走了梦魂。

昨日底烦恼去了，今日底还没来呢。

啊！这样肥饱的鹑声，

稻林里撞挤出来——来到我心房酿蜜，

还同我的，万物底蜜心，

融合作一团快乐——生命底惟一真义。

此刻时间望我尽笑，

我便合掌向他祈祷："赐我无尽期！"
可怕！那笑还是冷笑；
那里？他把眉尖锁起，居然生了气。

"地得！地得！"听那壁上的钟声，
果同快马狂蹄一般地奔腾。
那骑者还仿佛吼着：
"尽可多多创造快乐去填满时间；
那可活活缚着时间来陪着快乐？"

二月庐

面对一幅淡山明水的画屏，
在一块棋盘似的稻田边上，
蹲着一座看棋的瓦屋——
紧紧地被捏在小山底拳心里。

柳荫下睡着一口方塘，
聪明的燕子——伊唱歌儿
偏找到这里，好听着水面的
回声，改正音调底错儿。

燕子！可听见昨夜那阵冷雨？
西风底信来了，催你快回去。
今年去了，明年，后年，后年以后，

28

一年回一度的还是你吗?
啊? 你的爆裂得这样音响,
进出些什么压不平的古愁!
可怜的鸟儿,你诉给谁听?
那知道这个心也碎了哦!

印　象

一望无涯的绿茸茸的——
是青苔? 是蔓草? 是禾稼? 是病眼发花? ——
只在火车窗口像走马灯样旋着。
仿佛死在痛苦底海里泅泳——
他的披毛散发的脑袋
在嗫哑无声的绿波上漂着——
是簇簇的杨树林钻出禾面。

绿杨遮着作工的——神圣的工作!
黯红的赤膊摇着枯涩的辘轳,
向地母哀求世界底一线命脉。
白杨守着休息的——无上的代价! ——
孤零零的一座秃头的黄土堆,
拥着一个安闲, 快乐, 了无智识的灵魂,
长眠, 美睡, 禁止百梦底纷扰。
啊! 神圣的工作! 无上的代价!

快　乐

快乐好比生机：
生机底消息传向绮甸，
群花便立刻
披起五光十色的绣裳。

快乐跟我的
灵魂接了吻，我的世界
忽变成天堂，
住满了柔艳的安琪儿！

美与爱

窗子里吐出娇嫩的灯光——
两行鹅黄染的方块镶在墙上；
一双枣树底影子，像堆大蛇，
横七竖八地睡满了墙下。

啊！那颗大星儿！嫦娥底侣伴！

你无端绊住了我的视线；
我的心鸟立刻停了他的春歌，
因他听了你那无声的天乐。

听着，他竟不觉忘却了自己，
一心只要飞出去找你，
把监牢底铁槛也撞断了；
但是你忽然飞地不见了！

屋角底凄风悠悠叹了一声，
惊醒了懒蛇滚了几滚；
月色白得可怕，许是恼了？
张着大嘴的窗子又像笑了！

可怜的鸟儿，他如今回了，
嗓子哑了，眼睛瞎了，心也灰了；
两翅洒着滴滴的鲜血，——
是爱底代价，美底罪孽！

诗　人

人们说我有些像一颗星儿，
无论怎样光明，只好作月儿底伴，
总不若灯烛那样有用——
还要照着世界作工，不徒是好看。

人们说春风把我吹燃，是火样的薇花，
再吹一口，便变成了一堆死灰；
剩下的叶儿像铁甲，刺儿像蜂针，
谁敢抱进他的赤裸的胸怀？

又有些人比我作一座遥山：
他们但愿远远望见我的颜色，
却不相信那白云深处里，
还别有一个世界———一个天国。

其余的人或说这样，或说那样，
只是说得对的没有一个。
"谢谢朋友们！"我说，"不要管我了，
你们那样忙，那有心思来管我？

你们在忙中觉得热闷时，
风儿吹来，你们无心地喝下了，
也不必问是谁送来的，
自然会觉得他来得正好！"

风　波

我戏将沉檀焚起来祀你，
那知他会烧的这样狂！

32

他虽散满一世界底异香，
但是你的香吻没有抹尽的
那些渣滓，却化作了云雾
满天，把我的两眼障瞎了；
我看不见你，便放声大哭，
像小孩寻不见他的妈了。
立刻你在我耳旁低声地讲：
（但你的心也雷样地震荡）
"在这里，大惊小怪地闹些什么？
一个好教训哦！"说完了笑着。
爱人！这戏禁不得多演，
让你的笑焰把我的泪晒干！

回　顾

九年底清华底生活，
回头一看——
是秋夜里一片沙漠，
却露着一颗萤火，
越望越光明，
四围着迷茫莫测的凄凉黑暗。
这是红惨绿娇的暮春时节：
如今到了荷池——
寂静底重量正压着池水
连面皮也皱不动——

一片死静！
忽地里静灵退了，
镜子碎了，
个个都喘气了。
看！太阳底笑焰———一道金光，
滤过树缝，洒在我额上；
如今羲和替我加冕了，
我是全宇宙底王！

幻中之邂逅

太阳落了，责任闭了眼睛，
屋里朦胧的黑暗凄酸的寂静，
钩动了一种若有若无的感情，
——快乐和悲哀之间底黄昏。

仿佛一簇白云，蒙蒙漠漠，
拥着一只紫氅朱冠的仙鹤——
在方才淌进的月光里浸着，
那娉婷的模样就是他么？

我们都还没吐出一丝儿声响，
我刚才无心地碰着他的衣裳，
许多的秘密，便同奔川一样，
从这摩触中不歇地冲洞来往。

忽地里我想要问他到底是谁，
抬起头来……月在那里？人在那里？
从此狰狞的黑黯，咆哮的静寂，
便扰得我辗转空床，通夜无睡。

志　愿

马路上歌啸的人群
泛滥横流着，
好比一个不羁的青年底意志。

银箔似的溪面一意地
要板平他那难看的皱纹。
两岸底绿杨争着
迎接视线到了神秘的尽头？——
原来那里是尽头？
是视线底长度不够！

啊！主呀！我过了那道桥以后，
你将怎样叫我消遣呢？
主啊！愿这腔珊瑚似的鲜血
染得成一朵无名的野花，
这阵热气又化些幽香给他，
好钻进些路人底心里烘着罢！

只要这样，切莫又赏给我
这一副腥秽的躯壳！
主呀！你许我吗？许了我罢！

失　败

从前我养了一盆宝贵的花儿，
好容易孕了一个苞子，
但总是半含半吐的不肯放开。
我等发了急，硬把他剥开了，
他便一天萎似一天，萎得不像样了。
如今我要他再关上不能了。
我到底没有看见我要看的花儿！

从前我做了一个稀奇的梦，
我总嫌他有些太模糊了，
我满不介意，让他震破了；
我醒了，直等到月落，等到天明，
重织一个新梦既织不成，
便是那个旧的也补不起来了。
我到底没有做好我要做的梦！

贡 臣

我的王！我从远方来朝你，
带了满船你不认识的，
但是你必中意的贡礼。
我兴高采烈地航到这里来，
那里知道你的心……唉！
还是一个涸了的海港！
我悄悄地等着你的爱潮膨涨，
好浮进我的重载的船艘；
月儿圆了几周，花儿红了几度，
还是老等，等不来你的潮头！
我的王！他们讲潮汐有信，
如今叫我怎样相信他呢?

游戏之祸

我酌上蜜酒，烧起沉檀，
游戏着膜拜你：
沉檀烧得太狂了，

我忙着拿蜜酒来浇他；
谁知越浇越烈，
竟惹了焚身之祸呢！

花儿开过了

花儿开过了，果子结完了；
一春底香雨被一夏底骄阳炙干了，
一夏底荣华被一秋底馋风扫尽了。
如今败叶枯枝，便是你的余剩了。

天寒风紧，冻哑了我的心琴；
我惯唱的颂歌如今竟唱不成。
但是，且莫伤心，我的爱，
琴弦虽不鸣了，音乐依然在。

只要灵魂不灭，记忆不死，纵使
你的荣华永逝（这原是没有的事），
我敢说那已消的春梦底余痕，
还永远是你我的生命底生命！

况且永继的荣华，顿刻的凋落——
两两相形，又算得了些什么？
今冬底假眠，也不过是明春底
更烈的生命所必需的休息。

所以不怕花残，果烂，叶败，枝空，
那缜密的爱底根网总没一刻放松；
他总是绊着，抓着，咬着我的心，
他要抽尽我的生命供给你的生命！

爱啊！上帝不曾因青春底暂退，
就要将这个世界一齐捣毁，
我也不曾因你的花儿暂谢，
就敢失望，想另种一朵来代他！

十一年一月二日作

哎呀！自然底太失管教的骄子！
你那内蕴的灵火！不是地狱底毒火，
如今已经烧得太狂了，
只怕有一天要爆裂了你的躯壳。

你那被爱蜜饯了的肥心，人们讲，
本是为滋养些嬉笑的花儿的，
如今却长满了愁苦底荆棘——
他的根已将你的心越捆越紧，越缠越密。
上帝啊！这到底是什么用意？

唉！你（只有你）真正了解生活底秘密，
你真是生活底惟一的知己，

但生活对你偏是那样地凶残：
你看！又是一个新年——好可怕的新年！——
张着牙戟齿锯的大嘴招呼你上前；
你退既不能，进又白白地往死嘴里钻！
高步远蹅的命运
从时间底没究竟的大道上踱过；
我们无足轻重的蚁子
糊里糊涂地忙来忙去，不知为什么，
忽地里就断送在他的脚跟底……

但是，那也对啊！……死！你要来就快来，
快来断送了这无边的痛苦！
哈哈！死，你的残忍，乃在我要你时，你不来，
如同生，我不要他时，他偏存在！

死

啊！我的灵魂底灵魂！
我的生命底生命，
我一生底失败，一生底亏欠，
如今要都在你身上补足追偿，
但是我有什么
可以求于你的呢？

让我淹死在你眼睛底汪波里！

让我烧死在你心房底熔炉里！
让我醉死在你音乐底琼醪里！
让我闷死在你呼吸底馥郁里！

不然，就让你的尊严羞死我！
让你的冷酷冻死我！
让你那无情的牙齿咬死我！
让那寡思的毒剑螫死我！

你若赏给我快乐，
我就快乐死了；
你若赐给我痛苦，
我也痛苦死了；
死是我对你惟一的要求，
死是我对你无上的贡献。

深夜底泪

生波停了掀簸，
深夜啊！——
沉默的寒潭！
澂虚的古镜！

行人啊！
回转头来，

照照你的颜容罢！
啊！这般憔悴……

轻柔的泪，
温热的泪，
洗得净这仆仆的征尘？
无端地一滴滴流到唇边，
想是要你尝尝他的滋味；
这便是生命底滋味！

枕儿啊！
紧紧地贴着！
请你也尝尝他的滋味。
唉！若不是你，
这腐烂的骷髅，
往那里靠啊！

更鼓啊！
一声声这般急切；
便是生命底战鼓罢？
唉！擂断了心弦，
搅乱了生波……

战也是死，
逃也是死，
降了我不甘心。
生活啊！
你可有个究竟？

啊！宇宙底生命之酒，
都将酌进上帝底金樽。
不幸的浮沤！
怎地偏酌漏了你呢？

青　春

青春像只唱着歌的鸟儿，
已从残冬窟里闯出来，
驶入宝蓝的穹窿里去了。

神秘的生命，
在绿嫩的树皮里膨胀着，
快要送出带鞘子的，
翡翠的芽儿来了。

诗人呵！揩干你的冰泪，
快预备着你的歌儿，
也赞美你的苏生罢！

宇　宙

宇宙是个监狱，
但是个模范监狱；
他的目的在革新，
并不在惩旧。

国　手

爱人啊！你是个国手，
我们来下一盘棋；
我的目的不是要赢你，
但只求输给你——
将我的灵和肉
输得干干净净！

香　篆

辗转在眼帘前，
萦回在鼻观里，
锤旋在心窝头——

心爱的人儿啊！
这样清幽的香，
只堪供祝神圣的你：

我祝你黛发长青！
又祝你朱颜长姣！
同我们的爱万寿无疆！

春　寒

春啊！
正似美人一般，
无妨瘦一点儿！

春之首章

浴人灵魂的雨过了：
薄泥到处啮人底鞋底。
凉篸挟着湿润的土气
在鼻蕊间正冲突着。

金鱼儿今天许不大怕冷了？
个个都敢于浮上来呢！

东风苦劝执拗的蒲根，
将才睡醒的芽儿放了出来。
春雨过了，芽儿刚抽到寸长，
又被池水偷着吞去了。

亭子角上几根瘦硬的，
还没赶上春的榆枝，
印在鱼鳞似的天上；
像一页淡蓝的朵云笺，
上面涂了些僧怀素底
铁画银钩的草书。

丁香枝上豆大的蓓蕾，
包满了包不住的生意，

呆呆地望着辽阔的天宇，
盘算他明日底荣华——
仿佛一个出神的诗人
在空中编织未成的诗句。

春啊！明显的秘密哟！
神圣的魔术哟！

啊！我忘了我自己，春啊！
我要提起我全身底力气，
在你那绝妙的文章上
加进这丑笨的一句哟！

春之末章

被风惹恼了的粉蝶，
试了好几处底枝头，
总抱不大稳，率性就舍开，
忽地不知飞向那里去了。
啊！大哲底梦身啊！
了无粘滞的达观者哟！

太轻狂了哦！杨花！
依然吩咐两丝粘住罢。

娇绿的坦张的荷钱啊！
不息地仰面朝上帝望着，
一心地默祷并且赞美他——
只要这样，总是这样，
开花结实底日子便快了。

一气的酣绿里忽露出
一角汉纹式的小红桥，
真红得快叫出来了！

小孩儿们也太好玩了啊！
镇日里蓝的白的衫子
骑满竹青石栏上垂钓。
他们的笑声有时竟脆得像
坍碎了一座琉璃宝塔一般。
小孩们总是这样好玩呢！

绿纱窗里筛出的琴声，
又是画家脑子里经营着的，
一帧美人春睡图：
细熨的柔情，娇羞的倦致，
这般如此，忽即忽离，
啊！迷魂的律吕啊！

音乐家啊！垂钓的小孩啊！
我读完这春之宝笈底末章，
就交给你们永远管领着罢！

钟　声

钟声报得这样急——
　　时间之海底记水标哦！
是记涨呢，还是记落呢！——
　　是报过去底添长呢？
还是报未来底消缩呢？

爱之神

——题画

啊！这么俊的一副眼睛——
两潭渊默的清波！
可怜孱弱的游泳者哟！
我告诉你回头就是岸了！

啊！那潭岸上的一带榛薮，
好分明的黛眉啊！
那鼻子，金字塔式的小丘，
恐怕就是情人底茔墓罢？

那里，不是两扇朱扉吗？

红得像樱桃一样，

扉内还露着编贝底屏风。

这里又不知安了什么陷阱！

啊！莫非是伊甸之乐园？

还是美底家宅，爱底祭坛？

呸！不是，都不是哦！

是死魔盘踞着的一座迷宫！

谢罪以后

朋友，怎样开始？这般结局？

"谁实为之？"是我情愿，是你心许？

朋友，开始结局之间，

演了一出浪漫的悲剧；

如今戏既演完了，

便将那一页撕了下去，

还剩下了一部历史，

十倍地庄严，百般地丰富，——

是更生底灵剂，乐园底基础！

朋友！让舞台上的经验，短短长长，

是恩爱，是仇雠，尽付与时间底游浪。

若教已放下来的绣幕，
永作隔断记忆底城墙；
台上的记忆尽可隔断，
但还有一篇未成的文章，
是在登台以前开始作的。
朋友！你为什么不让他继续添长，
完成一件整的艺术品？你试想想！

朋友！我们来勉强把悲伤葬着，
让我们的胸膛做了他的坟墓；
让忏悔蒸成湿雾，
糊湿了我们的眼睛也可；
但切莫把我们的心，
冷得变成石头一个，
让可怕的矜骄底刀子
在他上面磨成一面的锋，两面的锷。
朋友，知道成锋的刀有个代价么？

忏　悔

啊！浪漫的生活啊！
是写在水面上的一个"爱"字，
一壁写着，一壁没了；
白搅动些痛苦底波轮。

黄　鸟

哦！森林的养子，
太空的血胤
不知名的野鸟儿啊！

黑缎底头帕，
蜜黄的羽衣，
镶着赤铜底喙爪——
啊！一只鲜明的火镞，
那样癫狂地射放，
射翻了肃静的天宇哦！

像一块雕镂的水晶，
艺术纵未完成，
却永映着上天底光彩——
这样便是他吐出的
那阕雅健的音乐呀！
啊！希腊式的雅健！

野心的鸟儿啊！
我知道你喉咙里的
太丰富的歌儿
快要噎死你了：

但是从容些吐着！
吐出那水晶的谐音，
造成艺术之宫，
让一个失路的灵魂
早安了家罢！

艺术底忠臣

无数的人臣，仿佛真珠
镶在艺术之王底龙猨上，
一心同赞御容底光采；
其中只有济慈一个人
是群龙拱抱的一颗火珠，
光芒赛过一切的珠子。

诗人底诗人啊！
满朝底冠盖只算得
些艺术底名臣，
只有你一人是个忠臣。
"美即是真，真即美。"
我知道你那栋梁之材，
是单给这个真命天子用的；
别的分疆割据，属国偏安，
那里配得起你哟！

啊！"鞠躬尽瘁，死而后已。"
真个做了艺术底殉身者！
忠烈的亡魂啊！
你的名字没写在水上，
但铸在圣朝底宝鼎上了！

初夏一夜底印象

（一九二二年五月直奉战争时）

夕阳将诗人交付给烦闷的夜了，
叮咛道："把你的秘密都吐给他了罢！"

紫穹窿下洒着些碎了的珠子——
诗人想：该穿成一串挂在死底胸前。

阴风底冷爪子刚扒过饿柳底枯发，
又将池里的灯影儿扭成几道金蛇。

帖在山腰下佝偻得可怕的老柏，
拿着黑瘦的拳头硬和太空挑衅。

失睡的蛙们此刻应该有些倦意了，
但依旧努力地叫着水国底军歌。

个个都吠得这般沉痛，村狗啊！

为什么总骂不破盗贼底胆子?

嚼火漱雾的毒龙在铁梯上爬着,
驮着灰色号衣的战争,吼得要哭了。

铜舌的报更的磬,屡次安慰世界,
请他放心睡去,……世界那肯信他哦!

上帝啊! 眼看着宇宙糟踏到这样,
可也有些寒心吗? 仁慈的上帝哟!

诗　债

小小的轻圆的诗句,
是些当一的制钱——
在情人底国中
贸易死亡底通宝。

爱啊! 慷慨的债主啊!
不等我偿清诗债
就这么匆忙地去了,
怎样也挽留不住。

但是字串还没毁哟!
这永欠的本钱,

仍然在我账本上，
息上添息地繁衍。

若有一天你又回来，
爱啊！要做 shylock 吗?
就把我心上的肉，
和心一起割给你罢！

红荷之魂

序

　　盆莲饮雨初放，折了几枝，供在案头，又听侄辈读周茂叔底《爱莲说》，便不得不联想及于三千里外《荷花池畔》底诗人。赋此寄呈实秋，兼上景超及其他在西山的诸友。

太华玉井底神裔啊！
不必在污泥里久恋了。
这玉胆瓶里的寒浆有些冽骨吗?
那原是没有堕世的山泉哪！

高贤底文章啊！雏凤底律吕啊！
往古来今竟携了手来谀媚着你。
来罢！听听这蜜甜的赞美诗罢！
抱霞摇玉的仙花呀！
看着你的躯体，

56

我怎不想到你的灵魂？
灵魂啊！到底又是谁呢？
是千叶宝座上的如来，
还是丈余红瓣中的太乙呢？
是五老峰前的诗人，
还是洞庭湖畔的骚客呢？

红荷底魂啊！
爱美的诗人啊！
便稍许艳一点儿，
还不失为"君子"。
看那颗颗袒张的荷钱啊！
可敬的——向上底虔诚，
可爱的——圆满底个性。
花魂啊！佑他们充分地发育罢！

花魂啊，
须提防着，
不要让菱芡藻荇底势力
蚕食了泽国底版图。

花魂啊！
要将崎岖的动底烟波，
织成灿烂的静底绣锦。
然后，
高蹈的鸬鹚啊！
热情的鸳鸯啊！
水国烟乡底顾客们啊！……
只欢迎你们来

逍遥着，偃卧着；
因为你们知道了
你们的义务。

别　后

啊！那不速的香吻，
没关心的柔词……
啊！热情献来的一切的赞礼，
当时都大意地抛弃了，
于今却变作记忆底干粮
来充这旅途底饥饿。

可是，有时同样的馈仪，
当时珍重地接待了，抚宠了；
反在记忆之领土里
刻下了生憎惹厌的痕迹。

啊！难道不是变幻吗？
顷刻之间，热情与冷淡，
已经百度底乘除了。

谁道不是矛盾吗？
一般的香吻，一样的柔词，
才冷僵了骨髓，

又烧焦了纤维。

恶作剧的疟魔呀！
到底是谁遣你来的？
你在这一隙驹光之间，
竟教我更迭地
作了冰炭底化身！
恶作剧的疟魔哟！

孤　雁

不幸的失群的孤客！
谁教你抛弃了旧侣，
拆散了阵字，
流落到这水国底绝塞，
拼着寸磔的愁肠，
泣诉那无边的酸楚？

啊！从那浮云底密幕里，
迸出这样的哀音；
这样的痛苦！这样的热情！

孤寂的流落者！
不须叫喊得哟！
你那沉细的音波，

在这大海底惊雷里，
还不值得那涛头上
溅破的一粒浮沤呢！

可怜的孤魂啊！
更不须向天回首了。
天是一个无涯的秘密，
一幅蓝色的谜语，
太难了，不是你能猜破的。
也不须向海低头了。
这辱骂高天的恶汉，
他的咸卤的唾沫
不要渍湿了你的翅膀，
粘滞了你的行程！

流落的孤禽啊！
到底飞往那里去呢？
那太平洋底彼岸，
可知道究竟有些什么？

啊！那里是苍鹰底领土——
那鸷悍的霸王啊！
他的锐利的指爪，
已撕破了自然底面目，
建筑起财力底窝巢。
那里只有钢筋铁骨的机械，
喝醉了弱者底鲜血，
吐出些罪恶底黑烟，
涂污我太空，闭熄了日月，

教你飞来不知方向，
息去又没地藏身啊！
流落的失群者啊！
到底要往那里去？
随阳的鸟啊！
光明底追逐者啊！
不信那腥臊的屠场，
黑黯的烟灶，
竟能吸引你的踪迹！

归来罢，失路的游魂！
归来参加你的伴侣，
补足他们的阵列！
他们正引着颈望你呢。

归来偃卧在霜染的芦林里，
那里有猎猎的西风
将茸毛似的芦花，
铺就了你的床褥
来温暖起你的甜梦。

归来浮游在温柔的港溆里，
那里方是你的浴盆。
归来徘徊在浪舐的平沙上，
趁着溶银的月色，
婆娑着戏弄你的幽影。

归来罢，流落的孤禽！
与其尽在这水国底绝塞，

拼着寸磔的愁肠，

泣诉那无边的酸楚，

不如棹翅回身归去罢！

啊！但是这不由分说的狂飙

挟着我不息地前进；

我脚上又带着了一封信，

我怎能抛却我的使命，

由着我的心性

回身棹翅归去来呢？

太平洋舟中见一明星

鲜艳的明星哪！——

太阳底嫡裔，

月儿同胞的小妹——

你是天仙吐出的玉唾，

溅在天边？

还是鲛人泣出的明珠，

被海涛淘起？

哦！我这被单调的浪声

摇睡了的灵魂，

昏昏睡了这么久，

毕竟被你唤醒了哦，

灿烂的宝灯啊！
我在昏沉的梦中，
你将我唤醒了，
我才知道我已离了故乡，
贬斥在情爱底边徼之外——
飘簸在海涛上的一枚钓饵。

你又唤醒了我的大梦——
梦外包着的一层梦！
生活呀！苍茫的生活呀！
也是波涛险阻的大海哟！
是情人底眼泪底波涛，
是壮士底血液底波涛。

鲜艳的星，光明底结晶啊！
生命之海中底灯塔！
照着我罢！照着我罢！
不要让我碰了礁滩！
不要许我越了航线；
我自要加进我的一勺温泪，
教这泪海更咸；
我自要倾出我的一腔热血，
教这血涛更鲜！

火　柴

这里都是君王底
樱桃艳嘴的小歌童：
有的唱出一颗灿烂的明星，
唱不出的，都拆成两片枯骨。

玄　思

在黄昏底沉默里，
从我这荒凉的脑子里，
常迸出些古怪的思想，
不伦不类的思想。

仿佛从一座古寺前的，
尘封雨渍的钟楼里，
飞出一阵情怯的蝙蝠，
非禽非兽的小怪物。

同野心的蝙蝠一样，

我的思想不肯只爬在地上，
却老在天空里兜圈子，
圆的，扁的，种种的圈子。

我这荒凉的脑子
在黄昏底沉默里，
常迸出些古怪的思想，
仿佛同些蝙蝠一样。

我是一个流囚

我是个年壮力强的流囚，
我不知道我犯的是什么罪。

黄昏时候，
他们把我推出门外了，
幸福底朱扉已向我关上了，
金甲紫面的门神
举起宝剑来逐我；
我只得闯进缜密的黑暗，
犁着我的道路往前走。

忽地一座壮阁底飞檐，
像只大鹏底翅子
插在浮沤密布的天海上；

卍字格的窗棂里
泻出醺人的灯光，黄酒一般地酽；
哀宕淫热的笙歌，
被激愤的檀板催窘了，
螺旋似的锤进我的心房：
我的身子不觉轻去一半，
仿佛在那孔雀屏前跳舞了。

啊快乐——严懔的快乐——
抽出他的讥诮的银刀，
把我刺醒了；
哎呀！我才知道——
我是快乐底罪人，
幸福之宫里逐出的流囚，
怎能在这里随便打溷呢？

走罢！再走上那没尽头的黑道罢！
唉！但是我受伤太厉害，
我的步子渐渐迟重了，
我的鲜红的生命，
渐渐染了脚下的枯草！

我是个年壮力强的流囚，
我不知道我犯的是什么罪。

寄怀实秋

泪绳捆住的红烛
已被海风吹熄了；
跟着有一缕犹疑的轻烟，
左顾右盼，
不知往那里去好。
啊！解体的灵魂哟！
失路底悲哀哟！

在黑暗底严城里，
恐怖方施行他的高压政策：
诗人底尸肉在那里仓皇着，
仿佛一只丧家之犬呢。
莲蕊间酣睡着的恋人啊！
不要灭了你的纱灯：
几时珠箔银绦飘着过来，
可要借给我点燃我的残烛，
好在这阴城里面，
为我照出一条道路。
烛又点燃了，
那时我便作个自然的流萤，
在深更底风露里，
还可以逍遥流荡着，

直到黎明！

莲蕊间酣睡着的骚人啊！
小心那成群打围的飞蛾，
不要灭了你的纱灯哦！

晴　朝

一个迟笨的晴朝，
比年还长得多，
像条懒洋洋的冻蛇，
从我的窗前爬过。

一阵淡青的烟云
偷着跨进了街心……
对面的一带朱楼
忽都被他咒入梦境。

栗色汽车像匹骄马
休息在老绿阴中，
瞅着他自身的黑影，
连动也不动一动。

傲霜的老健的榆树
伸出一只粗胳膊，

拿在窗前底日光里，
翻金弄绿，不奈乐何。
除了一个黑人
薤草，刮刮地响声渐远，
再没有一息声音——
和平布满了大自然。

和平蜷伏在人人心里，
但是在我的心内
若果也有和平底形迹，
那是一种和平底悲哀。

地球平稳地转着，
一切的都向朝日微笑；
我也不是不会笑，
泪珠儿却先滚出来了。

皎皎的白日啊！
将照遍了朱楼底四面；
永远照不进的是——
游子底漆黑的心窝坎。

一个厌病的晴朝，
比年还过得慢，
像条负创的伤蛇，
爬过了我的窗前。

记　忆

记忆溃起苦恼的黑泪，
在生活底纸上写满蝇头细字；
生活底纸可以撕成碎片，
记忆底笔迹永无磨灭之时。

啊！友谊底悲剧，希望的挽歌，
情热底战史，罪恶的供状——
啊！不堪卒读的文词哦！
是记忆底亲手笔，悲哀的旧文章！

请弃绝了我罢，拯救了我罢！
智慧哟！钩引记忆底奸细！
若求忘却那悲哀的文章，
除非要你赦脱了你我的关系！

太阳吟

太阳啊，刺得我心痛的太阳！

又逼走了游子底一出还乡梦，
又加他十二个时辰底九曲回肠！

太阳啊！火一样烧着的太阳！
烘干了小草尖头底露水，
可烘得干游子底冷泪盈眶？

太阳啊，六龙骖驾的太阳！
省得我受这一天天底缓刑，
就把五年当一天跪完那又何妨？

太阳啊——神速的金乌——太阳！
让我骑着你每日绕行地球一周，
也便能天天望见一次家乡！

太阳啊，楼角新升的太阳！
不是刚从我们东方来的吗？
我的家乡此刻可都依然无恙？

太阳啊，我家乡来的太阳！
北京城里底宫柳褪上一身秋了罢？
唉！我也憔悴得同深秋一样！

太阳啊，奔波不息的太阳！
你也好像无家可归似的呢。
啊！你我的身世一样地不堪设想！

太阳啊，自强不息的太阳！
大宇宙许就是你的家乡罢。

可能指示我底家乡底方向？

太阳啊，这不像我的山川，太阳！
这里的风云另带一般颜色，
这里鸟儿唱的调子格外凄凉。

太阳啊，生命之火底太阳！
但是谁不知你是球东半底情热，
同时又是球西半底智光？

太阳啊，也是我家乡底太阳！
此刻我回不了我往日的家乡，
便认你为家乡也还得失相偿。

太阳啊，慈光普照的太阳！
往后我看见你时，就当回家一次；
我的家乡不在地下乃在天上！

忆　菊

（重阳前一日作）

插在长颈的虾青瓷的瓶里，
六方的水晶瓶里的菊花，
钻在紫藤仙姑篮里的菊花；
守着酒壶的菊花，

陪着螯盏的菊花；
未放，将放，半放，盛放的菊花。

镶着金边的绛色的鸡爪菊；
粉红色的碎瓣的绣球菊！
懒慵慵的江西腊哟；
倒挂着一饼蜂窠似的黄心，
仿佛是朵紫的向日葵呢。
长瓣抱心，密瓣平顶的菊花；
柔艳的尖瓣钻蕊的白菊
如同美人底拳着的手爪，
拳心里攥着一撮儿金粟。
檐前，阶下，篱畔，圃心底菊花，
霭霭的淡烟笼着的菊花，
丝丝的疏雨洗着的菊花，——
金底黄，玉底白，春酿底绿，秋山底紫，
……

剪秋萝似的小红菊花儿，
从鹅绒到古铜色的黄菊，
带紫茎的微绿色的"真菊"
是些小小的玉管儿缀成的，
为的是好让小花神儿
夜里偷去当了笙儿吹着。

大似牡丹的菊王到底奢豪些，
他的枣红色的瓣儿，铠甲似的，
张张都装上银白的里子了；
星星似的小菊花蕾儿

还拥着褐色的萼被睡着觉呢。

啊！自然美底总收成啊！
我们祖国之秋底杰作啊！
啊！东方底花，骚人逸士底花呀！
那东方底诗魂陶元亮
不是你的灵魂底化身罢？
那祖国底登高饮酒的重九
不又是你诞生底吉辰吗？
你不像这里的热欲的蔷薇，
那微贱的紫罗兰更比不上你。
你是有历史，有风俗的花。
啊！四千年的华胄底名花呀！
你有高超的历史，你有逸雅的风俗！

啊！诗人底花呀！我想起你，
我的心也开成顷刻之花，
灿烂的如同你的一样；
我想起你同我的家乡，
我们的庄严灿烂的祖国，
我的希望之花又开得同你一样。

习习的秋风啊！吹着，吹着！
我要赞美我祖国底花！
我要赞美我如花的祖国！
请将我的字吹成一簇鲜花，
金底黄，玉底白，春酿底绿，秋山底紫，
……
然后又统统吹散，吹得落英缤纷，

弥漫了高天，铺遍了大地！

秋风啊！习习的秋风啊！
我要赞美我祖国底花！
我要赞美我如花的祖国！

秋　色

（芝加哥洁阁森公园里）

诗情也似并刀快，
剪得秋光入卷来。

——陆游

紫得像葡萄似的涧水
翻起了一层层金色的鲤鱼鳞。

几片剪形的枫叶，
仿佛朱砂色的燕子，
颠斜地在水面上
旋着，掠着，翻着，低昂着……

肥厚得熊掌似的
棕黄色的大橡叶，
在绿茵上狼藉着。

75

松鼠们张张慌慌地
在叶间爬出爬进，
搜猎着他们来冬底粮食。
成了年的栗叶
向西风抱怨了一夜，
终于得了自由，
红着干燥的脸儿，
笑嘻嘻地辞了故枝。

白鸽子，花鸽子，
红眼的银灰色的鸽子，
乌鸦似的黑鸽子，
背上闪着紫的绿的金光——
倦飞的众鸽子在阶下集齐了，
都将喙子插在翅膀里，
寂静悄静地打盹了。

水似的空气泛滥了宇宙，
三五个活泼泼的小孩，
（披着桔红的黄的黑的毛绒衫）
在丁香丛里穿着，
好像戏着浮萍的金鱼儿呢。
是黄浦江上林立的帆樯？
这数不清的削瘦的白杨
只竖在石青的天空里发呆。

倜傥的绿杨像位豪贵的公子，
裹着件镶金的绣蟒，
一只手叉着腰身，

76

照着心烦的碧玉池，
玩媚着自身的模样儿。
凭在十二曲的水晶栏上，
晨曦瞰着世界微笑了，
笑出金子来了——
黄金笑在槐树上，
赤金笑在橡树上，
白金笑在白松皮上。

哦，这些树不是树了！
是些绚缦的祥云——
琥珀的云，玛瑙的云，
灵风扇着，旭日射着的云。
啊！这些树不是树了，
是百宝玲珑的祥云。

哦，这些树不是树了，
是紫禁城里的宫阙——
黄的琉璃瓦，
绿的琉璃瓦；
楼上起楼，阁外架阁……
小鸟唱着银声的歌儿，
是殿角的风铃底共鸣。
哦！这些树不是树了，
是金碧辉煌的帝京。
哦！斑斓的秋树啊！
陵阳公样的瑞锦，
土耳其底地毡，

Notre Dame^① 底蔷薇窗，
Fra AngeLico^② 底天使画，
都不及你这色彩鲜明哦！

啊！斑斓的秋树啊！
我羡煞你们这浪漫的世界，
这波希米亚的生活！
我羡煞你们的色彩！

哦！我要请天孙织件锦袍，
给我穿着你的色彩！
我要从葡萄，桔子，高粱……里
把你榨出来，喝着你的色彩！
我要借义山济慈底诗
唱着你的色彩！
在蒲寄尼底 La Boheme^③ 里，
在七宝烧的博山炉里，
我还要听着你的色彩，
嗅着你的色彩！

哦！我要过这个色彩的生活，
和这斑斓的秋树一般！

---

① 巴黎圣母院。
② 意大利画家。
③ 《波希米亚》，意大利歌剧。

秋深了

秋深了，人病了。
人敌不住秋了，
镇日拥着件大氅，
像只煨灶的猫，
蜷在摇椅上摇……摇……摇……
想着祖国，
想着家庭，
想着母校，
想着故人，
想着不胜想，不堪想的胜境良朝。

春底荣华逝了，
夏底荣华逝了；
秋在对面嵌白框窗子的
金字塔似的木板房子檐下，
抱着香黄色的破头帕，
追想春夏已逝的荣华；
想得伤心时，
飒飒地洒下几点黄金泪。
啊！秋是追想底时期！
秋是堕泪底时期！

秋之末日

和西风酗了一夜的酒，
醉得颠头跌脑，
洒了金子扯了锦绣，
还呼呼地吼个不休。

奢豪的秋，自然底浪子哦！
春夏辛苦了半年，
能有多少的积蓄，
来供你这般地挥霍呢？
如今该要破产了罢！

废　园

一只落魄的蜜蜂，
像个沿门托钵的病僧，
游到被秋雨踢倒了的
一堆烂纸似的鸡冠花上，
闻了一闻，马上飞走了。

啊！零落底悲哀哟！
是蜂底悲哀？是花底悲哀？

小　溪

铅灰色的树影，
是一长篇噩梦，
横压在昏睡着的
小溪底胸膛上。
小溪挣扎着，挣扎着……
似乎毫无一点影响。

稚　松

他在夕阳底红纱灯笼下站着，
他扭着颈子望着你，
他散开了藏着金色圆眼的，
海绿色的花翎———一层层的花翎。
他像是金谷园里的
一只开屏的孔雀罢？

烂　果

我的肉早被黑虫子咬烂了。
我睡在冷辣的青苔上，
索性让烂的越加烂了，
只等烂穿了我的核甲，
烂破了我的监牢，
我的幽闭的灵魂
便穿着豆绿的背心，
笑迷迷地要跳出来了！

色　彩

生命是张没价值的白纸，
自从绿给了我发展，
红给了我情热，
黄教我以忠义，
蓝教我以高洁，
粉红赐我以希望，
灰白赠我以悲哀；

再完成这帧彩图，
黑还要加我以死。

从此以后，
我便溺爱于我的生命，
因为我爱他的色彩。

梦　者

假如那绿晶晶的鬼火
是墓中人底
梦里迸出的星光，
那我也不怕死了！

红　豆

一

红豆似的相思啊！
一粒粒的
坠进生命底磁坛里了……

听他跳激底音声，
这般凄楚！
这般清切！

二

相思着了火，
有泪雨洒着，
还烧得好一点；
最难禁的，
是突如其来，
赶不及哭的干相思。

三

意识在时间底路上旅行：
每逢插起一杆红旗之处，
那便是——
相思设下的关卡，
挡住行人，
勒索路捐的。

四

袅袅的篆烟啊！
是古丽的文章，
淡写相思底诗句。

五

比方有一屑月光——
偷来匍匐在你枕上，
刺着你的倦眼，
撩得你镇夜不着，
你讨厌他不？
那么这样便是相思了！

六

相思是不作声的蚊子，
偷偷地咬了一口，
陡然痛了一下，
以后便是一阵底奇痒。

七

我的心是个没设访的空城，
半夜里忽被相思袭击了，
我的心旌
只是一片倒降；
我只盼望——
他恣情屠烧一回就去了；
谁知他竟永远占据着，
建设起宫墙来了呢？

八

有两样东西，

我总想撇开，

却又总舍不得：

我的生命，

同为了爱人儿的相思。

九

爱人啊！

将我作经线，

你作纬线，

命运织就了我们的婚姻之锦；

但是一帧回文锦哦！

横看是相思，

直看是相思，

顺看是相思，

倒看是相思，

斜看正看都是相思，

怎样看也看不出团憷二字。

一〇

我俩是一体了！

我们的结合，

至少也和地球一般圆满。

但你是东半球，

我是西半球，
我们又自己放着眼泪，
做成了这苍莽的太平洋，
隔断了我们自己。

一一

相思枕上的长夜，
怎样的厌厌难尽啊！
但这才是岁岁年年中之一夜，
大海里的一个波涛。
爱人啊！
叫我又怎样泅过这时间之海？

一二

我们有一天
相见接吻时，
若是我没小心，
掉出一滴苦泪，
渍痛了你的粉颊，
你可不要惊讶！
那里有多少年底
生了锈的情热底成分啊！

一三

我到底是个男子！
我们将来见面时，

我能对你哭完了，
马上又对你笑。
你却不必如此，
你可以仰面望着我，
像一朵湿蔷薇，
在霁后的斜阳里，
慢慢儿晒干你的眼泪。

一四

我把这些诗寄给你了，
这些字你若不全认识，
那也不要紧。
你可以用手指
轻轻摩着他们，
像医生按着病人的脉，
你许可以试出
他们紧张地跳着，
同你心跳底节奏一般。

一五

古怪的爱人儿啊!
我梦时看见的你
是背面的。

一六

在雪黯风骄的严冬里，
忽然出了一颗红日；
在心灰意冷的情绪里，
忽然起了一阵相思——
这都是我没料定的。

一七

讨诗债的债主
果然回来了！
我先不妨
倾了我的家资还着。
到底实在还不清了，
再剜出我的心头肉，
同心一起付给他罢。

一八

我昼夜唱着相思底歌儿。
他们说我唱得形容憔悴了，
我将浪费了我的生命。
相思啊！
我颂了你吗？
我是吐尽明丝的蚕儿，
死是我的休息；
我诅了你吗？

我是吐出毒剑底蜂儿，
死是我的刑罚。

一九

我是只惊弓的断雁，
我的嘴要叫着你，
又要衔着芦苇，
保障着我的生命。
我真狼狈哟！

二〇

扑不灭的相思，
莫非是生命之原上底野烧？
株株小草底绿意，
都要被他烧焦了啊！

二一

深夜若是一口池塘，
这飘在他的黛漪上的
淡白的小菱花儿，
便是相思底花儿了，
哦！他结成青的，血青的，
有尖角的果子了！

二二

我们的春又回来了，
我搜尽我的诗句，
忙写着红纸的宜春帖。
我也不妨就便写张
"百无禁忌"。
从此我若失错触了忌讳，
我们都不必介意罢！

二三

我们是两片浮萍：
从我们聚散底速率，
同距离底远度，
可以看出风儿底缓急，
浪儿底大小。

二四

我们是鞭丝抽拢的伙伴，
我们是鞭丝抽散的离侣。
万能的鞭丝啊！
叫我们赞颂吗？
还是诅咒呢？

二五

我们弱者是鱼肉，
我们曾被求福者
重看了盛在笾槃里，
供在礼教底龛前。
我们多么荣耀啊！

二六

你明白了吗？
我们与照着客们吃喜酒的
一对红蜡烛；
我们站在桌子底
两斜对角上，
悄悄地烧着我们的生命，
给他们凑热闹。
他们吃完了，
我们的生命也烧尽了。

二七

若是我的话
讲得太多，
讲到末尾，
便胡讲一阵了，
请你只当我灶上的烟囱：
口里虽靭靭地吐着黑灰，

心里依旧是红热的。

二八

这算他圆满底三绝罢！——
莲子，
泪珠儿，
我们的婚姻。

二九

这一滴红泪：
不是别后的清愁，
却是聚前的炎痛。

三〇

他们削破了我的皮肉，
冒着险将伊的枝儿
强蛮地插在我的茎上。
如今我虽带着瘿肿的疤痕，
却开出从来没开过的花儿了。
他们是怎样狠心的聪明啊！
但每回我瞟出看花的人们
上下抛着眼珠儿，
打量着我的茎儿时，
我的脸就红了！

三一

哦，脑子啊！
刻着虫书鸟篆的
一块妖魔的石头，
是我的佩刀底砺石，
也是我爱河里的礁石，
爱人儿啊！
这又是我俩之间的界石！

三二

幽冷的星儿啊！
这般零乱的一团！
爱人儿啊！
我们的命运，
都摆布在这里了！

三三

冬天底长夜，
好不容易等到天明了，
还是一块冷冰冰的，
铅灰色的天宇，
那里看得见太阳呢？
爱人啊！哭罢！哭罢！
这便是我们的将来哟！

三四

我是狂怒的海神，

你是被我捕着的一叶轻舟。

我的情潮一起一落之间，

我笑着看你颠簸；

我的千百个涛头

用白晃晃的锯齿咬你，

把你咬碎了，

便和樯带舵吞了下去。

三五

夜鹰号咷地叫着，

北风拍着门环，

撕着窗纸，

撞着墙壁，

掀着屋瓦，

非闯进来不可。

红烛只不息地淌着血泪，

凝成大堆赤色的石钟乳，

爱人啊！你在那里？

快来剪去那乌云似的烛花，

快窝着你的素手

遮护着这抖颤的烛焰！

爱人啊！你在那里？

三六

当我告诉你们：
我曾在玉箫牙板，
一派悠扬的细乐里，
亲手掀起了伊的红盖帕；
我曾著着银烛，
一壁撷着伊的凤钗，
一壁在伊耳边问道：
"认得我吗？"
朋友们啊！
当你们听我讲这些故事时，
我又在你们的笑容里，
认出了你们私心的艳羡。

三七

这比我的新人，
谁个温柔？
从炉面镂空的双喜字间，
吐出了一线蜿蜒的香篆。

三八

你午睡醒来，
脸上印着红凹的簟纹，
怕是链子锁着的
梦魂儿罢？

我吻着你的香腮，
便吻着你的梦儿了。

三九

我若替伊画像，
我不许一点人工产物
污秽了伊的玉体。
我并不是用画家底肉眼，
在一套曲线里看伊的美；
但我要描出我常梦看的伊——
一个通灵澈洁的裸体的天使！
所以为免除误会起见，
我还要叫伊这两肩上
生出一双翅膀来。
若有人还不明白，
便把伊错认作一只彩凤，
那倒没什么不可。

四〇

假如黄昏时分，
忽来了一阵雷电交加的风暴，
不须怕得呀，爱人！
我将紧拉着你的手，
到窗口并肩坐下，
我们一句话也不要讲，
我们只凝视着
我们自己的爱力

在天边碰着，

碰出金箭似的光芒，

炫瞎我们自己的眼睛。

四一

有酸的，有甜的，有苦的，有辣的。

豆子都是红色的，

味道却不同了。

辣的先让礼教尝尝！

苦的我们分着囫囵地吞下。

酸的酸得像梅子一般，

不妨细嚼着止止我们的渴。

甜的呢！

啊！甜的红豆都分送给邻家作种子罢！

四二

我唱过了各样的歌儿，

单单忘记了你。

但我的歌儿该当越唱越新，越美。

这些最后唱的最美的歌儿，

    一字一颗明珠，

    一字一颗热泪，

我的皇后啊！

这些算了我赎罪底菲仪，

这些我跪着捧献给你。

口　供

我不骗你，我不是什么诗人，
纵然我爱的是白石的坚贞，
青松和大海，鸦背驮着夕阳，
黄昏里织满了蝙蝠的翅膀。
你知道我爱英雄，还爱高山，
我爱一幅国旗在风中招展，
自从鹅黄到古铜色的菊花。
记着我的粮食是一壶苦茶！

可是还有一个我，你怕不怕？——
苍蝇似的思想，垃圾桶里爬。

收　回

那一天只要命运肯放我们走！
不要怕；虽然得走过一个黑洞，
你大胆的走；让我掇着你的手，
也不用问那里来的一阵阴风。

只记住了我今天的话，留心那
一掬温存，几朵吻，留心那几炷笑，
都给拾起来，没有差；——记住我的话，
拾起来，还有珊瑚色的一串心跳。

可怜今天苦了你——心渴望着心——
那时候该让你拾，拾一个痛快，
拾起我们今天损失了的黄金。
那斑斓的残瓣，都是我们的爱，
拾起来，戴上。
你戴着爱的圆光，
我们再走，管他是地狱，是天堂！

"你指着太阳起誓"

你指着太阳起誓，叫天边的凫雁
说你的忠贞。好了，我完全相信你，
甚至热情开出泪花，我也不诧异。
只是你要说什么海枯，什么石烂……
那便笑得死我。这一口气的工夫
还不够我陶醉的？还说什么"永久"？
爱，你知道我只有一口气的贪图，
快来箍紧我的心，快！啊，你走，你走……

我早算就了你那一手——也不是变卦——
"永久"早许给了别人，秕糠是我的份，
别人得的才是你的菁华——不坏的千春。
你不信？假如一天死神拿出你的花押，
你走不走？去去！去恋着他的怀抱，
跟他去讲那海枯石烂不变的贞操！

什么梦？

一排雁字仓皇地渡过天河，
寒雁的哀呼从她心里穿过，
　　"人啊，人啊，"她叹道，
　　"你在那里，在那里叫着我？"

黄昏拥着恐怖，直向她进逼，
一团剧痛沉淀在她的心里，
　　"天啊，天啊，"她叫道，
　　"这到底，到底是什么意义？"

道是那样长，行程又在夜里，
她站在生死的门限上犹夷，
　　"烦闷，烦闷，"她想道，
　　"我将永远，永远结束了你！"

决断写在她脸上，——决断的从容，……

忽然摇篮里哇的一阵警钟，

　　"儿啊，儿啊，"她哭了，

　　"我做的是什么，是什么梦？"

大鼓师

我挂上一面豹皮的大鼓，

　　我敲着它游遍了一个世界，

我唱过了形形色色的歌儿，

　　我也听饱了喝不完的彩。

一角斜阳倒挂在檐下，

　　我蹑着芒鞋，踏入了家村。

"咱们自己的那支歌儿呢？"

　　她赶上前来，一阵的高兴。

我会唱英雄，我会唱豪杰，

　　那倩女情郎的歌，我也唱，

若要问到咱们自己的歌，

　　天知道，我真说不出的心慌！

我却吞下了悲哀，叫她一声，

　　"快拿我的三弦来，快呀快！

这只破鼓也忒嫌闹了，我要

　　那弦子弹出我的歌儿来。"

我先弹着一群白鸽在霜林里，
　　珊瑚爪儿踩着黄叶一堆；
然后你听那秋虫在石缝里叫，
　　忽然又变了冷雨洒着柴扉。

洒不尽的雨，流不完的泪，……
　　我叫声"娘子"！把弦子丢了，
"今天我们拿什么作歌来唱？
　　歌儿早已化作泪儿流了！

"怎么？怎么你也抬不起头来？
　　啊！这怎么办，怎么办！……
来！你来！我兜出来的悲哀，
　　得让我自己来吻它干。

"只让我这样呆望着你，娘子，
　　像窗外的寒蕉望着月亮，
让我只在静默中赞美你，
　　可是总想不出什么歌来唱。

"纵然是刀斧削出的连理枝，
　　你瞧，这姿势一点也没有扭。
我可怜的人，你莫疑我，
　　我原也不怪那挥刀的手。

"你不要多心，我也不要问，
　　山泉到了井底，还往那里流？
我知道你永远起不了波澜，
　　我要你永远给我润着歌喉。

"假如最末的希望否认了孤舟，
　　假如你拒绝了我，我的船坞！
我战着风涛，日暮归来，
　　谁是我的家，谁是我的归宿？

"但是，娘子啊！在你的尊前，
　　许我大鼓三弦都不要用；
我们委实没有歌好唱，我们
　　既不是儿女，又不是英雄！"

狼　狈

假如流水镀上一抹斜阳
悠悠的来了，悠悠的去了；
假如那时不是我不留你，
那颗心不由我作主了。

假如又是灰色的黄昏
藏满了蝙蝠的翅膀；
假如那时不是我不念你，
那时的心什么也不能想。

假如落叶像败阵纷逃，
暗影在我这窗前睥睨；

假如这颗心不是我的了，
女人，教它如何想你？

假如秋夜也这般的寂寥……
嘿！这是谁在我耳边讲话？
这分明不是你的声音，女人；
假如她偏偏要我降她。

你莫怨我

你莫怨我！
这原来不算什么，
人生是萍水相逢，
让他萍水样错过。
你莫怨我！

你莫问我！
泪珠在眼边等着，
只须你说一句话，
一句话便会碰落，
你莫问我！

你莫惹我！
不要想灰上点火，
我的心早累倒了，

最好是让它睡着，
　　你莫惹我！

　　你莫碰我！
你想什么，想什么？
我们是萍水相逢，
应得轻轻的错过。
　　你莫碰我。

　　你莫管我！
从今加上一把锁；
再不要敲错了门，
今回算我撞的祸，
　　你莫管我！

你　看

你看太阳像眠后的春蚕一样，
镇日吐不尽黄丝似的光芒；
你看负暄的红襟在电杆梢上，
酣眠的锦鸭泊在老柳根旁。

你眼前又陈列着青春的宝藏，
朋友们，请就在这眼前欣赏；
你有眼睛请再看青山的峦嶂，

但莫向那山外探望你的家乡。

你听听那枝头颂春的梅花雀，
你得揩干眼泪，和他一支歌。
朋友，乡愁最是个无情的恶魔，
他能教你眼前的春光变作沙漠。

你看春风解放了冰锁的寒溪，
半溪白齿琮琮的漱着涟漪，
细草又织就了釉釉的绿意，
白杨枝上招展着幺小的银旗。

朋友们，等你们看到了故乡的春，
怕不要老尽春光老尽了人？
呵，不要探望你的家乡，朋友们，
家乡是个贼，他能偷去你的心！

也 许

——葬歌

也许你真是哭得太累，
也许，也许你要睡一睡，
那么叫夜莺不要咳嗽。
蛙不要号，蝙蝠不要飞。

不许阳光拨你的眼帘，
不许清风刷上你的眉，
无论谁都不能惊醒你，
撑一伞松荫庇护你睡。

也许你听这蚯蚓翻泥，
听这小草的根须吸水，
也许你听这般的音乐
比那咒骂的人声更美。

那么你先把眼皮闭紧，
我就让你睡，我让你睡，
我把黄土轻轻盖着你，
我叫纸钱儿缓缓的飞。

忘掉她

忘掉她，像一朵忘掉的花，——
　　那朝霞在花瓣上，
　　那花心的一缕香——
忘掉她，像一朵忘掉的花！

忘掉她，像一朵忘掉的花！
　　像春风里一出梦，

像梦里的一声钟，
忘掉她，像一朵忘掉的花！

忘掉她，像一朵忘掉的花！
　听蟋蟀唱得多好，
　看墓草长得多高；
忘掉她，像一朵忘掉的花！

忘掉她，像一朵忘掉的花！
　她已经忘记了你，
　她什么都记不起；
忘掉她，像一朵忘掉的花！

忘掉她，像一朵忘掉的花！
　年华那朋友真好，
　他明天就教你老：
忘掉她，像一朵忘掉的花！

忘掉她，像一朵忘掉的花！
　如果是有人要问，
　就说没有那个人；
忘掉她，像一朵忘掉的花！

忘掉她，像一朵忘掉的花！
　像春风里一出梦，
　像梦里的一声钟，
忘掉她，像一朵忘掉的花！

泪　雨

他在那生命的阳春时节，
曾流着号饥号寒的眼泪；
那原是舒生解冻的春霖，
却也兆征了生命的哀悲。

他少年的泪是连绵的阴雨，
暗中浇熟了酸苦的黄梅；
如今黑云密布，雷电交加，
他的泪像夏雨一般的滂沛。

中途的怅惘，老大的蹉跎，
他知道中年的苦泪更多，
中年的泪定似秋雨淅沥，
梧桐叶上敲着永夜的悲歌。

谁说生命的残冬没有眼泪？
老年的泪是悲哀的总和：
他还有一掬结晶的老泪，
要开作漫天愁人的花朵。

末　日

露水在筧筒里哽咽着，
　芭蕉的绿舌头舐着玻璃窗，
四围的垩壁都往后退，
　我一人填不满偌大一间房。

我心房里烧上一盆火，
　静候着一个远道的客人来，
我用蛛丝鼠矢喂火盆，
　我又用花蛇的鳞甲代劈柴。

鸡声直催，盆里一堆灰，
　一股阴风偷来摸着我的口，
原来客人就在我眼前，
　我眼皮一闭，就跟着客人走。

死　水

这是一沟绝望的死水，

113

清风吹不起半点漪沦。
不如多扔些破铜烂铁，
爽性泼你的剩菜残羹。

也许铜的要绿成翡翠，
铁罐上锈出几瓣桃花：
再让油腻织一层罗绮，
霉菌给他蒸出些云霞。

让死水酵成一沟绿酒，
漂满了珍珠似的白沫：
小珠们笑声变成大珠，
又被偷酒的花蚊咬破。

那么一沟绝望的死水，
也就夸得上几分鲜明。
如果青蛙耐不住寂寞，
又算死水叫出了歌声。

这是一沟绝望的死水，
这里断不是美的所在，
不如让给丑恶来开垦，
看他造出个什么世界。

春　光

静得像入定了的一般，那天竹，
那天竹上密叶遮不住的珊瑚；
那碧桃；在朝暾里运气的麻雀。
春光从一张张的绿叶上爬过。
蓦地一道阳光晃过我的眼前，
我眼睛里飞出了万支的金箭，
我耳边又谣传着翅膀的摩声，
仿佛有一群天使在空中逻巡……

忽地深巷里迸出了一声清籁：
"可怜可怜我这瞎子，老爷太太！"

黄　昏

黄昏是一头迟笨的黑牛，
一步一步的走下了西山；
不许把城门关锁得太早，
总要等黑牛走进了城圈。

115

黄昏是一头神秘的黑牛，
不知他是那一界的神仙——
天天月亮要送他到城里，
一早太阳又牵上了西山。

我要回来

我要回来，
乘你的拳头像兰花未放，
乘你的柔发和柔丝一样，
乘你的眼睛里燃着灵光，
　　我要回来。

我没回来，
乘你的脚步像风中荡桨，
乘你的心灵像痴绳打窗，
乘你笑声里有银的铃铛，
　　我没回来。

我该回来，
乘你的眼睛里一阵昏迷，
乘一口阴风把残灯吹熄，
乘一支冷手来掇走了你，
　　我该回来。

我回来了，
乘流萤打着灯笼照着你，
乘你的耳边悲啼着莎鸡，
乘你睡着了，含一口沙泥，
　　　我回来了。

夜　歌

癞虾蟆抽了一个寒噤，
黄土堆里钻出个妇人，
妇人身旁找不出阴影，
月色却是如此的分明。

黄土堆里钻出个妇人。
黄土堆上并没有裂痕，
也不曾惊动一条蚯蚓，
或绷断寉蛸一根网绳。

月光底下坐着个妇人，
妇人的容貌好似青春，
猩红衫子血样的狰狞，
鬅松的散发披了一身。

妇人在号咷，捶着胸心，

117

癞虾蟆只是打着寒噤，
远村的荒鸡哇的一声。
黄土堆上不见了妇人。

心 跳

这灯光，这灯光漂白了的四壁；
这贤良的桌椅，朋友似的亲密；
这古书的纸香一阵阵的袭来；
要好的茶杯贞女一般的洁白；
受哺的小儿喋呷在母亲怀里，
鼾声报道我大儿康健的消息……
这神秘的静夜，这浑圆的和平，
我喉咙里颤动着感谢的歌声。
但是歌声马上又变成了诅咒，
静夜！我不能，不能受你的贿赂。
谁希罕你这墙内尺方的和平！
我的世界还有更辽阔的边境。
这四墙既隔不断战争的喧嚣，
你有什么方法禁止我的心跳？
最好是让这口里塞满了沙泥，
如其他只会唱着个人的休戚！
最好是让这头颅给田鼠掘洞，
让这一团血肉也去喂着尸虫，
如果只是为了一杯酒，一本诗，

静夜里钟摆摇来的一片闲适，
就听不见了你们四邻的呻吟，
看不见寡妇孤儿抖颤的身影，
战壕里的痉挛，疯人咬着病榻，
和各种惨剧在生活的磨子下。
幸福！我如今不能受你的私贿，
我的世界不在这尺方的墙内。
听！又是一阵炮声，死神的咆哮。
静夜！你如何能禁止我的心跳？

一个观念

你隽永的神秘，你美丽的谎，
你倔强的质问，你一道金光，
一点儿亲密的意义，一股火，
一缕缥缈的呼声，你是什么？
我不疑，这因缘一点也不假，
我知道海洋不骗他的浪花。
既然是节奏，就不该抱怨歌。
啊，横暴的威灵，你降伏了我，
你降伏了我！你绚缦的长虹——
五千多年的记忆，你不要动，
如今我只问怎样抱得紧你……
你是那样的横蛮，那样美丽！

119

发 现

我来了，我喊一声，迸着血泪，
"这不是我的中华，不对，不对！"
我来了，因为我听见你叫我；
鞭着时间的罡风，擎一把火，
我来了，不知道是一场空喜。
我会见的是噩梦，那里是你？
那是恐怖，是噩梦挂着悬崖，
那不是你，那不是我的心爱！
我追问青天，逼迫八面的风，
我问，拳头擂着大地的赤胸，
总问不出消息；我哭着叫你，
呕出一颗心来，——在我心里！

祈 祷

请告诉我谁是中国人，
启示我，如何把记忆抱紧；
请告诉我这民族的伟大，

120

轻轻的告诉我，不要喧哗！

请告诉我谁是中国人，
谁的心里有尧舜的心，
谁的血是荆轲聂政的血，
谁是神农黄帝的遗孽。

告诉我那智慧来得离奇，
说是河马献来的馈礼；
还告诉我这歌声的节奏，
原是九苞凤凰的传授。

谁告诉我戈壁的沉默，
和五岳的庄严？又告诉我
泰山的石霤还滴着忍耐，
大江黄河又流着和谐？

再告诉我，那一滴清泪
是孔子吊唁死麟的伤悲？
那狂笑也得告诉我才好，——
庄周，淳于髡，东方朔的笑。

请告诉我谁是中国人，
启示我，如何把记忆抱紧；
请告诉我这民族的伟大，
轻轻的告诉我，不要喧哗！

一句话

有一句话说出就是祸，
有一句话能点得着火。
别看五千年没有说破，
你猜得透火山的缄默？
说不定是突然着了魔，
突然青天里一个霹雳
　　　爆一声：
　"咱们的中国！"

这话教我今天怎样说？
我不信铁树开花也可，
那么有一句话你听着：
等火山忍不住了缄默，
不要发抖，伸舌头，顿脚，
等到青天里一个霹雳
　　　爆一声：
　"咱们的中国！"

荒　村

……临淮关梁园镇间一百八十里之距离，已完全断绝人烟。汽车道两旁之村庄，所有居民，逃避一空。农民之家具木器，均以绳相连，沉于附近水塘稻田中，以避火焚。门窗俱无，中以棺材或石堵塞。一至夜间，则灯火全无。鸡犬豕等觅食野间，亦无人看守。而间有玫瑰芍药犹墙隅自开。新出稻秧，翠蔼宜人。草木无知，其斯之谓欤？

　　　　　　　　　　　　——民国十六年五月十九日《新闻报》

他们都上那里去了，怎么
虾蟆蹲在甑上，水瓢里开白莲；
桌椅板凳在田里堰里漂着；
蜘蛛在绳桥从东屋往西屋牵？
门框里嵌棺材，窗棂里镶石块！
这景象是多么古怪多么惨！
镰刀让它锈着快锈成了泥，
抛着整个的鱼网在灰堆里烂。
天呀！这样的村庄都留不住他们！
玫瑰开不完，荷叶长成了伞；
秧针这样尖，湖水这样绿，
天这样青，鸟声像露珠样圆。
这秧是怎样绿的，花儿谁叫红的？
这泥里和着谁的血，谁的汗？

去得这样的坚决，这样的脱洒，
可有什么苦衷，许了什么心愿？
如今可有人告诉他们：这里
猪在大路上游，鸭往猪群里钻，
雄鸡踏翻了芍药，牛吃了菜——
告诉他们太阳落了，牛羊不下山，
一个个的黑影在岗上等着，
四合的峦嶂龙蛇虎豹一般，
它们望一望，打了一个寒噤，
大家低下头来，再也不敢看；
（这也得告诉他们）它们想起往常
暮寒深了，白杨在风里颤，
那时只要站在山头嚷一句，
山路太险了，还有主人来搀；
然后笛声送它们踏进栏门里，
那稻草多么香，屋子多么暖！
它们想到这里，滚下了一滴热泪，
大家挤作一堆，脸偎着脸……
去！去告诉它们主人，告诉他们，
什么都告诉他们，什么也不要瞒！
叫他们回来！叫他们回来！
问他们怎么自己的牲口都不管？
他们不知道牲口是和小儿一样吗？
可怜的畜生它们多么没有胆！
喂！你报信的人也上那里去了？
快地告诉他们——告诉王家老三，
告诉周大和他们兄弟八个，
告诉临淮关一带的庄稼汉，
还告诉那红脸的铁匠老李，

124

告诉独眼龙，告诉徐半仙，
告诉黄大娘和满村庄的妇女——
告诉他们这许多的事，一件一件。
叫他们回来，叫他们回来！
这景象是多么古怪多么惨！
天呀！这样的村庄留不住他们；
这样一个桃源，瞧不见人烟！

罪　过

老头儿和担子摔一跤，
满地是白杏儿红樱桃。
老头儿爬起来直哆嗦，
"我知道我今日的罪过！"
"手破了，老头儿你瞧瞧。"
"唉！都给压碎了，好樱桃！"

"老头儿你别是病了罢？
你怎么直愣着不说话？"
"我知道我今日的罪过，
一早起我儿子直催我。
我儿子躺在床上发狠，
他骂我怎么还不出城。

"我知道今日个不早了，

125

没想到一下子睡着了。
这叫我怎么办，怎么办？
回头一家人怎么吃饭？”
老头儿拾起来又掉了，
满地是白杏儿红樱桃。

天安门

好家伙！今日可吓坏了我！
两条腿到这会儿还哆嗦。
瞧着，瞧着，都要追上来了，
要不，我为什么要那么跑？
先生，让我喘口气，那东西，
你没有瞧见那黑漆漆的，
没脑袋的，蹶脚的，多可怕，
还摇晃着白旗儿说着话……
这年头真没法办，你问谁？
真是人都办不了，别说鬼。
还开会啦，还不老实点儿！
你瞧，都是谁家的小孩儿！
不才十来岁儿吗？干吗的！
脑袋瓜上不是使枪扎的？
先生，听说昨日又死了人，
管保死的又是傻学生们。
这年头儿也真有那怪事，

那学生们有的喝，有的吃，——
咱二叔头年死在杨柳青，
那是饿得没法儿去当兵，——
谁拿老命白白的送阎王！
咱一辈子没撒过谎，我想
刚灌上俩子儿酒，一整勺，
怎么走着走着瞧不见道。
怨不得小秃子吓掉了魂，
劝人黑夜里别走天安门。
得！就算咱拉车的活倒霉，
赶明日北京满城都是鬼！

飞毛腿

我说飞毛腿那小子也真够别扭，
管保是拉了半天车得半天歇着，
一天少了说也得二三两白干儿，
醉醺醺的一死儿拉着人谈天儿。
他妈的谁能陪着那个小子混呢？
"天为啥是蓝的？"没事他该问你。
还吹他妈什么箫，你瞧那副神儿，
窝着件破棉袄，老婆的，也没准儿，
再瞧他擦着那车上的俩大灯罩，
擦着擦着问你曹操有多少人马。
成天儿车灯车把且擦且不完啦，

127

我说:"飞毛腿你怎不擦擦脸啦?"
可是飞毛腿的车擦得真够亮的,
许是得擦到和他那心地一样的!
嘻!那天河里漂着飞毛腿的尸首,⋯⋯
飞毛腿那老婆死得太不是时候!

洗衣歌

洗衣是美国华侨最普遍的职业,因此留学生常常被人问道,"你爸爸是洗衣裳的吗?"

(一件,两件,三件,)
　洗衣要洗干净!
(四件,五件,六件,)
　熨衣要熨得平!

我洗得净悲哀的湿手帕,
我洗得白罪恶的黑汗衣,
贪心的油腻和欲火的灰,⋯⋯
你们家里一切的脏东西,
　交给我洗,交给我洗。

铜是那样臭,血是那样腥,
脏了的东西你不能不洗,
洗过了的东西还是得脏,

128

你忍耐的人们理它不理?
　替他们洗！替他们洗！

你说洗衣的买卖太下贱,
肯下贱的只有唐人不成?
你们的牧师他告诉我说:
耶稣的爸爸做木匠出身,
　你信不信?你信不信?

胰子白水耍不出花头来,
洗衣裳原比不上造兵舰。
我也说这有什么大出息——
流一身血汗洗别人的汗?
　你们肯干?你们肯干?

年去年来一滴思乡的泪,
半夜三更一盏洗衣的灯……
下贱不下贱你们不要管,
看那里不干净那里不平,
　问支那人,问支那人。

我洗得净悲哀的湿手帕,
我洗得白罪恶的黑汗衣,
贪心的油腻和欲火的灰,
你们家里一切的脏东西,
交给我——洗,交给我——洗。

(一件,两件,三件,)
　洗衣要洗干净！

129

（四件，五件，六件，）

　熨衣要熨得平！

闻一多先生的书桌

忽然一切的静物都讲话了，

　忽然间书桌上怨声腾沸：

墨盒呻吟道，"我渴得要死！"

　字典喊雨水渍湿了他的背；

信笺忙叫道弯痛了他的腰；

　钢笔说烟灰闭塞了他的嘴，

毛笔讲火柴烧秃了他的须，

　铅笔抱怨牙刷压了他的腿；

香炉咕喽着，"这些野蛮的书

　早晚定规要把你挤倒了！"

大钢表叹息快睡锈了骨头；

　"风来了！风来了！"稿纸都叫了；

笔洗说他分明是盛水的，

　怎么吃得惯臭辣的雪茄灰；

桌子怨一年洗不上两回澡，

　墨水壶说，"我两天给你洗一回。"

130

"什么主人？谁是我们的主人？"
　　一切的静物都同声骂道，
"生活若果是这般的狼狈，
　　倒还不如没有生活的好！"

主人咬着烟斗迷迷的笑，
　　"一切的众生应该各安其位。
我何曾有意的糟蹋你们，
　　秩序不在我的能力之内。"

诗歌·《真我集》及其他佚诗 ＞＞＞＞＞＞＞＞＞

　　《真我集》系闻一多亲自编定的诗集手稿，收早年诗作15首。生前未公开出版。

　　其他佚诗大都发表过，未收集，其中包括《奇迹》这样的诗作精品。

读沈尹默《小妹!》，
想起我的妹来了也作一首

今年暑假里有一晚上，我点着一盏煤油灯看诗；妈坐在我后面，低着头，靠在我的椅子背上。我听见一个发颤的声音讲：

"这么早没得事，又想起来了。……"

我忽然觉得屋子起了一阵雾，灯光也发昏了，书上的字也迷糊了；温热的泪珠一颗颗的往我的双腮上淋着。

十五妹! 我们喜欢做梦的人，自从在梦乡里，发现了那一个光明的世界，就看着现在这牢狱的世界里，无事不是痛苦；何以在狱里的人，日夜的只怕到那一天死要来拉他出狱哩?

十五妹! 人家都说你死得可怜。我说你的可怜，是在生前，不在死后。

漆黑的屋子，衬出豆大的灯光；帐子里仿佛有一个发颤的声音讲：

"又想起来了! "

十五妹! 我只怕听这一句话。

雪　片

Mary Mapes Dooge

一个雪片离开了青天底时候，
他飘来飘去地讲，"再见！
再见，亲爱的云，你这样冷澹！"
然后轻轻地向前迈往。

一个雪片寻着了一株树底时候，
"你好！"他说，——"你可平安！
你这样的赤裸与孤单，亲爱的，
我要休息，并且叫我的同伴都来。"

但是一个雪片，勇敢而且和蔼，
歇在一个佳人底蔷薇颊上底时候，
他吃了一惊，"好温柔的天气呀！
这是夏季！"——他就融化了。

朝 日

夜已将他的黑幕卷起了，

世界还被酣梦羁绊着咧；

勤苦的太阳像一家底主人翁，

先起来了，披着他的绣裳，

偷偷地走到各个窗子前来

喊他的睡觉的骄儿起来作工。

啊！这样寂静灵幻的睡容，

他那里敢惊动呢？

他不敢惊动，只望着他笑，

但他的笑散出热炙的光芒

注射到他睡觉的脸上，

却惊动了他的灵魂，摆脱了他的酣梦，——

睡觉的起来了！

忠 告

人说："月儿，你圆似弹丸，缺似弓弦；圆时虽美，缺的难看！"

我说："月儿，圆缺是你的常事，你别存美丑底观念！你缺到半规，缺到蛾眉，我还是爱你那清光灿烂；
但是你若怕丑，躲在黑云里，不肯露面，我看不见你，便疑
你像龟鼋底甲，蟾蜍底衣，夜叉底脸。”

率　真

莺儿，你唱得这样高兴，
你知道树下靠着一个人是为什么的吗？
鸦儿，你也唱得这样高兴，
你不曾听见诅骂底声音吗？
好鸟儿！我想你们只知道有了歌儿，就该唱，
什么赞美，什么诅骂，你们怎能管得着？
咦！鹦哥，鸟族底不肖之子，
忘了自己的歌儿学人语。
若是个个鸟儿都像你，
世界上那里去找音乐呢？

志　愿

Wishes By Bosworth Crocker

柔和的新月！　　放荡的青春！

柔春里的长途散步；我们俩正值朱颜。我听见你讲："早点预备晚饭，赶快做菜。今晚有新月，让我们设些志愿，我们一块儿去散步……睡觉还早着咧。"

柔和的新月！　　放荡的青春！
你啸了一个调儿，我把窗户推开了，把窗户推开了好让小小的新月窥进来。我的心很快活，他唱一个小调儿。他唱的像一个鸟样，通夜在我的梦寐里还唱着，一首颠狂的小歌儿。

柔和的新月！　　放荡的青春！
你的志愿在四方。个个男儿都如此。我的志愿还是旧的志愿。你的志愿成功了。青春迟暮了。朱颜萧索了。新月灰木了。全世界都老了。让窗户开着，睡觉还早着咧。

柔和的新月！　　放荡的青春！
窗户还是开着，一个颠顿的老月，古怪而且昏沉，望着我笑，斜着眼珠儿进来了，像一个老妈子叽里咕噜讲道：

有——一次——一个—女——人——
你……你……你……！
从她肩背上望过来——
你……你……你……！
望——着——我—我那时候——正在——新弦，
设了——一个—志愿——没有——成—功……
没有——成—功！
你……你……你……！

可恶的老月……！

139

现在我再不早预备晚饭了。为新月忙碌是没有用的，有一个调儿……他常常啸着。

我已经忘了那个调儿……

柔和的新月！　　放荡的青春！

关上窗户。过了好久罢——过了一生。

伤　心

风儿歇了，
柳条儿舞倦了，
雀儿底嗓子叫干了，
春底力也竭了。

肥了绿的，
瘦了红的；
好容易穿透了花丛，
才找出一个恋春的孤客。
拉着他的枝儿，
细细地总看不足，
忽地里把他放了，
弹得一阵残红纷纷……
快放下你的眼帘！
这样惨的象如何看得？

唉！气不完，又哭不出，
只咬着指尖儿默默地想着，——
你又何必这样呢？

一个小囚犯

妈！我还记得，一个四月天，雨脚刚收，
檐沟正忙得吼吼声，
园里底花香跟淋湿的土气在鼻子里冲突。
一双黄蝴蝶又来偷花粉，
太阳斜着眼珠儿瞟着我笑，
我想是他叫我去搤贼，
马上邀我的朋友赶去。
贼没有搤着，我们反跌了一交，
涂得满身的污泥，手被花刺儿戟破了。
我回家来，望着你哭。
你不问底细，就把我关在房里，再不准我出来了。

我关了一个月，我问你，
"妈！事已经过了，我关得很久了，可不可放我出来？"
你说，"不怕丑的孩子！身上弄得那样脏还好意思见人吗？"
我说，"妈，请你替我洗洗，换一身簇新的衣服，我再也不顽皮了。"
你攒着眉尖儿想了半天才讲，"人家的孩子们都在家里玩儿咧……"

我关了两个月——关病了——我又问你，一壁哭着，

"妈！你一辈子不放我出来吗？

唉！你不知道我病了吗？

整天儿没吸一点新鲜空气，没见一线阳光，

再不放我出来，我真要活活的闭死了啊！"

你说，"乖儿，你病到这样，外边那大的风雨，你怎能禁得住呢？

医生吩咐你在家里养病。"

我关了半年，尝饱了药味，病减了一点，我又问你，

"妈，我的病好了，现在我该出去玩了罢？"

你说，"你还没好完全，你可以推开窗子望望，但不要走到外边去了。"

窗子开了——那里淌来的一阵如泣如诉的歌声？听！

"放我出来！

这无期的幽禁，我怎能受得了？

放我出来，把那腐锈渣滓，一齐刮掉，

还是一颗明星，永作你黑夜长途底向导，

不放我出来，待我郁发了酵，更醉得昏头跌脑，

莫怪我撞破了监牢，闹得这世界东颠西倒！

放我出来！"

歌儿毕了，我四面寻找。找不出唱歌的人。

我很欢喜，我也失望，我又问你，

"妈，我从前的伴儿不能帮助我，

致令我糊脏了衣服，戳破了手皮；

假若现在来了一个小孩，教我不要捉蝴蝶，也不要踏污泥，

但陪着我好好生生地玩耍，还唱嘹亮的歌儿，

你也不放我出去吗？"

你说："可以放你，但你又上那里找这样一个伴儿呢？"

从此以后，我便天天站在窗口喊：

"唱歌的人儿，我们俩一块儿出来罢！"

不晓得唱歌的人儿听见没有。

所　见

小河从槎枒的乱石缝里溜出来，
声音虽不大，却还带点瀑布底意味。
在他身上横卧着，是一株老柳，
从他的干上直竖地射出无数的小枝；
他们想找点阳光，却被头上的密荫拦住了，
所以那一丛绿叶，都变了死白颜色。
野藤在这一架天然的木桥下，
挂起了一束魆松的鬓丝，
被瀑布底呼吸吹得悠悠摇动。
谁家洗衣的女儿，穿着绯红的衫子，
蹲在绿荫深处，打得硁訇硁訇的响？

南山诗

（古诗今译）

听说京城底南边，
是群山底渊薮；
东西两头抵到海，

143

大的小的数不清。
《山海经》，《地理志》，
一概无研究；
想采书文叙一遍，
却怕十分之中漏了九，
既想不写又不能，
只得尽我看见的说一点。

我常在高山上望见
戢戢小丘往拢凑着，
天晴显出丏丏的棱角，
还有丝丝的乱脉如同锦绣一般；
一阵山气正是密密地浑着，
忽地里里外两通透，——
没有风儿，还自簸动飘摇，
融液和软而且茂盛。
横列的云彩有时又平静地凝着，
露出点点的山岫；
天空里浮着一段长眉，
深绿底颜色，刚才画得；
孤单单地撑着的险岩
仿佛是在海里洗澡的大鹏伸起来的嘴子。

春阳暗地里润泽他，
就吐出濯濯的秀色，
岩峦虽是崒崒，
却软弱同含着重酒一般。

晚霁见月

好了！风翅掩了，
　　雨脚敛了
可惜太阳回了，
　　天色黯了，
剩下崎岖汹涌的云山云海，
塞满了天空。

忽地紫波银了
　　远树沉了，
竟是黄昏死了，
　　白月生了，——
但是崎岖汹涌的云山云海，
塞满了天空！

莫愁太阳自落，
　　睡煞人儿，
且待月亮照着，
　　唤醒魂儿。
但是崎岖汹涌的云山云海，
塞满了天空！

醒　呀

众　天鸡怒号，东方已经白了，
　　庆云是希望开成五色的花
　　醒呀，神勇的大王。醒呀！
　　你的鼾声真和缓得可怕。

　　他们说长夜闭熄了你的灵魂，
　　长夜的风霜是致命的刀。
　　熟睡的神狮呀，你还不醒来？
　　醒呀！我们都等候得心焦了！

汉　我叫五岳的山禽奏乐，
　　我叫三江的鱼龙舞蹈。
　　醒呀！神的元首，醒呀！

满　我献给你长白的驯鹿，
　　我献给你黑龙的活水。
　　醒呀！勇武的单于，醒呀！

蒙　我有大漠供你的驰骤。
　　我有西套作你的庖厨，
　　醒呀！伟大的可汗，醒呀！

146

回　我给你筑碧玉的洞宫，
　　我请你在葱岭上巡狩。
　　醒呀！神圣的苏丹，醒呀！

藏　我吩咐喇嘛日夜祷求，
　　我焚起麝香来欢迎你。
　　醒呀！庄严的活佛，醒呀！

众　让这些祷词攻破睡乡的城，
　　让我们把眼泪来浇醒你。
　　威严的大王呀，你可怜我们！
　　我们的灵魂儿如此的战栗！

　　醒呀！请扯破了梦魇的网罗。
　　神州给虎豹豺狼糟蹋了。
　　醒了罢！醒了罢！威武的神狮！
　　听我们在五色旗下哀号。

附记：

　　这些是历年旅外因受尽帝国主义的闲气而喊出的不平的呼声；本已交给留美同人所办一种鼓吹国家主义的杂志名叫《大江》的了。但目下正值帝国主义在沪汉演成这种惨剧，而大江出版又还有些日子，我把这些诗找一条捷径发表了，是希望他们可以在同胞中激起一些敌忾，把激昂的民气变得更加激昂。我想《大江》的编辑必能原谅这番苦衷。

作者

原载 1925 年 6 月 27 日《现代评论》2 卷 291 期

爱国的心

我心头有一幅旌旆
没有风时自然摇摆；
我这幅抖颤的心旌
上面有五样的色彩。

这心腹里海棠叶形
是中华版图底缩本；
谁能偷去伊的版图？
谁能偷得去我的心？

原载 1927 年 7 月《现代评论》2 卷 31 期

叫卖歌

朦胧的曲巷群鸦唤不醒，
东方天上只是一块黄来一块青。
这是谁催少妇上梳妆？——
　　"白兰花！白兰花！"

声声落入玻璃窗。

桐荫摊在八尺的高墙底，
"知了"停了，一阵饭香飘到书房里。
忽把孩儿的午梦惊破了——
　　"薄荷糖！薄荷糖！"
　　小锣儿在墙角敲。

市声像沸水在铜壶里响，
半壁无丝是竹帘筛进的淡斜阳。
这是谁遮断先生的读书声？——
　　"老莲蓬！老莲蓬！"
　　满担清香挑进门。

黄昏要拥抱全城去安歇，
纷飞的蝙蝠仿佛是风催落叶。
这时谁将神秘载满老人心？——
　　你听啦！你听啦！
　　算命瞎子拉胡琴。

　　　　　　原载 1925 年 9 月《晨报副刊》第 48 期

纳履歌

树下的菖蒲拜折了腰，

149

半日没有衔鸡儿叫。
秋天的河流分外的细——
一线银丝在沙上洗。

少年的张良是无事忙，
狂奔不向前途望；
忽然听见了咳嗽一声，
想是只白鹭吃了一惊。

抬头瞧见一个老人样，
板桥底边晒太阳，
脱下了破鞋往板桥下摔，
喊一声："小子拾起来！"

张良的心头上火星飞，
身边恨没有大铁锤，
祖龙在我手下逃生命，
老头儿你是什么人？

老头儿对着他微微笑，
笑得他心寒怒火消，
本来古礼尊尚白头发，
我张良应分服侍他。

河底拾起了老人的鞋，
老人讲："替我穿起来！"
老人的尊严比皇帝大，
谁敢不听老人的话？

张良双膝跪落心脆落，
捧鞋送上老人的脚，
只觉老人伟大自身小，
仿佛是鲲鹏比鷦鹩。

"孺子可教！孺子你记着：
再过了五天来会我。"
瞥眼之间不见老人身，
老人不是寻常的人！

秋天的河流分外的细——
一线银丝在沙上洗。
桥下的菖蒲拜折了腰，
半日没有衔鸡儿叫。

原载 1925 年 10 月 5 日《晨报副刊》第 49 期

答　辩

挂彩的荣华我当不起，
没有圆光往我头上箍，
旌旗铙鼓不是我的份，
我道上不许用黄土铺。

不许矜骄镀我成金身，

我拒绝"成功"见我一面；
双手揪住挣扎的纷忙，
我对着黎明，也不要看。

锦袍的庄严交给别人，
流汗的快乐得让给我。
上帝许我纯钢的意志，
要我锤出些惨淡的歌。

可是旌旗铙鼓我不要，
我道上不用黄土来铺，
挂彩的荣华我当不起，
哪有圆光往我头上箍？

原载 1928 年 4 月《新月》1 卷 2 期

相遇已成过去

欢悦的双眼，激动的心：
相遇已成过去，到了分手的时候，
温婉的微笑将变成苦笑，
不如在爱刚抽芽时就掐死苗头。

命运是一把无规律的梭子，
趁悲伤还未成章，改变还未晚，
让我们永为素丝的经纬线；

永远皎洁，不受俗爱的污染。

分手吧，我们的相逢已成过去，
任心灵忍受多大的饥渴和懊悔。
你友情的微笑对我已属梦想的非分，
更不敢企求叫你深情的微哂。

将来有一天也许我们重逢，
你的风姿更丰盈，而我则依然憔悴。
我的毫无愧色的爽快陈说，
"我们的缘很短，但也有过一回。"

我们一度相逢，来自西东，
我全身的血液，精神，如潮汹涌，
"但只那一度相逢，旋即分道。"
留下我的心永在长夜里怔忡。

原英文诗 1925 年写于纽约。原诗无题。此为许芥星译文

奇　迹

我要的本不是火样的红，或半夜里
桃花潭水的黑，也不是琵琶的幽怨，
蔷薇的香，我不曾真心爱过文豹的矜严，
我要的婉变也不是任何白鸽所有的。

我要的本不是这些，而是这些的结晶，
比这一切更神奇得万倍的一个奇迹！
可是，这灵魂是真饿得慌，我又不能
让他缺着供养，那么，即便是糟糠，
你也得募化不是？天知道，我不是
甘心如此，我并非倔强，亦不是愚蠢，
我是等你不及，等不及奇迹的来临！
我不敢让灵魂缺着供养，谁不知道
一树蝉鸣，一壶浊酒，算得了什么；
纵提到烟峦，曙壑，或更璀璨的星空，
也只是平凡，最无所谓的平凡，犯得着
惊喜得没主意，喊着最动人的名儿，
恨不得黄金铸字，给装在一支歌里？
我也说但为一阕莺歌便噙不住眼泪
那未免太支离了，太玄了，简直不值当。
谁晓得，我可不能不那样：这心是真
饿得慌，我不能不节省点，把藜藿
权当作膏粱。
可也不妨明说　　只要你——
只要奇迹露一面，我马上就抛弃平凡
我再不瞅着一张霜叶梦想春花的艳
再不浪费这灵魂的膂力，剥开顽石
来诛求白玉的温润，给我一个奇迹，
我也不再去鞭挞着"丑"，逼他要
那份背面的意义；实在我早厌恶了
这些勾当，这附会也委实是太费解了。
我只要一个明白的字，舍利子似的闪着
宝光，我要的是整个的，正画的美。
我并非倔强，亦不是愚蠢，我不会看见

154

团扇，悟不起扇后那天仙似的人面。
那么
我便等着，不管等到多少轮回以后——
既然当初许下心愿，也不知道是在多少
轮回以前——我等，我不抱怨，只静候着
一个奇迹的来临。总不能没有那一天
让雷来劈我，火山来烧，全地狱翻起来
扑我，……害怕吗？你放心，反正罡风
吹不熄灵魂的灯，愿这蜕壳化成灰烬，
不碍事，因为那，那便是我的一刹那
一刹那的永恒——一阵异香，最神秘的
肃静（日，月，一切星球的旋动早被
喝住，时间也止步了），最浑圆的和平……
我听见阊阖的户枢咎然一响，
传来一片衣裙的翩跹——那便是奇迹——
半启的金扉中，一个戴着圆光的你！

原载 1931 年 1 月 20 日《诗刊》创刊号

园 内

序 曲

你开始唱着园内之"昨日"，
请唱得像玉杯跌得粉碎，

血色的酒浆溅污了满地；
然后模拟掌中的细沙，
从指缝之间溜出的声响。

你若唱到园内之"今日"，
当唱得像似一溪活水，
在旭日光中淙淙流去；
或如村塾里总角的学童，
走珠似的背诵他的课本。
你若会唱园内之"明日"，
你当想起我们紫白的校旗，
你便唱出风旗飘舞底节奏；
最末，避席起立，额手致敬，
你又须唱得像军乐交鸣。

一

寂寥封锁在园内了，
风扇不开的寂寥，
水流不破的寂寥。
麻雀呀！叫呀，叫呀！
放出你那箭镝似的音调，
射破这坚固的寂寥！
但是雀儿终叫不出来，
寂寥还封锁在园内。

在这沉闷的寂寥里，
雨水泡着的朱扉，
才剩下些银红的霞晕；

156

雨水洗尽了昨日的光荣。
在这沉闷的寂寥里，
金黄釉的琉璃瓦
是条死龙底残鳞败甲，
飘零在四方上下。

在这阴霾的寂寥里，
大理石、云母石、青琅玕、汉白玉，
龟坼的阶墀、矢折的栏柱……
纵横地卧在蓬蒿丛里，
像是曝在沙场上的战骨。

在这悲酸的寂寥里，
长发的柳树还像宫妃，
瞰在胶凝的池边饮泣，饮泣……
半醒的蜗牛在败壁上
拖出了颠斜错杂的篆文，
仿佛一页写错了的历史。

在这恐怖的寂寥里，
毅瘦的月儿常挂在松枝上，
像煞一个缢死的僵尸：
在这恐怖的寂寥里，
疯魔的月儿在松枝上缢死。

在这无聊的寂寥里，
坍碎了的王宫变成一座土地庙。
颤怯的农夫鬼物似的，
悄悄地溜进园来，

悄悄地烧了香，磕了头，

又悄悄地溜出园去……

寂寥又封锁在园内了。

寂寥封锁在园内了，

风扇不开的寂寥，

水流不破的寂寥……

一切都是沉闷阴霾，

一切都是悲酸恐怖，

一切都是百无聊赖。

二

好了！新生命胎动了！

寂寥的园内生了灵芝，

紫的灵芝，白的灵芝，

妆点了神秘的芜园。

灵芝生了，新生命来了！

好了，活泼泼的少年

摩肩接踵地挤进园来了。

饿着脑筋，烧着心血，

紧张着肌肉的少年，

从长城东头，穿过山海关，

裹着件大氅，跑进园来了；

从长城西尾，穿过潼关，

坐在驴车里拉进园来了。

从三峡底湍流里救出的少年

病恹恹地踱进园里来了；

漂过了南海，漂过了东海，
漂过了黄海，漂过了渤海的少年，
摇着团罗扇，闯进园里来了；
风流倜傥的少年
碧衫儿荡着西湖底波色，
翩翩然飘进园里来了。

少年们来了，灵芝生满园内，
一切只是新鲜，一切只是明媚，
一切只是希望，一切只是努力；
灵芝不断地在园内苗放，
少年们不断地在园内努力。

三

于是曙色烘醒了东方，
好像浸渐明晰的思想。
晨鸡叫了，晨星没了
太阳翻身起来了——
金光镀在紫铜盖的穹窿上，
金光燃在龙鳞似的琉璃瓦上，
金光描在高楼顶的旗杆上，
金光洒在战巍巍的松枝上，
金光吻在少年底桃颊上。

少年在太阳底跸道之旁，
瞻望六龙挽着的云轾发轫，
仿佛诚惶诚恐的村童，
遥望着帝王的法驾西幸，

无限的敬仰，无限的欣羡，
充满了他那蒙稚的心灵。

早起的少年危立在假石山上，
红荷招展在他脚底，
旭日灿烂地在他头上，
早起的少年对着新生的太阳
如同对着他的严师，
背诵庄周屈子底鸿文，
背诵沙翁弥氏底巨制。

万籁无声，宇宙在敛息倾听
驯雀飞于平地来倾听，
金鱼浮上池面来倾听——
少年对着新生的太阳，
背诵着他的生命底课本。

啊！"自强不息"[①] 的少年啊！
谁是你的严师！
若非这新生的太阳？

四

于是夕阳涨破了西方，
赤血喋染了宇宙——
不是赔偿罪恶的代价，
乃是生命澎涨之溢流。

---

① "自强不息"：闻一多家信将此注为"这是清华学校底校训"。

赤血喋染了宇宙，
细草伸出舌头舐着赤血，
绿杨散开乱发沐着赤血。
喷水池抛开螺钿镶的银链，
吼着要锁住窜游的夕阳；
夕阳跌倒在喷水池中，
池中是一盆鲜明的赤血。

红砖上更红的爬墙虎，
紫茎里迸出赤叶的爬墙虎，
仿佛是些血管涨破了，
迸出了满墙的红血斑。

赤血澎涨了夕阳的宇宙，
赤血澎涨了少年的血管。
少年们在广场上游戏，
球丸在太空里飞腾，
像是九天上跳踉的巨灵，
戏弄着熄了的太阳一样。

少年们踢着熄了的太阳，
少年们抛着熄了的太阳，
少年们顶着熄了的太阳，
少年们抱着熄了的太阳：
生命澎涨了少年底血管，
少年们在戏弄熄了的太阳。

夕阳里喧呼着的少年们，

赤铜铸的筋骨，

赤铜铸的精神，

在戏弄熄了的太阳。

五

于是月儿窥进了东园，

宇宙被清光浸满，

宇宙晶凉的海水一般。

宇宙变了清光之海——

银波进入了窗棂，

银波泛滥了庭院，

银波弥漫了大自然，

宇宙沉沦在海底里。

那里有杨柳？那里有松桧？

这水似的晶蓝的空气中，

只有些曼舞的海藻，

只有些鹄立的铁珊瑚，

拱抱着巍峨的大礼堂，

龙宫似的庄严灿烂。

龙宫底间阖是黄金锤出的，

龙宫底楹柱是白玉雕成的。

哦，莫不是水国的仙人——

这清空灵幻的少年

飘摇在龙宫之东，龙宫之西，

那雍容闲雅的少年

蹰踯在龙宫之南，龙宫之北？
少年浮游在海底，
浮游在清光之海，
清光浸入少年底心里，
清光洗在少年底身外。
涤尽浊垢，饮入清光，
少年便是清光之海。

听啊！那里来的歌声？
莫非就是泣珠的鲛人——
莫非是深海底的鲛人，
坐在紫黑的巉石龛下，
一壁织着愁思之绡，
一壁唱着缠绵之歌？

啊！如此缠绵的歌声，
唱得海水底晶波战栗，
唱得海树底枝叶飕熄，
唱得少年不能仰首，
唱醒了少年底杳恨冥愁。

少年听了缠绵的歌声，
唤起了甜蜜蜜的神圣的绝望，
或是热烘烘的玄秘的隐忧，
一种没由来，没目的，
一知半解的少年愁——
为了茫茫的大千宇宙？
为了滔滔的洪水猛兽？
为了闸不住的情绪之流？

还是抛不下锚的生命之舟？

六

于是月儿愈渐躲入了西园，
楼房底暗影愈渐伸张弥漫，
列着鹅鹳阵的暗影转战而前，
终于占领了凄凉的庭院。

院中垂头丧气的花木，
是被黑暗拘囚的俘虏；
锁在檐下的紫丁香，
锁在墙脚的迎春柳，
含着露珠儿，含着泪珠儿，
莫不是牛衣对泣的楚囚？
画角哀哀地叫了！
悲壮的画角在黑暗里狂吠，
好像激昂的更犬吠着盗贼；
锐利的角声在空中咬着，
咬破了黑暗底魔术，
咬破了少年底美梦，
少年们揎开美梦，跳出榻床，
少年们已和黑暗宣战了。

哦！静夜的角声如何哭了？
将少年们底心脏哭融了，
五百个战士底心脏融成一个。
楼上点着蜡烛，
楼下点着蜡烛，

少年们正在会议，
少年们正在努力。
三旗营底铜磬报尽了五更，
报道黑暗底行程将尽，
少年们啊！再点上一枝蜡烛，
便撑持过了这黑暗的末路！

曙光回了，新生命又来了！
一切又是新鲜，明媚，
一切又是希望，努力。
饿的脑筋，烧着心血，
紧张着肌肉的少年们，
凭着希望造出了希望；
活泼泼的少年们，
又在园内不断地努力。

七

然后有一天园内的昨日，
隐入了蒙昧的历史，
园内的今日瓜代了昨日。
然后风云扰攘的天宇
终竟澈体澄清了……
雍穆的蔚蓝临照了一切。
无垠的蔚蓝的天宇
衬出了金碧辉煌的楼阁。
焕丽雄伟的楼阁
像似皇宫帝阙一般——
蓬莱的晓钟鸣了，

文武的千官，戎狄的臣佺，
群在崔嵬的紫宸殿下，
膜拜着文献之王。

肃静森严的楼阁
又似佛寺梵宇一般——
上方的暮磬响了，
意志猛似龙象的僧侣们，
群在理智之佛像前，
焚着虔诚底香火。

哦　文献底宫殿啊！
哦　理智底寺观啊！
矗峙在蔚蓝的天宇中，
你是东方华胄的学府！
你是世界文化底盟坛！

八

飘啊！紫白参半的旗哟！
飘啊！化作云气飘摇着！
白云扶着的紫气哟！
氤氲在这"水木清华"的景物上，
好让这里万人底眼望着你，
好让这里万人底心向着你！

这里万人还在猛烈地工作，
像园内的苍松一般工作，
伸出他们的理智的根爪，

挖烂了大地底肌腠，
撕裂了大地底骨骼，
将大地底神髓吸地，
好向中天的红日泄吐。

这里万人还在静默地工作，
像园外的西山一般工作，
静默地滋育了草木，
静默地迸溢了温泉，
静默地驮负了浮图御苑；
春夏他沐着雨露底膏泽，
秋冬他戴着霜雪底伤痕，
但他总是在静默中工作。

这里努力工作的万人，
并不像西方式的机械，
大齿轮绾着小齿轮，
全无意识地转动，
全无目的地转动。
但只为他们的理想工作，
为他们四千年来的理想，
古圣先贤底遗训，努力工作。

云气氲氤的校旗呀！
你在百尺高楼上飘摇着，
近瞩京师，远望长城，
你临照着旧中华底脊骸，
你临照着新中华底心脏。
啊！展开那四千年文化底历史，

警醒万人，启示万人，
赐给他们灵感，赐给他们精神！

云气氲氤的校旗呀！
在东西文化交锋之时，
你又是万人底军旗！
万人肉袒负荆底时间过了，
万人卧薪尝胆底时期过了，
万人要为四千年底文化
与强权霸术决一雌雄！

云气氲氤的校旗呀！
你便是东来的紫气，
你飘出函谷关，向西迈往，
你将挟着我们圣人底灵魂[1]，
趼漫了西土，趼漫了全球！

飘呀！紫白参半的旗呀！
飘呀！化作云气飘摇着！
白云扶着的紫气呀！
氲氤在这"水木清华"的景物上，
莫使这里万人忘了你的意义！
莫使这里万人忘了你的意义！

1923 年 3 月 16 日二稿

---

[1] 作者原注：关令尹登楼见东极有紫气西迈，喜日，应有圣人经过京邑。至期，果见老子。杜
工部诗"东来紫气满函关"正用此事。此处所谓"圣人底灵魂"即指老子。

渔阳曲

白日底光芒照射着朱梦，
丹墀上默跪着双双的桐影。
宴饮的宾客坐满了西厢，
高堂上虎踞着他们的主人，
高堂上虎踞着威严的主人。

丁东，丁东，
沉默跰漫了堂中，
又一个鼓手，
在堂前奏弄，
这鼓声与众不同
丁东，丁东，
听！你可听得懂？
听！你可听得懂？

银盏玉碟——尝不遍燕脯龙肝，
鸬鹚杓子泻着美酒如泉……
杯盘的交响闹成铿锵一片，
笑容堆皱在主人底满脸——
啊，笑容堆皱了主人底满脸。

丁东，丁东，
这鼓声与众不同——
它清如鹤唳，

169

它细似吟蛩；
这鼓声与众不同。
丁东，丁东，
听！你可听得懂？
听！你可听得懂？

你看这鼓手他不像是凡夫，
他儒冠儒服，定然腹有诗书；
他宜乎调度着更幽雅的音乐，
粗笨的鼓槌不是他的工具，
这双鼓槌不是这手中的工具！
丁东，丁东，
这鼓声与众不同——
像寒泉注涧，
像雨打枯桐；
这鼓声与众不同。
丁东，丁东，
听！你可听得懂？
听！你可听得懂？

你看他敲着灵鼍鼓，两眼朝天，
你看他在庭前绕一道长弧线，
然后徐徐地步上了阶梯，
一步一声鼓，越打越酣然——
啊，声声的叠鼓，越打越酣然。
丁东，丁东，
这鼓声与众不同——
陡然成急切，
忽又变沉雄；

170

这鼓声与众不同。

　　丁东，丁东，

不同，与众不同！

不同，与众不同！

坎坎的鼓声震动了屋宇：

他走上了高堂，便张目四顾，

他看见满堂缩瑟的猪羊，

当中是一只磨牙的老虎。

他偏要撩一撩这只老虎。

　　丁东，丁东，

这鼓声与众不同——

　　这不是颂德，

　　也不是歌功；

这鼓声与众不同。

　　丁东，丁东，

不同，与众不同！

不同，与众不同！

他大步地跨向主人底席旁，

却被一个班吏匆忙地阻挡；

"无礼的奴才！"这班吏吼道，

"你怎么不穿上号衣，就往前瞎闯？

你没穿号衣，就往这儿瞎闯？"

　　丁东，丁东，

这鼓声与众不同。

　　分明是咒诅，

　　显然是嘲弄；

这鼓声与众不同。

丁东，丁东，

听！你可听得懂？

听！你可听得懂？

他领过了号衣，靠近栏杆，

次第的脱了皂帽，解了青衫，

忽地满堂的目珠都不敢直视，

仿佛看见猛烈的光芒一般，

仿佛他身上射出金光一般。

（丁东，丁东）

这鼓手与众不同——

他赤身露体，

他声色不动，

这鼓手与众不同。

（丁东，丁东）

真个与众不同！

真个与众不同！

满堂是恐怖，满堂是惊讶，

满堂寂寞——日影在石栏杆下；

飞起了翩翩一只穿花蝶，

洒落了疏疏几点木犀花，

庭中洒下了几点木犀花。

（丁东，丁东）

这鼓手与众不同——

莫不是蹚醉？

莫不是癫疯？

这鼓手与众不同。

（丁东，丁东）

172

定当与众不同！
定当与众不同！

苍黄的号褂，露出一只赤臂，
头颅上高架着一顶银盔，
他如今换上了全副的装束，
如今他才是一个知礼的奴才，
他如今才是个知礼的奴才。
　　丁东，丁东，
　这鼓声与众不同——
　　　像狂涛打岸，
　　　像霹雳腾空；
　这鼓声与众不同。
　　丁东，丁东，
　不同，与众不同！
　不同，与众不同！

他在主人底席前左右徘徊，
鼓声愈渐激昂，越加慷慨；
主人停了玉杯，住了象箸，
主人底面色早已变作死灰，
啊，主人底面色为何变作死灰？
　　丁东，丁东，
　这鼓声与众不同——
　　　播得你胆寒，
　　　挝得你发耸；
　这鼓声与众不同。
　　丁东，丁东，
　不同，与众不同！

173

不同，与众不同！

猖狂的鼓声在庭中嘶吼，
主人底羞恼哽塞在咽喉，
主人将唤起威风，呕出怒火，
谁知又一阵鼓声扑上心头，
把他的怒火扑灭在心头。
　　丁东，丁东，
　　这鼓声与众不同——
　　　像鱼龙走峡，
　　　像兵甲交锋；
　　这鼓声与众不同。
　　丁东，丁东，
　　不同，与众不同！
　　不同，与众不同！

堂下的鼓声忽地笑个不止，
堂上的主人只是坐着发痴；
洋洋的笑声洒落在四筵，
鼓声笑破了奸雄的胆子！
鼓声又笑破了主人的胆子——
　　　（丁东，丁东）
　　这鼓手与众不同——
　　　席上的主人
　　　一动也不动：
　　这鼓手与众不同。
　　　（丁东，丁东）
　　定当与众不同！
　　定当与众不同！

174

白日的残辉绕过了雕楹，

丹墀上没有了双双的桐影。

无聊的宾客坐满了两厢，

高堂上呆坐着他们的主人，

高堂上坐着丧气的主人。

　　（丁东，丁东）

　　这鼓手与众不同——

　　　惩斥了国贼，

　　　庭辱了枭雄；

　　这鼓手与众不同。

　　（丁东，丁东）

　　真个与众不同！

　　真个与众不同！

原载 1925 年 3 月《小说月报》第 10 卷第 3 号

七子之歌

　　邶有七子之母不安其室。七子自怨自艾，冀以回其母心。诗人作《凯风》以慰之。吾国自尼布楚条约迄旅大之租让，先后丧失之土地，失养于祖国，受虐于异类，臆其悲哀之情，盖有甚于《凯风》之七子。因择其与中华关系最亲切者七地，为作歌各一章，以抒其孤苦亡告，眷怀祖国之哀忱，亦以励国人之奋兴云尔。国疆崩丧，积日既久，国人视之漠然。不见夫法兰西之 Alsace-Lorraine 耶？"精诚所至，金石能开。"诚如斯，中华"七子"之归来其在旦夕乎！

澳　门

你可知"妈港"不是我的真名姓？……
我离开你的襁褓太久了，母亲！
但是他们掳去的是我的肉体，
你依然保管着我内心的灵魂。
三百年来梦寐不忘的生母啊！
请叫儿的乳名，叫我一声"澳门！"
　　母亲！我要回来，母亲！

香　港

我好比凤阙阶前守夜的黄豹，
母亲呀，我身分虽微，地位险要。
如今狞恶的海狮扑在我身上，
啖着我的骨肉，咽着我的脂膏；
母亲呀，我哭泣号啕，呼你不应。
母亲呀，快让我躲入你的怀抱！
　　母亲！我要回来，母亲！

台　湾

我们是东海捧出的珍珠一串，
琉球是我的群弟我就是台湾。
我胸中还氤氲着郑氏的英魂，
精忠的赤血点染了我的家传。
母亲，酷炎的夏日要晒死我了；
赐我个号令，我还能背城一战。

母亲！我要回来，母亲！

威海卫

再让我看守着中华最古的海，
这边岸上原有圣人的丘陵在。
母亲，莫忘了我是防海的健将，
我有一座刘公岛作我的盾牌。
快救我回来呀，时期已经到了。
我背后葬的尽是圣人的遗骸！
　母亲！我要回来，母亲！

广州湾

东海和硇洲是一双管钥，
我是神州后门上的一把铁锁。
你为什么把我借给一个盗贼？
母亲呀，你千万不该抛弃了我！
母亲，让我快回到你的膝前来，
我要紧紧的拥抱着你的脚髁。
　母亲！我要回来，母亲！

九　龙

我的胞兄香港在诉他的苦痛，
母亲呀，可记得你的幼女九龙？
自从我下嫁给那镇海的魔王，
我何曾有一天不在泪涛汹涌！
母亲，我天天数着归宁的吉日，

177

我只怕希望要变作一场空梦，
　　母亲！我要回来，母亲！

旅顺，大连

我们是旅顺，大连，孪生的兄弟。
我们的命运应该如何的比拟？
两个强邻将我们来回的蹂躏，
我们是暴徒脚下的两团烂泥。
母亲，归期到了，快领我们回来。
你不知道儿们如何的想念你！
　　母亲！我们要回来，母亲！

原载 1925 年 7 月 4 日《现代评论》第 2 卷第 30 期

长城下之哀歌

啊！五千年文化底纪念碑哟！
伟大的民族底伟大的标帜！……
哦，那里是赛可罗坡底石城？
那里是贝比楼？那里是伽勒寺？
这都是被时间蠹蚀了的名词；
长城？肃杀的时间还伤不了你。

长城啊！你又是旧中华底墓碑，

我是这墓中的一个孤鬼——
我坐在墓上痛哭，哭到地裂天开，
可才能找见旧中华底灵魂，
并同我自己的灵魂之所在？……
长城啊！你原是旧中华底墓碑！

长城啊！老而不死的长城啊！
你还守着那九曲的黄河吗？
你可听见他那消沉的脉搏？
你的同僚怕不就是那金字塔？
金字塔，他虽守不住他的山河，
长城啊！你可守得住你的文化！

你是一条身长万里的苍龙，
你送帝轩辕升天去回来了，
偃卧在这里，头枕沧海，尾蹴昆仑，
你偃卧在这里看护他的子孙。
长城啊！你可尽了你的责任？
怎么黄帝的子孙终于"披发左衽！"

你又是一座曲折的绣屏，
我们在屏后的华堂上宴饮——
日月是我们的两柱纱灯，
海水天风和着我们高咏，
直到时间也为我们驻辔流连，
我们便挽住了时间放怀酣寝。

长城！你为我们的睡眠担当保障；
等我们睡锈了我们的筋骨，

179

待我们睡忘了我们的理想，
流贼们忽都爬过我们的围屏，
我们哪能御抗？我们只得投降，
我们只得归附了狐群狗党。

长城啊！你何曾隔阂了匈奴，吐蕃？
你又何曾障阻了辽，金，满？……
古来只有塞下的雪没马蹄，
古来只有塞上的烽烟云卷，
古来还有胡骢载着一个佳人，
抱着琵琶饮泣，驰出了玉关！……

唉！何须追忆得昨日的辛酸！
昨日的辛酸怎比今朝的劫数？
昨日的敌人是可汗，是单于，
都幸而闯入了我们的门庭，
洗尽腥羶攀上了文明底坛府，——
昨日的敌人还是我们的同族。

但是今日的敌人，今日的敌人，
是天灾？是人祸？是魔术？是妖氛？
哦，钢筋铁骨，嚼火漱雾的怪物，
运输着罪孽，散播着战争，……
哦，怕不要扑熄了我们的日月，
怕不要捣毁了我们的乾坤！

啊！从今那有珠帘半卷的高楼，
镇日里睡鸭焚香，龙头泻酒，
自然歌稳了太平，舞清了宇宙？

从今那有石坛丹灶的道院，
一树的碧荫，满庭的红日，——
童子煎茶，烧着了枯藤一束？

那有窗外的一树寒梅，万竿斜竹，
窗里的幽人抚着焦桐独奏？
再那有荷锄的农夫踏着夕阳，
歌声响在山前，人影没入山后？
又那有柳荫下系着的渔舟，
和细雨斜风催不回去的渔叟？

哦，从今只有暗无天日的绝壑，
装满了么小微茫的生命，
像黑蚁一般的，东西驰骋，——
从今只有半死的囚奴，鹄面鸠形，
抱着金子从矿坑里爬上来，
给吃人的大王们献寿谢恩。

从今只有数不清的烟突，
仿佛昂头的毒蟒在天边等候，
又像是无数惊恐的恶魔，
伸起了巨手千只，向天求救；
从今瞥着万只眼睛的街市上，
骷髅拜骷髅，骷髅赶着骷髅走。

啊！你们夸道未来的中华，
就夸道万里的秦岭蜀山，
剖开腹脏，泻着黄金，泻着宝钻；
夸道我们铁路络绎的版图，

181

就像是网脉式的楮叶一片，
停泊在太平洋底白浪之间。

又夸道麇载归来的战舰商轮，
载着金的，银的，形形色色的货币，
镌着英皇乔治，美总统林肯，
各国元首底肖像，各国底国名；
夸道西欧底海狮，北美底苍隼，
俯首锻翮，都在上国之前请命。

你们夸道东方的日耳曼，
你们夸道又一个黄种的英伦，——
哈哈！夸道四千年文明神圣，
俛首帖耳的堕入狗党狐群！
啊！新的中华吗？假的中华哟！
同胞啊！你们才是自欺欺人！

哦，鸿荒的远祖——神农，黄帝！
哦，先秦的圣哲——老聃，宣尼！
吟着美人香草的爱国诗人！
饿死西山和悲歌易水的壮士！
哦，二十四史里一切的英灵！
起来呀，起来呀，请都兴起，——

请鉴察我的悲哀，做我的质证，
请来看看这明日的中华——
庶祖列宗啊！我要请问你们：
这纷纷的四万万走肉行尸，
你们还相信是你们的血裔？

你们还相信是你们的子孙?

神灵的祖宗啊!事到如今,
我当怨你们筑起这各种城寨,
把城内文化底种子关起了,
不许他们自由飘播到城外,
早些将礼仪底花儿开遍四邻,

如今反教野蛮底荆棘侵进城来。
我又不懂这造物之主底用心,
为何那里摊着荒绝的戈壁,
这里架起一道横天的葱岭,
那里又停着浩荡的海洋,
中间藏着一座蓬莱仙境,
四周围又堆伏着魍魉猩猩?

最善哭的太平洋!只你那容积,
才容得下我这些澎湃的悲思。
最宏伟,最沉雄的哀哭者哟!
请和着我放声号咷地哭泣!
哭着那不可思议的命运,
哭着那亘古不灭的天理——

哭着宇宙之间必老的青春,
哭着有史以来必散的盛筵,
哭着我们中华的庄严灿烂,
也将永远永远地烟消云散。
哭啊!最宏伟,最沉雄的太平洋!
我们的哀痛几时方能哭完?

啊！在麦垄中悲歌的帝子！
春水流愁，眼泪洗面的降君！
历代最伤心的孤臣节士！
古来最善哭的胜国遗民！
不用悲伤了，不用悲伤了，
你们的丧失究竟轻微得很。

你们的悲哀算得了些什么？
我的悲哀是你们的悲哀之总和。
啊！不料中华最末次的灭亡，
黄帝子孙最彻底的堕落，
毕竟要实现于此日今时，
毕竟在我自己的眼前经过，

哦，好肃杀，好尖峭的冰风啊！
走到末路的太阳，你竟这般沮丧！
我们中华底名字镌在你身上，
太阳，你将被这冰风吹得冰化，
中华底名字也将冰得同你一样？
看啊！猖獗的冰风！狼狈的太阳！

哦，你一只大雕，你从那里来的？
你在这铅铁的天空里盘飞，
这八达岭也要被你占了去，
筑起你的窠巢，繁殖你的族类？
圣德的凤凰啊！你如何不来，
竟让这神州成了恶鸟底世界？

雹雪重载的冻云来自天涯，
推揎着，摩擦着，在九霄争路，
好像一群激战的天狼互相鏖杀
哦，冻云涨了，滚落在居庸关下，
苍白的冻云之海弥漫了四野，——
哎呀！神州啊！你竟陆沉了吗？

长城啊！让我把你也来撞倒，
你我都是赘疣，有些什么难舍？
哦，悲壮的角声，送葬的角声，——
画角啊！不要哀伤，也不要诅骂！
我来自虚无，还向虚无归去，
这堕落的假中华民族不是我的家！

原载 1925 年 7 月 15 日《大江季刊》第 1 卷第 1 期

笑

朝日里的秋忍不住笑了——
笑出金子来了——
黄金笑在槐树上，
赤金笑在橡树上，
白金笑在白皮树上。

硕健的杨树，

裹着件拼金的绿衫，

一只手叉着腰，

守在池边微笑；

矮小的丁香，

躲在墙脚下微笑。

白杨笑完了，

只孤零零地

竖在石青色的天空里发呆。

成年了的栗叶，

向西风抱怨了一夜，终于得了自由，

红着脸儿，

笑嘻嘻地脱离了故枝。

原载 1923 年 2 月 19 日《清华周刊·文艺增刊》第 4 期

大　暑

今天是大暑节，我要回家了！

今天的日历他劝我回家了。

　　他说家乡的大暑节

　　　是斑鸠唤雨的时候，

大暑到了，湖上飘满紫鸡头。

大暑正是我回家的时候。

我要回家了，今天是大暑；

我们园里的丝瓜爬上了树，

　　　几多银绿的小葫芦，

　　　吊在藤须上巍巍战，

初结实的黄瓜儿小得像橄榄，……

啊！今年不回家，更待那一年？

今天是大暑，我要回家了！

燕儿坐在桁梁上头讲话了；

　　　科头赤脚的村家女，

　　　门前叫道卖莲蓬；

青蛙闹在画堂西，闹在画堂东，……

今天不回家辜负了稻香风。

今天是大暑，我要回家去！

家乡的黄昏里尽是盐老鼠[①]，

　　　月下乘凉听打稻，

　　　卧看星斗坐吹箫；

鹭鸶偷着踏上渔船来睡觉，

我也要回家了，我要回家了！

　　　　　　　　1924 年夏美国珂泉

　　　原载 1925 年 4 月 1 日《京报》副刊第 106 号

---

① 作者原注：吾乡蝙蝠称为盐老鼠。

187

闺中曲

墙头还洒着淅沥的余滴，
夕阳浸在泥洼中的积潦里，
寂寞的空阶呆立着一个伊——
"人儿！人儿！"伊叹道，
"我几时，几时才能看见你？"

横斜的雁字没入了天河，
寒雁底呼声从伊心中穿过；
于是悲哀沉淀在伊的心窝，
"天啊！天啊！"伊叫道，
"你为什么，为什么生了我！"

喑哑的自鸣钟负墙而立。
时间是无涯的厌倦和烦累。
伊站在生死的门限上犹夷，
"悲哀！悲哀！"伊想道，
"我将永远，永远结束了你！"
摇篮里忽然呱呱的啼哭，
仿佛是黑夜里声声的更鼓，
把伊从一场噩梦之中救出。
"儿啊！儿啊！"伊哭道，

"教我如何，如何死得下去！"

原载 1925 年 4 月 5 日《晨报副刊·文学旬刊》第 66 号

我是中国人

我是中国人，我是支那人，
我是黄帝底神明血胤；
我是地球上最高处来的，
帕米尔便是我的原籍。

我的种族是一条大河，
我们流下了昆仑山坡，
我们流过了亚洲大陆，
我们流出了优美的风俗。
伟大的民族，伟大的民族！
五岳一般的庄严正肃，
广漠的太平洋底度量，
春云的柔和，秋风的豪放。

我们的历史可以歌唱，
他是尧时老人敲着木壤，
敲出来的太平的音乐，——
我们的历史是一首民歌。
我们的历史是一只金罍，

盛着帝王祀天底芳醴——
我们敬天我们顺天，
我们是乐天安命的神仙。

我们的历史是一掬清泪，
孔子哀悼死麒麟的泪；
我们的历史是一阵狂笑，
庄周，淳于髡，东方朔底笑。

我是中国人，我是支那人，
我的心里有尧舜底心，
我的血是荆轲聂政底血，
我是神农黄帝底遗孽。

我的智慧来得真离奇，
他是河马献来的馈礼；
我这歌声中的节奏，
原是九苞凤凰底传授。

我心头充满戈壁底沉默，
脸上有黄河波涛底颜色，
泰山底石霤滴成我的忍耐，
峥嵘的剑阁撑出我的胸怀。

我没有睡着！我没有睡着！
我心中的灵火还在燃烧；
我的火焰他越烧越燃，

我为我的祖国烧得发颤。

我的记忆还是一根麻绳，
绳上束满了无数的结梗；
一个结子是一桩史事——
我便是五千年底历史。

我是过去五千年底历史，
我是将来五千年底历史。
我要修葺这历史底舞台，
预备排演历史底将来。

我们将来的历史是一首歌，
还歌着海晏河清底音乐；
我们将来的历史是一杯酒，
又在金罍里给皇天献寿。

我们将来的历史是一滴泪，
我的泪洗尽人类底悲哀；
我们将来的历史是一声笑，
我的笑驱尽宇宙底烦恼。

我们是一条河，一条天河，
一派浑浑噩噩的光波——
我们是四万万不灭的明星，
我们的位置永远注定。

伟大的民族！伟大的民族！
我是东方文化底鼻祖，

我的生命是世界底生命，
我是中国人，我是支那人！

原载 1925 年 7 月 15 日《大江季刊》第 1 卷第 1 期

故　乡

先生，先生，你到底要上那里去？
你这样的匆忙，你可有什么事？
我要看还有没有我的家乡在，
我要走了，我要回到望天湖边去。
我要访问如今那里还有没有
白波翻在湖中心，绿波翻在秧田里，
有没有麻雀在水竹枝头耍武艺。

　　先生，先生，世界是这样的新奇；
　　你不在这里遨游，偏要那里去？

我要探访我的家乡，我有我的心事：
我要看孵卵的秧鸡可在秧林里，
泥上可还有鸽子的脚儿印"个"字，
神山上的白云一分钟里变几次，
可还有燕儿飞到人家堂上来报喜。

　　先生，先生，我劝你不要回家去；

　　世间只有远游的生活是自由的。

游子的心是风霜剥蚀的残碑，
碑上已经漶漫了家乡的字迹，……
哦，我要回家去，我要赶紧回家去
我要听门外的水车终日作鼍鸣，
要再将家乡的音乐收入心房里。

　　先生，先生，你为什么要回家去？
　　世上有的是荣华，有的是智慧。

你不知道故乡有一只可爱的湖，
常年总有半边青天浸在湖水里。
湖岸上有兔儿在黄昏里觅粮食，
还有见了兔儿不要追的狗子——
我要看如今还有没有这种事。

　　先生，先生，我越加不能懂你了；
　　你到底，到底为什么要回家去？

我要看家乡的菱角还长几根刺，
我要看那里的一根藕里还有几根丝。
我要看家乡还认识不认识我——
我要看坟山上添了几块新碑石，
我家后园里可还有开花的竹子[①]。

原载1925年8月29日《晨报副刊》第1260号

① 作者原注：俗称竹子开花是凶事的兆朕。

抱　怨

我拈起笔来在手中玩弄，
空中便飞来了一排韵脚；
我不知如何的摆布他们，
只希望能写出一些快乐。
我听见你在窗前咳嗽，
不由的写成了一首悲歌。

上帝将要写我的生传，
展开了我的生命之纸，
不知要写些什么东西，
许是灾殃，也许是喜事。
你硬要加入你的姓名，
他便写成了一篇痛史。

原载 1925 年 12 月 1 日《〈晨报〉七周年纪念增刊》

194

鸟　语

——送友人南归

他们把我关在囚笼里，
可是这囚笼没有墙壁——
削瘦的栏杆围在四旁，
一根根都像白骨一样。

这些栏杆中间的罅缝，
不知道到底有什么用，
为他们好看我的羽翰，
还是让我好望见青天？

也许是仙鹤似的白云，
驰过了蓝宝石的天心，
也许是白云似的仙鹤，
从赤日的轮盘边晃过。

天上既有飞动的东西，
我怎当辜负我的羽翼？
你看我也打破了监牢；
我原是一只能飞的鸟！

于今回到了我的家乡，
我也该晾晾我的翅膀，
吓！这根柳条真个轻软，
这满塘春水明镜一般。

江南的山林幽深得很，
山上的白云分外氤氲：
明朝你听见歌声如缕，
你怎知道我身在何处！

原载 1926 年 5 月 6 日《晨报副刊·诗镌》第 6 号

秦始皇帝

荆轲的匕首，张良的大铁椎，
是两只苍蝇从我眼前飞过。
我肋骨槛里囚着一只黑狼，
这一只黑狼他终于杀了我。

我吞噬了六国来喂这黑狼，
黑狼喂肥了，反来吞噬了我；
我筑起阿房来让黑狼游戏，
他游倦了，我们一齐都睡着。

如今什么也惊不醒我们了，

钜鹿的干戈和咸阳城的火……
多情的刺猬抱着我的骷髅，
十丈来的青蛇缠着我的脚。

原载 1925 年 12 月 1 日《〈晨报〉七周年纪念增刊》

贡　献

红灯下我陪你们醉酒，
沙发上我敬给你们两枝香烟，
我陪着你们坐车子，走路，吃饭，
仿佛一天天我也有我的贡献。

给你们让着路，点着头，
你们打扮好了，我替你们惊羡，
你们跟来了，我抛下一只铜板——
不要误会了这就是我的贡献。

有时悲哀抓着我的心，
我能为人类的苦痛捏一把汗，
我能哭得像婴孩，在一刹那间——
这刹那间才是我最伟大的贡献！

原载 1927 年 5 月 21 日上海《时事新报·学灯》

教授颂

新中国的

学者

文人

思想

一切最可敬佩的二十世纪的经师和人师

为你们的固执

为你们的愚昧

为你们的 Snobbery①

为你们替"死的拉住活的"挽救了五千年文化

　　遗产的丰功伟烈

请接受我这只海贝

听——

这里

通过辽远的未来的历史长廊

大海的波涛在赞美你

选自《闻一多诗集》，四川人民出版社 1984 年 7 月版

---

① Snobbery: 英语，势利。

散文 〉〉〉〉〉〉〉〉

青　岛

　　海船快到胶州湾时，远远望见一点青，在万顷的巨涛中浮沉；在右边崂山无数柱奇挺的怪峰，会使你忽然想起多少神仙的故事。进湾，先看见小青岛，就是先前浮沉在巨浪中的青点，离它几里远就是山东半岛最东的半岛——青岛。簇新的，整齐的楼屋，一座一座立在小小山坡上，笔直的柏油路伸展在两行梧桐树的中间，起伏在山冈上如一条蛇。谁信这个现成的海市蜃楼，一百年前还是个荒岛？

　　当春天，街市上和山野间密集的树叶，遮蔽着岛上所有的住屋，向着大海碧绿的波浪，岛上起伏的青稍也是一片海浪，浪下有似海底下神人所住的仙宫。但是在榆树丛萌，还埋着十多年前德国人坚伟的炮台，深长的甬道里你还可以看见那些地下室，那些被毁的大炮飞机，和墙壁上血涂的手迹。——欧战时这儿剩有五百德国兵丁和日本争夺我们的小岛，德国人败了，日本的太阳旗曾经一时招展全市，但不久又归还了我们。在青岛，有的是一片绿林下的仙宫和海水泱泱的高歌，不许人想到地下还藏着十多间可怕的暗窟，如今全毁了。

　　堤岸上种植无数株梧桐，那儿可以坐憩，在晚上凭栏望见海湾里千万只帆船的桅杆，远近一盏盏明灭的红绿灯飘在浮标上，那是海上的星辰。沿海岸处有许多伸长的山角，黄昏时潮水一卷一卷来，在沙滩上飞转，溅起白浪花，又退回去，不厌倦的呼啸。天空中海欧逐向渔舟飞，有时间在海水中的大岩石上，听那巨浪撞击着岩石激起一两丈高的水花。那儿再有伸出海面的站桥，去站着望天上的云，海天的云彩永远是清澄无比的，夕阳快下山，西边浮起几道鲜丽耀眼的光，在别处你永远看不见的。

　　过清明节以后，从长期的海雾中带回了春色，公园里先是迎春花和连翘，成

201

篱的雪柳，还有好像白亮灯的玉兰，软风一吹来就憩了。四月中旬，奇丽的日本樱花开得像天河，十里长的两行樱花，蜿蜒在山道上，你在树下走，一举首只见樱花绣成的云天。樱花落了，地下铺好一条花蹊。接着海棠花又点亮了，还有蹦蹰在山坡下的"山蹦蹰"，丁香，红端木，天天在染织这一大张地毡；往山后深林里走去，每天你会寻见一条新路，每一条小路中不知是谁创制的天地。

到夏季来，青岛几乎是天堂了。双驾马车载人到汇泉浴场去，男的女的中国人和十方的异客，戴了阔边大帽，海边沙滩上，人像小鱼一般，曝露在日光下，怀抱中是薰人的咸风。沙滩边许多小小的木屋，屋外搭着伞篷，人全仰天躺在沙上，有的下海去游泳，踩水浪，孩子们光着身在海滨拾贝壳。街路上满是烂醉的外国水手，一路上胡唱。

但是等秋风吹起，满岛又回复了它的沉默，少有人行走，只在雾天里听见一种怪木牛的叫声，人说木牛躲在海角下，谁都不知道在那儿。

原载《古今名文八百篇》，1936 年上海大众书局

202

愈战愈强

回忆抗战初期，大家似乎不大讲到"胜利"，那时的心理与其说是胜败置之度外，还不如说是一心想着虽败犹荣。敌人是以"必定胜"的把握向我们侵略，我们是以"不怕败"的决心给他们抵抗。你无非是要我败，我偏偏不怕败，我不怕败，你便没有胜。那时人民的口号是"豁出去了！""跟你拼了！"政府的策略是"破釜沉舟"，是"置之死地而后生"，人民和政府都不怕败，自然大家也不讳败，结果是我们愈败愈奋勇，而敌人真把我们没办法。

武汉撤退以后，渐渐听到"争取胜利"的呼声，然而也就透露了怕败的顾虑了。

开罗会议以后，胜利俨然到了手似的，而一般现象，则正好表示着一些人的工作，是在"争取失败"。事实昭彰，凡是有眼睛的都看到了，有良心的都指出了，这里无需我再说，我也不忍再说，于是愈是趋向失败，愈是讳言失败，自己讳言失败，同时也禁止旁人言失败。是否表面上"失败"绝迹了，暗地里便愈好制造失败呢？抗战到了这地步，大概也是一种"置之死地而后生"的办法罢？好了，那我以老百姓的资格，也就"豁出去了！""跟你拼了！"

所以我今天想要算帐！

算帐是一件麻烦事，但不要紧，大的做大的算，小的做小的算，反正从今以后，我不打算有清闲日子了！

比如眼前在我们昆明，就有一笔不大不小的帐值得算一算。

昨天早起出门找报看，第一家报纸给了我一个喜讯，它老老实实地告诉我，衡阳的仗咱们打好了一点，我当然很高兴。但是看到第二家报纸，却把我气昏了，就因为那标题中"我军愈战愈强"六个大字。

编辑先生！我是有名有姓的，我虽不知道你姓名，但你也必然有名有姓，你若是好汉，就请出来跟我算清这笔帐！你所谓"愈战愈强"者，如果就是今天另一家报纸标题所谓"愈战愈奋"的意思，那我就原谅你，我可怜你中国人不大会处理中国文字。如果你那"强"字是甚么"四强之一"那类"强"的意思，那我就要控告你两大罪状：一、你侮辱了我们老百姓的人格。二、你出卖了你的祖国。

难道你就忘记了，卢沟桥的烽火一起，我们挺身应战，是为了我们有十二万分胜算的把握吗？老实告诉你，除了存心利用抗战来趁火打劫的败类之外，我们老百姓果真是怕败的话，就早已都投汪精卫去了。我相信在自由中国，每一个良善的中国人，当初既是抱了拼命的决心，胜也要打，败也要打，今天还是抱定这决心，胜也要打，败也要打，何况国际的客观环境已经好转，谁又是那样的傻子，情愿让它"功亏一篑"呢？所以你如果多多给我们报导些自身的缺点，那只会增加我们的戒惧心，刺激我们的努力。你以为我们真是那样"闻败则馁"的草包吗？你若那样想，便把我们看同汪精卫之流了，你晓得那是侮辱别人的人格吗？

闻败则馁的必也闻胜则骄，你既把我们当作闻败则馁的人，那你泄露了（杜撰罢？）许多乐观的消息，难道又不怕我们骄起来吗？明知骄是抗战的鸩毒，而偏要用"愈战愈强"来灌溉我们的骄，那你又是何居心？依据你自己的逻辑，你这就是汉奸行为，因此你是出卖了你的祖国，你又晓得吗？

我们倒不怕承认自身的"弱"，愈知道自身弱在那里，愈好在各人自己的岗位上来尽力加强它。你说我们"愈强"，我倒要请你拿出事实来，好教我们更放心点。谁不愿意自己强呢！但信口开河是不负责任，存心欺骗更是无耻。六个字的标题，看来事小，它的意义却很重大。

用这字面的，本不只你一人，但是，先生，恕我这回抓住你了！你气得我一顿饭没吃好啊！然而如果在原则上你是受了谁的指示，那个指示你的人不也该是有名有姓的吗？如果他高兴，就请他出来说明也好。抗战是大家的抗战，国家是大家的国家，谁有权利来禁止我发问！

1944 年 7 月

画　展

　　我没有统计过我们这号称抗战大后方的神经中枢之一的昆明，平均一个月有几次画展，反正最近一个星期里就有两次。重庆更不用说，恐怕每日都在画展中，据前不久从那里来的一个官说，那边画展热烈的情形，真令人咋舌（不用讲，无论那处，只要是画展，必是国画）。这现象其实由来已久，在我们的记忆中，抗战与风雅似乎始终是不可分离的，而抗战愈久，雅兴愈高，更是鲜明的事实。

　　一个深夜，在大西门外的道上，和一位盟国军官狭路相逢，于是攀谈起来了。他问我这战争几时能完，我说："这还得问你。"

　　"好罢！"他爽快的答道，"战争几时开始，便几时完结。"事后我才明白他的意思是说，只要他们真正开始反攻，日本是不值一击的。一个美国人，他当然有资格夸下这海口。但是我，一个中国人，尤其当着一个美国人面前，谈起战争，怎么能不心虚呢？我当时误会了他的意思，但我是爱说实话的。反正人家不是傻子，咱们的底细，人家心里早已是雪亮的，与其欲盖弥彰，倒不如自己先认了，所以我的答话是"战争几时开始？你们不是早已开始了吗？没开始的只是我们"。

　　对了，你敢说我们是在打仗吗？就眼前的事例说，一面是被吸完血的 ×× 编成"行尸"的行列，前仆后继的倒毙在街心，一面是"琳琅满目"，"盛况空前"的画展，你能说这不是一面在"奸污"战争，一面在逃避战争吗？如果是真实而纯洁的战争，就不怕被正视，不，我们还要用钟爱的心情端详它，抚摩它，用骄傲的嗓音讴歌它。惟其战争是因被"奸污"而变成一个腐烂的，臭恶的现实，所以你就不能不闭上眼睛，掩着鼻子，赶紧逃过，逃得愈远愈好，逃到"云烟满纸"的林泉丘壑里，逃到"气韵生动"的仕女前……反之，逃得愈远，心境愈有安顿，也愈可以放心大胆让双手去制造血腥的事实。既然"立地成佛"有了保证，屠刀便不妨随时拿起，随时放下，随时放下，随时拿起。原来某一类说不得的事实和画展是互为因果的，血腥与风雅是一而二，二而一罢了。诚然，就个人说，成佛的不一定亲手使过屠刀，可是至少他们也是帮凶与窝户。如果是借刀杀人，让旁人担负使屠刀的劳力和罪名，自己干没了成佛的实惠，其居心便更不可问了。你自命读书明理的风雅阶级，说得轻点，是被利用，重点是你利用别人，反正你是逃不了责任的！

艺术无论在抗战或建国的立场下，都是我们应该提倡的，这点道理并不只你风雅人士们才懂得。但艺术也要看那一种，正如思想和文学一样，它也有封建的与现代的，或复古的与前进的（其实也就是那人道与非人道）之别。你若有良心，有魄力，并且不缺乏那技术，请站出来，学学人家的画家，也去当个随军记者，收拾点电网边和战壕里的"烟云"回来，或就在任何后方，把那"行尸"的行列速写下来，给我们认识认识点现实也好，起码你也该在随便一个题材里多给我们一点现代的感觉，八大山人四王吴恽费晓楼改七芗乃至吴昌硕齐白石那一套，纵然有他们的历史价值，在珂罗版片中也够逼真的了，用得着你们那笨拙的复制吗？在这复古气焰高张的年代，自然正是你们扬眉吐气的时机，但是小心不要做了破坏民族战斗意志的奸细，和危害国家现代化的帮凶！记着我的话，最后裁判的日子必然来到，那时你们的风雅就是你们的罪状！

原载昆明《生活导报》，1944 年 7 月

206

可怕的冷静

一个从灾荒里长成的民族，挨着一切的苦难，总像挨着天灾一样，以麻木的坚忍承受打击，没有招架，没有愤怒，甚至没有呻吟，像冬眠的蛰虫一般，只在半死状态中静候着第二个春天的来临，——这样便是今天的中国，快挨过了第七个年头的国难，它会准备再挨下去，直到那一天，大概一觉醒来，自然会发现胜利就在眼前。客观上，战争与饥饿本也久已打成一片了，因此，愈是实在的战斗员，愈有挨饿的责任，不像人家最前线的人们吃得最好最饱，我们这里真正的饿殍恰恰就是真正的兵士。抗战与灾荒既已打成一片，抗战期中的现象，便更酷肖荒年的现象了。照例是灾情愈重，发财的愈多，结果贫穷的更加贫穷，富贵的更加富贵。照例是灾情严重了，呼吁的声音海外比国内更响，于是救济的主要责任落在外人身上，而国内人士，相形之下，便愈能显出他们那"不动心"的沉着而雍容的风度了。现在一切荒年的社会现象在抗战中又重演一次，不过规模更大，严重性更深刻些罢了。但是说来奇怪，分明是痼疾愈深，危机愈大，社会表层偏要装出一副太平景象的面孔。配合着冠冕堂皇的要人谈话和报纸社评的，是一般社会情绪——今天一个画展，明天一个堂会，"顾左右而言他"的副刊和小报一天天充斥起来，内容一天比一天软性化。从抗战开始以来，没有见过今天这样"众人熙熙，如享太牢，如登春台"的景象，这不知道是肺结核患者脸上的红晕呢，还是将死前的回光反照！

一部分人为着旁人的剥削，在饥饿中畜生似的沉默着，另一部分人却在舒适中兴高采烈的粉饰着太平，这现象是叫人不能不寒心的，如果他还有一点同情心与正义感的话。然而不知道是为了谁的体面，你还不能声张。最可虑的是不通世故而血气方刚的青年，面对这种事实，又将作何感想？对了，怕动摇抗战，但饥饿能抗战吗？粉饰饥饿就是抗战吗？如果抗战是天经地义，不要忘记当年的青年，便是撑持这天经地义最有力的支柱，可见青年盲目而又不盲目，在平时他不免盲目，但在非常时期他永远是不盲目的。原来非常时期所需要的往往不是审慎，而是勇气，而在这上面，青年是比任何人都强的。正如当年激起抗战怒潮的是青年，今天将要完成抗战大业的力量，也正是这蕴藏在青年心灵中的烦躁。这不是浮动，而是活力的脉搏。民族必需生存，抗战必需胜利，在这最高原则之下，任何平时的轨范都是暂时可以搁置的枝节。火烧上了眉毛，就得抢救。这是一个非常时期！

如果老年人中年人能负起责任，那自然更好，但事实上，战争先天的是青年人的工作（它需要青年的体质和青年的热情），所以如果老年人中年人肯负起责任，也只是参加青年的工作，或与青年分工合作，而不是代替青年的工作。战争既先天的是青年的工作，那么战时的国家就得以青年的意志为意志，虽则在战争的技术上，老年人中年人的智慧也是不可少的。

从抗战开始到今天，我们遭遇过两个关键，当初要不要抗战，是第一个关键，今天要不要胜利，是第二个关键，而第一个关键本来早已决定了第二个，因为既打算抗战，当然要胜利。但事实上目前的一切分明是朝着与胜利相反的方向发展，所以可怪的，是一部分人虽然看出方向的错误，却还要力持冷静，或从一些烦琐的立场，认为不便声张，不必声张。眼看青年完成抗战，争取胜利的意志必须贯彻，然而没有老年人中年人的智慧予以调节与指导，青年的力量不免浪费。万一还有人固执起来，利用他们的地位与力量，阻止了青年意志的贯彻，那结果便更不堪设想了。时机太危急了，这不是冷静的时候，希望老年人中年人的步调能与青年齐一，早点促成胜利的来临！大众的坚忍的沉默是可原谅的，因为他们是灾荒中生长的，而灾荒养成了他们的麻木，有着粉饰太平的职责的人们是可原谅的，因为他们也有理由麻木。可是负有领导青年责任的人们，如果过度的冷静，也是可怕的，当这不宜冷静的时候！

208

一个白日梦

　　林荫路旁侍立着一排像是没有尽头的漂亮的黄墙，墙上自然不缺少我们这"文字国"最典型的方块字的装饰，只因马车跑得太快，来不及念它？心想反正不是机关，便是学校，要不就是营房。忽然两座约莫二丈高，影壁不像影壁，华表不像华表，极尽丑恶之能事的木质构造物闯入了视野，像黑夜里冷不防跳出一声充满杀气的"口令！"那东西可把人吓一跳！那威风凛凛的稻草人式的构造物，和它上面更威风的蓝地白书的八个擘窠大字：

　　顶天立地
　　继往开来

也不知道是出自谁人的手笔，或那部"经典"。对子倒对得顶稳的。可是当时我并没有想到那些，我只觉得一阵头昏眼花，不是吓唬的（稻草人可吓得倒人？），我的头昏眼花恰恰是像被某种气味熏得作呕时的那一种。我问我自己，这究竟是一种什么气味？怎么那样冲人？

　　我想起十字牌的政治商标，我明白了。不错，八个字的目的如果在推销一个个人的成功秘诀，那除了希特勒型的神经病患者，谁当得起？如果是标榜一个国家的立国精神，除了纳粹德国一类的世界里，又那儿去找这样的梦？想不出我们中华儿女也变得这样伟大！果然如此，区区个人当然也"与有荣焉"，——我的耳根发热了。

　　个人主义和由它放大的本位主义的肥皂水，居然吹起这种人而美丽的泡，看，它不但囊括了全部的空间"顶天立地"，还垄断了整个的时间"继往开来"！

怕只怕一得意，吹得太使劲儿，泡炸了，到那时原形毕露，也不过那么小小一滴水而已。我真为它——也为我自己——捏一把汗。

个人之于社会等于身体的细胞，要一个人身体健全，不用说必需每个细胞都健全。但如果某个细胞太喜欢发达，以至超过它本分的限度而形成瘿瘤之类，那便是病了。健全的个人是必需的，个人发达到排他性的个人主义却万万要不得，如今个人主义还不只是瘿瘤，它简直是因毒菌败坏了一部分细胞而引起的一种恶性发炎的痈疽，浮肿的肌肉开着碗口大的花，那何尝不也是花花绿绿的绚缦的色彩，其实只是一堆臭脓烂肉。唉！气味便是从那里发出的吧！

从排他性的个人主义到排他性的民族主义，是必然的发展。我是英雄，当然我的族类全是英雄。炎性是会得蔓延的，这不必细说。

极端的个人主义者必然也是个唯心主义者。心灵是个人行为的发号施令者，夸大了个人，便夸大了心灵。也许我只是历史上又一个环境的幸运儿，但我总以为我的成功，完全由于自己的意志或精神力量，只因为除了我个人，我什么也没看见。我只知道向自己身上去发现成功的因素，追得愈深，想得愈玄，于是便不能不堕入唯心论的迷魂阵中。

一切环境因素，一切有利的物质条件，一切收入的帐簿被转到支出项下了，我惊讶于自身无尽的财富，而又找不出它的来源，我的结论只好是"天生德于予"了。于是我不但是英雄，而且是圣人了！

由不曾失败的英雄，一变而为不曾错误的圣人，我便与"真理"同体化了，因而"我"与"人"就变成"是"与"非"的同义语了。从此一切暴行只要是出于我的，便是美德，因为"我"就是"是"。到这时，可怜的个人主义便交了恶运，环境渐渐于我不利，我于是猜忌，疯狂，甚至迷信，我的个人主义终于到了恶性发炎的阶段，我的结局……天知道是什么！

五四断想

旧的悠悠死去，新的悠悠生出，不慌不忙，一个跟一个，——这是演化。

新的已经来到，旧的还不肯去，新的急了，把旧的挤掉，——这是革命。

挤是发展受到阻碍时必然的现象，而新的必然是发展的，能发展的必然是新的，所以青年永远是革命的，革命永远是青年的。

新的日日壮健着（量的增长），旧的日日衰老着（量的减耗），壮健的挤着衰老的，没有挤不掉的。所以革命永远是成功的。

革命成功了，新的变成旧的，又一批新的上来了。旧的停下来拦住去路，说："我是赶过路程来的，我的血汗不能白流，我该歇下来舒服舒服。"新的说："你的舒服就是我的痛苦，你耽误了我的路程，"又把他挤掉，……如此，武戏接二连三的演下去，于是革命似乎永远"尚未成功"。

让曾经新过来的旧的，不要只珍惜自己的过去，多多体念别人的将来，自己腰酸腿痛，拖不动了，就赶紧让。"功成身退"，不正是光荣吗？"后生可畏，焉知来者之不如今也！"这也是古训啊！

其实青年并非永远是革命的，"青年永远是革命的"这定理，只在"老年永远是不肯让路的"这前提下才能成立。

革命也不能永远"尚未成功"。几时旧的知趣了，到时就功成身退，不致阻碍了新的发展，革命便成功了。

旧的悠悠退去，新的悠悠上来，一个跟一个，不慌不忙，那天历史走上了演化的常轨，就不再需要变态的革命了。

但目前，我们还要用"挤"来争取"悠悠"，用革命来争取演化。"悠悠"是目的，"挤"是达到目的的手段。

于是又想到变与乱的问题。变是悠悠的演化，乱是挤来挤去的革命。若要不乱挤，就只得悠悠的变。若是该变而不变，那只有挤得你变了。

子在川上，曰："逝者如斯夫，不舍昼夜！"古训也发挥了变的原理。

原载联大悠悠体育会五四周年《纪念特刊》，1945 年 5 月

"一二·一"运动始末记

自从民国三十三年双十节，昆明各界举行纪念大会，发表国是宣言，提出积极的政治主张。这里的学生，配合着文化界，妇女界，职业界的青年，便开始团结起来，展开热烈的民主运动，不断地喊出全国人民最迫切的要求，各大中学师生关于民主政治无数次的讲演，讨论和各种文艺活动的集会，各界人士许多次对国是的宣言，以及三十三年护国，三十四年"五四"纪念的两次大游行，这些活动，和其他后方各大城市的沉默恰形成一个鲜明的对照。但在这沉默中，谁知道他们对昆明，尤其昆明的学生，怀抱着多少欣羡，寄托着多少期望！

三十四年八月，日本还没投降，全国欢欣鼓舞，以为八年来重重的苦难，从此结束。但是，不出两月，在十月三日，云南省政府突然的改组，驻军发生冲突，使无辜的市民饱受惊扰，而且遭遇到并不比一次敌机的空袭更少的死亡。昆明市民的喘息未定，接着全国各地便展开了大规模的内战，人人怀着一颗沉重的心，瞪视着这民族自杀的现象。昆明，被人家欣羡和期望的昆明，怎么办呢？是的，暴风雨是要来的，昆明再不能等了，于是十一月廿五日晚，国立西南联合大学，国立云南大学，私立中法大学，和云南省立英语专科学校等四校学生自治会，在西南联大新校舍草坪上，召开了反对内战，呼吁和平的座谈会，到会者五千余人。似乎反动者也不肯迟疑，在教授们的讲演声中，全场四周企图威胁到会群众和扰乱会场秩序的机关枪，冲锋枪，小钢炮一齐响了，散会之后，交通又被断绝，数千人在深夜的寒风中踯躅着，抖擞着。昆明愤怒了。

翌日，全市各校学生，在市民普遍的同情与支持之下，相率罢课，表示抗议。并要求查办包围学校开枪的军队。当局对学生们这些要求的答复是什么呢？

除种种造谣和企图破坏学校团结的所谓"反罢课委员会"的卑劣阴谋外，便是十一月三十日特务们的棍子，石头，手枪，刺刀，对全市学生罢课联合委员会宣传队的沿街追打。然而这只是他们进攻的序幕。十二月一日，从上午九时到下午四时，大批特务和身着制服，佩带符号的军人，携带武器，分批闯入云南大学，中法大学，联大工学院，师范学院，联大附中等五处，捣毁校具，劫掠财物，殴打师生，同时在联大新校舍门前，暴徒们于攻打校门之际，投掷手榴弹一枚，结果南菁中学教员于再先生中弹重伤，当晚十时二十分在云大医院逝世。同时在联大师范学院，正当铁棍，石头飞舞之中，大批学生已经负伤倒地，又飞来三颗手榴弹，中弹重伤联大学生李鲁连君，仅只奄奄一息了，又在送往医院的途中，被暴徒拦住，惨遭毒打，遂至登时气绝。奋勇救护受伤同学的联大学生潘琰小姐已经胸部被手榴弹炸伤，手指被弹片削掉，倒地后，胸部又被猛戳三刀，便于当日下午五时半在云大医院的病榻上，喊着"同学们团结呀！"与世长辞了。昆华工校学生张华昌君，闻变赶来救援联大同学，头部被弹片炸破，左耳满盛着血浆，血红的鲜血上浮着白色的脑浆，这个仅止十七岁的生命，绵延到当日下午五时在甘美医院也结束了。此外联大学生缪祥烈君，左腿骨炸断，后来医治无效，只好割去，变成残废。总计各校学生重伤者十一人，轻伤者十四人，联大教授也有多人痛遭殴辱。各处暴徒从肇事逞凶时起，到"任务"完成后，高呼口号，扬长过市时止，始终未受到任何军警的干涉。

这就是昆明学生的民主运动，和它的最高潮"一二·一"惨案的概略。

"一二·一"是中华民国建国以来最黑暗的一天，也就在这天，死难四烈士的血给中华民族打开了一条生路。从这一天起，在整整一个月中，作为四烈士灵堂的联大图书馆，几乎每日都挤满了成千成万，扶老携幼的致敬的市民，有的甚至从近郊几十里外赶来朝拜烈士的遗骸。从这天起，全国各地，乃至海外，通过物质的或精神的种种不同的形式，不断地寄来了人间最深厚的同情和最崇高的敬礼。在这些日子里，昆明成了全国民主运动的心脏，从这里吸收着也输送着愤怒的热血的狂潮。从此全国的反内战，争民主的运动，更加热烈的展开，终于在南北各地一连串的血案当中，促成了停止内战，协商团结的新局面。

愿四烈士的血是给新中国历史写下了最新的一页，愿它已经给民主的中国奠定了永久的基石！如果愿望不能立即实现的话，那么，就让未死的战士们踏着四烈士的血迹，再继续前进，并且不惜汇成更巨大的血流，直至在它面前，每一个糊涂的人都清醒起来，每一个怯懦的人都勇敢起来，每一个疲乏的人都振作起来，而每一个反动者战栗的倒下去！

四烈士的血不会是白流的。

1946 年 2 月

谨防汉奸合法化

百年以来，中华民族的历史是一部不断的反帝国主义反封建的斗争史，八年抗战依然是这斗争的继续。由于帝国主义与封建势力永远是互相勾结，狼狈为奸的，所以两种斗争永远得双管齐下。虽则在一定的阶段中，形式上我们不能不在二者之中选出一个来作为主要的斗争的对象，但那并不是说，实质上、我们可以放松其余那一个。而且斗争愈尖锐，他们二者团结得也愈紧，抓住了一个，其余一个就跑不掉，即令你要放走他，也不可能。这恰好就是目前的局势。对外民族抗战阶段中的敌伪，就是对内民主革命阶段中的帝（国主义）封（建势力），这是无须说明的，而目前的敌伪，早已在所谓"共荣圈"中，变成了一个浑一的共同体，更是鲜明的事实。现在日寇已经投降，惩治日寇战犯的办法，固然需待同盟国共同商讨，但惩治汉奸是我们自己的事，然而直到今天，我们还没有听见任何关于处理汉奸的办法。

当初我们那样迫切要求对日抗战，一半固然因为敌人欺我太甚，一半也是要逼着那些假中国人和抱着委屈勉强做中国人的中国人，索性都滚到他们主子那边去，让我们阵线上黑白分明，便于应战，并且到时候，也好给他们一网打尽。果然抗战爆发，一天一天，汉奸集团愈汇愈大，于是一年一年，一个伪组织又一个伪组织，一批伪军又一批伪军。但是那时我们并不着急，我们只有高兴，因为正如上面所说，这样在战术上是于我们绝对有利的。可是到了今天，八年浴血苦斗所争来的黑白，恐怕又要被搅成八年以前黑白不分的混沌状态了。这种现象是中国人民所不能忍受的。硬要汉奸合法化了，只是掩耳盗铃的笨拙的把戏，事实的真相，每个人民心头是雪亮的。并且按照逻辑的推论，人民也会想到：使汉奸合法化的，自己就是汉奸，而对于一切的汉奸，人民的决心是要一网打尽的。因此，我们又深信八年抗战既已使黑白分明，要再混淆它，已经是不可能的。谁要企图这样做，结果只是把自己混进"黑名单"里，自取灭亡之道！

1946 年

最后一次的讲演

——在云大至公堂李公朴夫人报告李先生死难经过大会上的讲演

这几天，大家晓得，在昆明出现了历史上最卑劣，最无耻的事情！李先生究竟犯了什么罪，竟遭此毒手？他只不过用笔写写文章，用嘴说说话，而他所写的，所说的，都无非是一个没有失掉良心的中国人的话！大家都有一枝笔，有一张嘴，有什么理由拿出来讲啊！有事实拿出来说啊！（闻先生声音激动了）为什么要打要杀，而且又不敢光明正大的来打来杀，而偷偷摸摸的来暗杀！（鼓掌）这成什么话？（鼓掌）

今天，这里有没有特务？你站出来！是好汉的站出来！你出来讲！凭什么要杀死李先生？（厉声，热烈的鼓掌）杀死了人，又不敢承认，还要诬蔑人，说什么"桃色事件"，说什么共产党杀共产党，无耻啊！无耻啊！（热烈的鼓掌）这是某集团的无耻，恰是李先生的光荣！李先生在昆明被暗杀，是李先生留给昆明的光荣！也是昆明人的光荣！（鼓掌）

去年"一二·一"昆明青年学生为了反对内战，遭受屠杀，那算是青年的一代献出了他们最宝贵的生命！现在李先生为了争取民主和平，而遭受了反动派的暗杀，我们骄傲一点说，这算是像我这样大年纪的一代，我们的老战友，献出了最宝贵的生命。这两桩事发生在昆明，这算是昆明无限的光荣！（热烈的鼓掌）

反动派暗杀李先生的消息传出后，大家听了都悲愤痛恨。我心里想，这些无耻的东西，不知他们是怎么想法？他们的心理是什么状态？他们的心怎样长的？（捶击桌子）其实很简单，（低沉渐高）他们这样疯狂的来制造恐怖，正是他们自己在慌啊！在害怕啊！所以他们制造恐怖，其实是他们自己在恐怖啊！特务们，你们想想，你们还有几天。你们完了，快完了！你们以为打伤几个，杀死几个，就可以了事，就可以把人民吓倒了吗？其实广大的人民是打不尽的，杀不完的，要是这样可以的话，世界上早没有人了。你们杀死一个李公朴，会有千百万个李公朴站起来！你们将失去千百万的人民！你们看着我们人少，没有力量：告诉你们，我们的力量大得很！多得很！看今天来的这些人，都是我们的人，都是我们的力量！此外还有广大的市民！我们有这个信心：人民的力量是要胜利的，真理是永远存在的。历史上没有一个反人民的势力不被人民毁灭的！希特勒，墨索里尼不都在人民之前倒下去了吗？翻开历史看看，你还站得住几天！你完了，快完了！我们的光明就要出现了。我们看，光明就在我们眼前，而现在正是黎明之前那个最黑暗的时候。我们有力量打破这个黑暗，争到光明！我们的光明，就是反动派的末日！（热烈的鼓掌）

反动派故意挑拨美苏的矛盾，想利用这矛盾来打内战。任你们怎么样挑拨，怎么样离间，美苏不一定打呀！现在四外长会议已经圆满闭幕了。这不是说美苏间已没有矛盾，但是可以让步，可以妥协，事情是曲折的，不是直线的。

李先生的血，不会白流的！李先生赔上了这条性命，我们要换来一个代价。"一二·一"四烈士倒下了，年青的战士们的血，换来了政治协商会议的召开，现在李先生倒下了，他的血要换取政协会议的重开！（热烈的鼓掌）我们有这个信心！（鼓掌）

"一二·一"是昆明的光荣，是云南人民的光荣，云南有光荣的历史，远的如护国，这不用说了。近的如"一二·一"，都是属于云南人民的，我们要发扬云南光荣的历史！（听众表示接受）

反动派挑拨离间，卑鄙无耻，你们看见联大走了，学生放暑假了，便以为我们没有力量了吗？特务们！你们错了！你们看见今天到会的一千多青年，又握起手来了，我们昆明的青年决不会让你们这样蛮横下去的！

反动派，你看见一个倒下去，可也看得见千百个继起的！

正义是杀不完的，因为真理永远存在！（鼓掌）

历史赋予昆明的任务是争取民主和平，我们昆明的青年必须完成这任务！

我们不怕死，我们有牺牲的精神，我们随时像李先生一样，前脚跨出大门，后脚就不准备再跨进大门！（长时间热烈的鼓掌）

家族主义与民族主义

　　周初是我们历史的成年期，我们的文化也就在那时定型了。当时的社会组织是封建的，而封建的基础是家族，因此我们三千年来的文化，便以家族主义为中心，一切制度，祖先崇拜的信仰，和以孝为核心的道德观念等等，都是从这里产生的。与家族主义立于相反地位的一种文化势力，便是民族主义。这是我们历史上比较晚起的东西。在家族主义的支配势力之下，它的发展起初很迟钝，而且是断断续续的，直至最近五十年，因国际形势的刺激，才有显著的持续的进步。然而时代变得太快，目前这点民族意识的醒觉，显然是不够的。我们现在将三千年来家族主义与民族主义两个势力发展的情形，作一粗略的检讨，这对于今后发展民族主义许是应有的认识。

　　上文已经说过，建立封建制度的基础是家族制度。但封建制度的崩溃，也正由于它这基础。一个最强固的家族，是在它发展得不大不小的时候。太小固然不足以成为一个力量，太大则内部散漫，本身力量互相抵销，因此也不能成为一个坚强统一的有机体。封建的重心始终在中层的大夫阶级，理由便在此。重心在大夫，所以侯国与王朝必趋于削弱，以至制度本身完全解体。一方面封建制度下所谓国，既只是一群家的组合体，其重心在家而不在国，一方面国与国间的地理环境，既无十分难以打通的天然墙壁，而人文方面，尤其是文字的统一，处处都是妨碍任何一国发展其个别性的条件，因此在列国之间，类似民族主义的观念便无从产生。春秋时诚然喊过一度"尊王攘夷"的口号，但是那"夷"毕竟太容易"攘"了（有的还不待攘而自被同化），所以也没有逼出我们的民族主义来。我们一直在为一种以家族主义为基础的天下主义努力，那便是所谓"天下一家"的理想。到了秦汉，这理想果然实现了。就以家族主义为基础的精神看来，郡县只是抽掉

220

了侯国的封建——一种阶层更简单，组织更统一，基础更稳固的封建制度，换言之，就是一种更彻底，更合理的家族主义的社会组织。汉人看清了这一点，索性就以治家之道治天下，而提倡孝，尊重儒术。这办法一直维持了二千余年，没有变过，可见它对于维持内部秩序相当有效。可惜的是一个国家的问题不仅从内部发生，因而家族主义的作用也就有时而穷了。

自汉朝以孝行为选举人才的标准，渐渐造成汉末魏晋以来的门阀之风，于是家族主义更为发达。突然来临的五胡乱华的局面，不但没有刺激我们的民族主义，反而加深了我们的家族主义。因为当时的人是用家族主义来消极的抵抗外患。所以门阀之风到了六朝反而更盛，如果当时侵入的异族讲了民族主义，一意要胡化中国，我们的家族主义未尝不可变质为民族主义。无奈那些胡人只是学华语，改汉姓，一味向慕汉化，人家既不讲民族主义，我们的民族主义自然也讲不起来。一方面我们自己想藉家族主义以抵抗异族，一方面异族也用釜底抽薪的手段，附和我们的家族主义，以图应付我们，于是家族主义便愈加发达，而民族意识便也愈加消沉。再加上当时内侵的异族本身，在种族方面万分复杂，更使民族主义无法讲起。结果到了天宝之乱，几乎整个朝廷的文武百官，都为了保全身家性命，投降附逆了。一位"麻鞋见天子，衣袖露两肘"的诗人，便算作了不得的忠臣，那时代的忠的观念之缺乏，真叫人齿冷！这大概是历史上民族意识最消沉的一个时期了。

然而唐初已开始破坏门阀，而轻明经，重进士的选举制度也在暗中打击拥护家族主义的儒家思想，这些措施虽未能立刻发生影响而消灭门阀观念，但至少中唐以下，十分不尽人情的孝行是不多见了（韩愈《辩讳》便是孝的观念在改变中之一例）。这是历史上一个重要的转折点。因为老实说，忠与孝根本是冲突的，若非唐朝先把孝的观念修正了，临到宋朝，无论遇到多大的外患，还是不曾表现那么多忠的情绪的。孝让一步，忠才能进一步，忠孝不能两全，家族主义与民族主义不能并立，不管你愿意与否，这是铁的事实。

历史进行了三分之二的年代，到了宋朝，民族主义这才开始发芽，迟是太迟，但仍然是值得庆幸的。此后的发展，虽不是直线的，大体说来，还是在进步着。从宋以下，直到清末科举被废，历代皆以经义取士，这证明了以孝为中心思想的家族主义，依然在维持着它的历史的重要性。但蒙古满清以及最近异族的侵

221

略，却不断的给予了我们民族主义发展的机会，而且每一次民族革命的爆发，都比前一次更为猛烈，意识也更为鲜明。由明太祖而太平天国，而辛亥革命，以至目前的抗战，我们确乎踏上了民族主义的路。但这条路似乎是扇形的，开端时路面很窄，因此和家族主义的路两不相妨，现在路面愈来愈宽，有侵占家族主义的路面之势，以至将来必有那么一天，逼得家族主义非大大让步不可。家族是永远不能废的，但家族主义不能存在。家族主义不存在，则孝的观念也要大大改变，因此儒家思想的价值也要大大的减低了。家族主义本身的好坏，我们不谈，它妨碍民族主义的发展是事实，而我们现在除了民族主义没有第二条路可走，（因为这是到大同主义必经之路）所以我们非请它退让不可。

有人或许以为讲民族主义，必须讲民族文化，讲民族文化必须以儒家为皈依。因而便不得不替家族主义辩护，这似乎是没有认清历史的发展。而且中国的好东西至少不仅仅是儒家思想，而儒家思想的好处也不在其维护家族主义的孝的精神。前人提过"移孝作忠"的话，其实真是孝，就无法移作忠，既已移作忠，就不能再是孝了。倒是"忠孝不能两全"真正一语破的了。

复古的空气

近来在思想和文学艺术诸方面，复古的空气颇为活跃，这是值得注意的一个现象。就一般民众讲，文化是有惰性的，而农业社会尤其如此。几千年积下来的习惯和观念，几乎成了第二天性，骤然改动，是不舒服的，其实就这群浑浑噩噩的大众说，他们始终是在"古"中没有动过，他们未会维新，还谈得到什么复古！我们所谓复古空气，自然是专指知识和领导阶级说的。不过农民既几乎占我们人口百分之八十，少数的知识和领导阶级，不会不受他们的影响，所以谈到少数人的复古空气，首先不能不指出那作为他们的背景的大众。至于少数人之间所以发生这种空气，其原因与动机，可以分作四个类型来讲。

一、一般的说来，复古倾向是一种心理上的自卫机能。自从与外人接触，在物质生活方面，发现事事不如人，这种发现所给予民族精神生活的担负，实在太重了。少数先天脆弱的心灵确乎给它压瘪了，压死了。多数人在这时，自卫机能便发生了作用。本来文学艺术以及哲学就有逃避现实的趋势，而中国的文学艺术与哲学尤其如此。

中国人现实方面的痛苦，这时正好利用它们来补偿。一想到至少在这些方面我们不弱于人，于是便有了安慰。说坏了，这是"鱼处于陆，相濡以湿，相嘘以沫"的自慰的办法。说好了，人就全靠这点不肯绝望的刚强性，才能够活下去，活着奋斗下去。这是紧急关头的一帖定心剂。虽不彻底，却也有些暂时的效用。代表这种心理的人，虽不太强，也不太弱，惟其自知是弱，所以要设法"自卫"，但也没有弱到连"自卫"的意志都没有，所以还算相当的弱，平情而论，这一类型的复古倾向，是未可厚非的。

二、另一类型是带有报复意味的自尊心理。凡是与外人直接接触较多，自然也就是饱尝屈辱经验的人，一方面因近代知识较丰富，而能虚心承识自己落后，另一方面，因为往往是社会各部门的领袖，所以有他们应有的骄傲和自尊心，然责任又教他们不能不忍重负辱，那种矛盾心理的压迫是够他们受的。压迫愈大，反抗也愈大。一旦机会来了，久经屈辱的自尊心是知道图报复的，于是紧跟着以抗战换来的民族荣誉和国家地位，便是甚嚣尘上的复古空气。前一类型的心理说我们也有不弱于人的地方，这一类型的简直说我们比他们高。这些人本来是强者，自大是强者的本色，民族荣誉和国家地位也实在来得太突然，教人不能不迷惑。依强者们看来，一种自然的解释，是本来我们就不是不如人，荣誉和地位我们是应得。诚然——但是那种趾高气扬的神情总嫌有些不够大方罢！

三、第三个类型的复古，与其说是自尊，无宁说是自卑。不少的外国朋友捧起中国来，直使我们茫然。要晓得西洋人的本性是浪漫好奇的，甚至是怪僻的，不料真有人盲从别人来捧自己，因而也大干起复古的勾当来。实在是这种复古以媚外的心理，也并不少见。

四、如果第三种人是完全没有自己，第四种人便是完全为自己打算的。有的是以复古来掩饰自己不懂近代知识，多半的老先生们属于这一类，虽则其中少年老成的分子也不在少数。有的正相反，又以复古来掩饰自己不大懂线装书的内容，暴发户的"二毛子"属于这一类，虽则只读洋装书的堂堂学者们也有时未能免俗。至于有人专门搬弄些"假古董"在国际市场上吸收外汇，因而为对外推销的广告作用，不得不响应国内的复古运动，那就不好批评了。

复古的心理是分析不完的，大致说来，最显著的不外上述的四类型。其中有比较可取的，有居心完全不可问的。纯粹属于某一类型的大概很少，通常是几种揉合错综起来的一个复杂体。说复古空气是最近新兴的现象，也不合事实。趋势早已在酝酿，不过最近似乎更表面化了一点。为什么最近才表面化？当然与抗战有关。历史的转向，转向时的心理是不会有平静。转得愈急，波动愈大，所以在这抗战期间，一面近代化的呼声最高，一面复古的空气也最浓厚。

就一般的人说，心理的波动，不足怪，但少数的知识和领导分子，却应该早已认清历史，拿定主意，游移虽不致改变历史，但是会延缓历史的进展，须知我们的时间和精力却不容浪费。

我们的民族和文化所以能存在到今天，自然有其生存的道理在，这道理并不像你所想的，在能保存古的，而是正相反，在能吸收新的。历史告诉我们，中国文化并不是一个单纯的，一成不变的文化（如果是那样的，它就早完了），最初东西夷夏两民族，分明代表着两个不同的文化。

如果你站在东方，以夷（殷人及东夷）为本位，那便是夷吸收了夏，如果站在西方，以夏（夏周）为本位，那便是夏吸引了夷。但是这两个文化早已融合到一种程度，使得我们分辨不出谁是主，谁是客来。在血缘上，楚与北方夷夏两族的关系，究竟如何，现在还不知道。无论如何，在文化上，直至战国，他们还是被视为外国人的。逐渐的这一支文化也被吸收了，到了汉朝，南北又成了一家，分不出主客来。究竟谁是我们的"古"？严格的讲，殷的后裔孔子若要复古，文武周公就得除外，屈原若要复古，就得否认《三百》篇。从西周到战国，无疑是我们文化史中最光荣的一段，但从没有听说那时的人站在民族的立场上讲复古的。即便依你的说法，先秦北方的夷夏和南方的楚，在民族上还是一家，文化也不过是大同小异，不能和今天的情形相比。那么，打汉末开始的一整部佛教史又怎样呢？宋明人要讲复古，会有他们那"儒表佛里"的理学吗？会有他们那《西厢》《水浒》吗？还有一部清代的朴学史，也不能不承认是耶稣教士带来的西洋科学精神的赐予。以上都是极显而易见的历史事实，文化史上每放一次光，都是受了外来的刺激，而不是因为死抓着自己固有的东西。

不但中国如此，世界上多少文化都曾经因接触而交流，而放出异彩。凡是限于天然环境，不能与旁人接触，而自己太傻太笨，不能，因此就不愿学习旁人的民族，没有不归于灭亡的。天然环境的限制，只要有决心，有勇气，还可以用人力来打开（例如我们的法显，玄奘，义净诸人的故事），怕的是自己一味固执，不肯虚怀受善。其实那里是不肯，恐怕还是不能，不会罢！如果是这种情形，那就惨了。我深信我们今天的情形，不属于这一类，然而我仍然有点不放心。佛教思想与老庄本就有些相近，让我们接受佛教思想，比较容易。今天来的西洋思想确乎离我们太远，是不是有人因望而生畏，索性就提倡复古以资抵抗呢？幸而今天喜欢嚷嚷孔学，和哼哼歪诗的人，究竟不算太多，而青年人尤其少。

我得强调的声明，民族主义我们是要的，而且深信是我们复兴的根本。但民族主义不该是文化的闭关主义。我甚至相信正因我们要民族主义，才不应该复古。老实说，民族主义是西洋的产物，我们的所谓"古"里，并没有这东西。谈

225

谈孔学，做做歪诗，结果只有把今天这点民族主义的萌芽整个毁掉完事。其实一个民族的"古"是在他们的血液里，像中国这样一个有悠久历史的民族，要取消它的"古"的成分，并不太容易。难的倒是怎样学习新的，因为在上文我们已经提过，文化是有惰性的，而愈老的文化，惰性也愈大。克服惰性是一件难事啊！

有人说，你太傻了，你忘了"儒表佛里"的理学家的道统是从文武周公算起的，而不从释迦牟尼算起，接受西洋科学精神的朴学，仍旧称为汉学，而不称西学。内容无妨接受人家，外表还得是自己的。这是面子问题，而面子也不能不顾。今天的复古，也可以作如是观。我但愿自己太傻，然而我又担心拥护复古的人们和我一样的傻。傻到真正言行一致。

关于儒·道·土匪

医生临症，常常有个观望期间，不到病势相当沉重，病象充分发作时，正式与有效的诊断似乎是不可能的。而且，在病人方面，往往愈是痼疾，愈要讳疾忌医，因此恐怕非等到病势沉重，病象发作，使他讳无可讳，忌无可忌时，他也不肯接受诊断。

事到如今，我想即使是最冥顽的讳疾忌医派，如钱穆教授之流，也不能不承认中国是生着病，而且病势的严重，病象的昭著，也许赛过了任何历史记录。惟其如此，为医生们下诊断，今天才是最成熟的时机。

向来是"旁观者清"，无怪乎这回最卓越的断案来自一位英国人。这是韦尔斯先生观察所得：

> 在大部分中国人的灵魂里，斗争着一个儒家。一个道家。一个土匪。(《人类的命运》)

为了他的诊断的正确性，我们不但钦佩这位将近八十高龄的医生，而且感激他，感谢他给我们查出了病源，也给我们至少保证了半个得救的希望，因为有了正确的诊断，才谈得到适当的治疗。

但我们对韦尔斯先生的拥护，不是完全没有保留的，我认为假如将"儒家，道家，土匪"，改为"儒家，道家，墨家"，或"偷儿，骗子，土匪"，这不但没有损害韦氏的原意，而且也许加强了它，因为这样说话，可以使那些比韦氏更熟悉中国历史和文化的人，感着更顺理成章点，因此也更乐于接受点。

先讲偷儿和土匪，这两种人作风的不同，只在前者是巧取，后者是豪夺罢

227

了。"巧取豪夺"这成语，不正好用韩非的名言"儒以文乱法，侠以武犯禁"来说明吗？而所谓侠者又不是堕落了的墨家吗？至于以"骗子"代表道家，起初我颇怀疑那徽号的适当性，但终于还是用了它。"无为而无不为"也就等于说：无所不取，无所不夺。而看去又像是一无所取，一无所夺，这不是骗子是什么？偷儿，骗子，土匪是代表三种不同行为的人物，儒家，道家，墨家是代表三种不同的行为理论的人物，尽管行为产生了理论，理论又产生了行为，如同鸡生蛋，蛋生鸡一样，但你既不能说鸡就是蛋，你也就不能将理论与行为混为一谈。所以韦尔斯先生叫儒家，道家和土匪站作一排，究竟是犯了混淆范畴的逻辑错误。这一点表过以后，韦尔斯先生的观察，在基本意义上，仍不失为真知灼见。

就历史发展的次序说，是儒，墨，道。要明白儒墨道之所以成为中国文化的病，我们得从三派思想如何产生讲起。

由于封建社会是人类物质文明成熟到某种阶段的结果，而它自身又确乎能维持相当安定的秩序，我们的文化便靠那种安定而得到迅速的进步，而思想也便开始产生了。但封建社会的组织本是家庭的扩大，而封建社会的秩序是那家庭中父权式的以上临下的强制性的秩序，它的基本原则至多也只是强权第一，公理第二。当然秩序是生活必要的条件，即便是强权的秩序，也比没有秩序好。尤其对于把握强权，制定秩序的上层阶级，那种秩序更是绝对的可宝。儒家思想便是以上层阶级的立场所给予那种秩序的理论的根据。然而父权下的强制性的秩序，毕竟有几分不自然，不自然的便不免虚伪，虚伪的秩序终久必会露出破绽来，墨家有见于此，想以慈母精神代替严父精神来维持秩序，无奈秩序已经动摇后，严父若不能维持，慈母更不能维持，儿子大了，父亲管不了，母亲更管不了，所以墨家之归于失败，是势所必然的。

墨家失败了，一气愤，自由行动起来，产生所谓游侠了，于是秩序便愈加解体了。秩序解体以后，有的分子根本怀疑家庭存在的必要，甚至咒诅家庭组织的本身，于是独自逃掉了，这种分子便是道家。

一个家庭的黄金时代，是在夫妇结婚不久以后，有了数目不太多的子女，而子女又都在未成年的期间。这时父亲如果能够保持着相当丰裕的收入，家中当然充满一片天伦之乐，即令不然，儿女人数不多，只要分配得平均，也还可以过得相当快乐，万一分配不太平均，反正儿女还小，也不至闹出大乱子来。但事实是一个庞大的家庭，儿女太多，又都成年了，利害互相冲突，加之分配本来就不平均，父亲年老力衰，甚至已经死了，家务由不很持平的大哥主持，其结果不会好，是可想而知了，儒家劝大哥一面用父亲在天之灵的大帽子实行高压政策，一面叫大家以黄金时代的回忆来策励各人的良心，说是那样，当年的秩序和秩序中的天伦之乐，自然会恢复。他不晓得当年的秩序，本就是一个暂时的假秩序，当时的相安无事，是沾了当时那特殊情况的光，于今情形变了，自然会露出马脚来，墨家的母性的慈爱精神不足以解决问题，原因也只在儿女大了，实际的利害冲突，不能专凭感情来解决，这一层前面已经提到。在这一点上，墨家犯的错误，和儒家一样，不过墨家确乎感觉到了那秩序中分配不平均的基本症结，这一点就是他后来走向自由行动的路的心理基础。墨家本意是要实现一个以平均为原则的秩序，结果走向自由行动的路，是破坏秩序。只看见破坏旧秩序，而没有看见建设新秩序的具体办法，这是人们所痛恶的，因为，正如前面所说的，秩序是生活的必要条件。尤其是中国人的心理，即令不公平的秩序，也比完全没有秩序强。

　　这里我们看出了墨家之所以失败，正是儒家之所以成功。至于道家因根本否认秩序而逃掉，这对于儒家，倒因为减少了一个掣肘的而更觉方便，所以道家的遁世实际是帮助了儒家的成功。因为道家消极的帮了儒家的忙，所以，儒家之反对道家，只是口头的，表面的，不像他对于墨家那样的真心的深恶痛绝。因为儒家的得势，和他对于墨道两家态度的不同，所以在上层阶级的士大夫中，道家还能存在，而墨家却绝对不能存在。墨家不能存在于士大夫中，便一变为游侠，再变为土匪，愈沉愈下了。

　　捣乱分子墨家被打下去了，上面只剩了儒与道，他们本来不是绝对不相容的，现在更可以合作了。合作的方案很简单。这里恕我曲解一句古书，《易经》说"肥遁，无不利"，我们不妨读肥为本字。而把"肥遁"解为肥了之后再遁，那便是说一个儒家做了几任"官"，捞得肥肥的，然后撒开腿就跑，跑到一所别墅或山庄里，变成一个什么居士，便是道家了。——这当然是对己最有利的办法了。甚至还用不着什么实际的"遁"，只要心理上念头一转，就身在宦海中也还是遁，所谓"身在魏阙，心在江湖"，和"大隐隐朝市"者，是儒道合作中更高一层的境界。在这种合作中，权利来了，他以儒的名分来承受，义务来了，他又以道的

229

资格说，本来我是什么也不管的，儒道交融的妙用，真不是笔墨所能形容的，在这种情形之下，称他们为偷儿和骗子，能算冤曲吗？

"成则为王，败则为寇"，"窃钩者诛，窃国者侯"，这些古语中所谓王侯如果也包括了"不事王侯，高尚其事"的道家，便更能代表中国的文化精神。事实上成语中没有骂到道家，正表示道家手段的高妙。讲起穷凶极恶的程度来，土匪不如偷儿，偷儿不如骗子，那便是说墨不如儒，儒不如道，韦尔斯先生列举三者时，不称墨而称土匪，也许因为外国人到中国来，喜欢在穷乡僻壤跑，吃土匪的亏的机会特别多，所以对他们特别深恶痛绝。在中国人看来，三者之中，其实土匪最老实，所以也最好防备。从历史上看来，土匪的前身墨家，动机也最光明。如今不但在国内，偷儿骗子在儒道的旗帜下，天天剿匪，连国外的人士也随声附和的口诛笔伐，这实在欠公允，但我知道这不是韦尔斯先生的本意，因为知道在他们本国，韦尔斯先生的同情一向是属于那一种人的。

话说回来，土匪究竟是中国文化的病，正如偷儿骗子也是中国文化的病。我们甚至应当感谢韦尔斯先生在下诊断时，没有忘记土匪以外的那两种病源——儒家和道家。韦尔斯先生用《春秋》的书法，将儒道和土匪并称，这是他的许多伟大贡献中的又一个贡献。

从宗教论中西风格

要说明中西风俗不同，可以从种种不同的方面着眼，从宗教着眼，无疑是一个比较扼要的看法。所谓宗教，有广义的，有狭义的，狭义的讲来，中国人没有宗教，因此我们若能知道这狭义宗教的本质是什么，便也知道了中西风格不同之点在那里。至于宗教造成了西洋人的性格，还是西洋人的性格产生了他们的宗教，那是一个鸡生蛋还是蛋生鸡的辩论，我们不去管它。目下我们要认清的一点，是宗教与西洋人的性格是不可分离的。

要确定宗教的本质是什么，最好是溯源到原始思想。生的意志大概是人类一切思想的根苗。人类生活愈接近原始时代，求生意志的强烈，与求生能力的薄弱，愈有形成反比例之势。但是能力愈薄弱，不但不能减少意志的强烈性，反而增加了它。在这能力与意志不能配合的难关中，人类乃以主观的"生的意识"来补偿客观的"生的事实"之不足，换言之，因一心欲生，而生偏偏是不完整，不绝对的，于是人类便以"死的否认"来保证"生的真实"。这是人类思想史的第一页，也实在是一个了不得的发明。我们今天都认为死是一个千真万确的事实，原始人并不这样想。对于他们，死不过是生命途程中的另一阶段，这只看他们对祭祀态度的认真，便可知道。我们也可以说，他们根本没有死的观念，他们求生之心如此迫切，以至忽略了死的事实，而不自觉的做到了庄子所谓"以死生为一体"的至高境界。我说不自觉的，因为那不是庄子那般通过理智的道路然后达到的境界，理智他们绝对没有，他们只是一团盲目的求生的热欲，在热欲的昏眩中，他们的意识便全为生的观念所占据，而不容许那与生相反的死的观念存在，诚然，由我们看来，这是自欺。但是，要晓得对原始人类，生存是那样艰难，样样没有保障，如果没有这点生的信念，人类如何活得下去呢？所以我们说这人类思想史

231

的第一页，是一个不承认死的事实，那不死简直是肉体的不死，这还是可以由他们对祭祀的态度证明的，但是知识渐开，他们终于不得不承认死是一个事实。承认了死，是否便降低了生的信念呢？那却不然。他们承认的是肉体的死，至于灵魂他们依然坚持是不会死的。以承认肉体的死为代价，换来了灵魂不死的信念，在实利眼光的人看来，是让步，是更无聊的自欺；在原始人类看来，却是胜利。因为他们认为灵魂的存在比肉体的存在还有价值，因此，用肉体的死换来了灵魂的不死，是占了便宜。总之他们是不肯认输，反正一口咬定了不死，讲来讲去，还是不死，甚至客观的愈逼他们承认死是事实，主观的愈加强了他们对不死的信念。他们到底为什么要这样的倔强，这样执迷不悟？理智能力薄弱吗？但要记得这是理智能力进了一步，承认了肉体的死是事实以后的现象。看来理智的压力愈大，精神的信念跳得愈高。理智的发达并不妨碍生的意志，反而鼓励了它，使它创造出一个求生的灵魂。这是人类思想史的第二页，一个更荒唐，也更神妙的说明。

人类由自身的灵魂而推想到大自然的灵魂，本是思想发展过程中极自然的一步。想到这个大自然的灵魂实在说是人类自己的灵魂的一种投射作用，再想到投射出去的自己，比原来的自己几乎是无限倍数的伟大，并又想到在强化生的信念与促进生的努力中，人类如何利用这投射出去的自己来帮助自己——想到这些复杂而纡回的步骤，更令人惊讶人类的"其愚不可及"，也就是他的其智不可及。如今人毕竟承认了自己无能，因为他的理智又较前更发达了一些，他认清了更多的客观事实，便是他就此认输了吗？没有人是无能，他却创造了万能的神。万能既出自无能，那么无能依然是万能。如今人是低头了，但只向自己低头，于是他愈低头，自己的地位也愈高。你反正不能屈服他，因为他有着一个铁的生命意志，而铁是愈捶练愈坚韧的。这人类思想史的第三页，讲理论，是愈加牵强，愈加支离，讲实用，却不能不承认是不可思议的神奇。

如果是以贿赂式的祭祀为手段，来诱致神的福佑或杜绝神的灾祸，或有时还不惜用某种恫吓式的手段，来要挟神做些什么或不做些什么——对神的态度，如果是这样，那便把神的能力看得太小了。人小看了神的能力其实也就是小看自己的能力，严格的讲，可以恫吓与贿赂的手段来控制的对象，只能称之为妖灵或精物，而不是神，因之，这种信仰也只能算作迷信，而不是宗教。宗教崇拜的对象必须是一个至高无上的，神圣的，万能而慈爱的神，你向他只有无条件的依皈和虔诚的祈祷。你的神愈是全德与万能，愈见得你自己全德与万能，因为你的神就是你所投射出去的自身的影子既然神就是像自己，所以他不妨是一个人格神，而且必然是一个人格神。神的形象愈像你自己，愈足以证明是你的创造。正如神的权力愈大．愈足以反映你自己权力之大。总之你的神不能太不像你自己，不像你自己，便与你自己无关，他又不能太不像你自己，太像你自己，便暴露了你的精神力量究竟有限。是一个不太像你，又不太像你的全德与万能的人格神，不多不少，恰恰是这样一个信仰，才能算作宗教。

按照上述的宗教思想发展的程序和它的性质，我们很容易辨明中西人谁有宗教，谁没有宗教。第一，关于不死的问题，中国人最初分明只有肉体不死的观念，所以一方面那样着重祭祀与厚葬，一方面还有长生不老和白日飞升的神仙观念。真正灵魂不死的观念，我们本没有，我们的灵魂观念是外来的，所以多少总有点模糊。第二，我们的神，在下层阶级里，不是些妖灵精物，便是人鬼的变相，因此都太像我们自己了，在上层阶级里，他又只是一个观念神而非人格神，因此太嫌不像我们自己了。既没有真正的灵魂观念，又没有一个全德与万能的人格神，所以说我们没有宗教，而我们的风格和西洋人根本不同之处恐怕也便在这里。我们说死就是死，他们说死还是生，我们说人就是人，我们对现实屈服了，认输了，他们不屈服，不认输，所以他们有宗教而我们没有。

我们在上文屡次提到生的意志，这是极重要的一点，也许就是问题的核心。往往有人说弱者才需要宗教，其实是强者才能创造宗教来扶助弱者，替他们提高生的情绪，加强生的意志。就个人看，似乎弱者更需要宗教，但就社会看，强者领着较弱的同类，有组织的向着一个完整而绝对的生命追求，不正表现那社会的健康吗？宗教本身尽有数不完的缺憾与流弊，产生宗教的动机无疑是健康的。有人说西洋人的爱国思想和恋爱哲学，甚至他们的科学精神，都是他们宗教的产物，他们把国家，爱人和科学的真理都"神化"了，这话并不过分。至少我们可以说，产生他们那宗教的动力，也就是产生那爱国思想，恋爱哲学和科学精神的动力。不是对付的，将就的，马马虎虎的，在饥饿与死亡的边缘上弥留着的活着，而是完整的，绝对的活着，热烈的活着——不是彼此都让点步的委曲求全，所谓"中庸之道"式的，实在是一种虚伪的活，而是一种不折不扣的，不是你死我活，便是我死你活的彻底的，认真的活——是一种失败的今生，成功在来世的永不认输，永不屈服的精神。这便是西洋人的性格。这性格在他们的宗教中表现得最明显，因此也在清教徒的美国人身上表现得最明显。

人生如果仅是吃饭睡觉，寒暄应酬，或囤积居奇，营私舞弊，那许用不着宗教，但人生也有些严重关头，小的严重关头叫你感着不舒服，大的简直要你的命，这些时候来到，你往往感着没有能力应付它，其实还是有能力应付，因为人人都有一副不可思议的潜能。问题只在用一套什么手法把它动员起来。一挺胸，一咬牙，一转念头，潜能起来了，你便能排山倒海，使一切不可能的变为可能了，那不是技术，而是一种魔术。那便是宗教。中国人的办法，似乎是防范严重关头，使它不要发生，藉以省却自己应付的麻烦。这在事实上是否可能，姑且不管，即使可能，在西洋人看来，多么泄气，多么没出息！他们甚至没有严重关头，还要设法制造它，为的是好从那应付的挣扎中得到乐趣。没事自己放火给自己扑灭，为的是救火的紧张太有趣了，如果救火不熄，自己反被烧死，那殉道者的光荣更是人生无上的满足——你说荒谬绝伦，简直是疯子！对了，你就是不会发疯，你生活里就缺少那点疯，所以你平庸，懦弱。人家在天上飞时，你在粪坑里爬！

中西风格的比较？你拿什么跟人家比？你配？尽管有你那一套美丽名词，还是掩不住那渺小，平庸，怯懦，虚伪，掩不住你的小算盘，你的偷偷摸摸，自私自利，和一切的丑态。你的孝悌忠信，礼义廉耻，和你古圣先贤的什么哲学只令人作呕，我都看透了！你没有灵魂，没有上帝的国度，你是没有国家观念的一盘散沙，一群不知什么是爱的天阉（因此也不知什么是恨），你没有同情，也没有真理观念。然而你有一点鬼聪明，你的蕃殖力很大，因为聪明所以会鼠窃狗偷——营私舞弊，囤积居奇。因为蕃殖力太，所以让你的同类成千成万的裹在清一色的破棉袄里，排成番号，吸完了他们的血，让他们饿死，病死……这是你的风格，你的仁义道德！你拿什么和人家比！

没有宗教的形式不要紧。只要有产生宗教的那股永不屈服，永远向上追求的精神，换言之，就是那铁的生命意志，有了这个，任凭你向宗教以外任何方向发展都好，怕的是你这点意志，早被瘪死了，因此除了你那庸俗主义的儒家哲学以外，不但宗教没有，旁的东西也没有。更可怕的是宗教到你手里，也变成了庸

234

俗，虚伪，和鼠窃狗偷的工具。怕的是你的生命的前提是败北主义，和你那典型的口号"没有办法"！于是你只好嘲笑，说俏皮话。是啊，你有聪明，有蕃殖力，所以你可以存在，"耗子苍蝇不也存在吗？"但你没有生活，因为我看透了你，你打头就承认了死是事实，那证明了你是怕死的。惟其怕死，所以你也怕生，你这没出息的"四万万五千万"！

妇女解放问题

认清楚对象

争取妇女解放的对象该是整个社会而不是男性。一切问题都是这不合理的社会所产生，都该去找社会去算帐。但社会是看不见的，在这里只能用个人的想象来把它看成一个集体的东西——房屋。我们在这房屋中间生活了几千年，每人都被安放在一个角落上，有的被放得好，放得正，生活过得舒服；有的被放得不正，生活不舒服，就想法改良反抗，于是推推挤挤拿旁人来出气。其实，旁人也没有办法，也不能负责的，这是整个社会结构的问题，就像一座房屋，盖得既不好，年代又久了，住得不舒服，修修补补是没有用处的，就只有小心地把房屋拆下，再重新按照新的设计图样来建筑。对于社会而言，这种根本的办法，就是"革命"。革命并非毁灭，只是小心地把原料拆下来，重新照新计划改造。所以计划得很好的革命，并不是太大的事情。

奴隶制度产生的因素有二：一是种族，二是两性

现在的社会是不合理的，因为这社会里有阶级，阶级的产生由于奴隶制度。奴隶制度产生的因素有两个。一是种族，二是两性。在两个种族打仗的时候，甲族的人被乙族的俘去了，作为生产工具，即是奴隶，原来平等的社会就开始分裂成主奴两个阶级。奴隶的数目愈来愈多的时候，这两个阶级的分别也愈为明显，倘没有另外的种族，那末一切不平等，阶级产生的可能性也可减少。其次，问到最初被俘的甲族人是男还是女的，回答说是女的。被俘来的不仅作奴隶，还可作

妻子。因为在图腾社会中有一种很重要的制度叫"外婚制"，就是男子不能和他本族的女子结婚，一定得找外族的女子作配偶。在这制度下两族本可交换女子结婚，但因古代婚姻，不单是解决两性的问题，重要的还是经济的问题，大家都需要生产，劳动力，女子在未嫁前帮娘家做活，娘家当然不愿她出嫁而减少一个帮手，使自己受到损失，所以老把女儿留在家里。但另一边同样急切地需要她去生产孩子，在这争持的情形下，产生了抢婚的行为，她既是被抢来的生产工人，便怕她逃回去，或被娘家的人抢回，才用绳子捆起，成为这族的奴隶，所以谈到奴隶制度时，两性的因素不可缺少，甚至"奴隶制"，是"外婚制"的发展呢！

女、奴性和妓性

中国古人造字，"女"字是"𡚃"或"𡜆"，象征绳子把坐着的人捆住，而"女"字和"奴"字在古时不但声音一样，意义也相同，本来是一个字，只是有时多加一只手牵着"𡜆"而已，那时候，未出嫁的女儿叫"子"，出嫁后才叫"女"或"奴"，所以妇女的命运从历史的开始起，就这么惨了。

现在的社会里，奴隶已逐渐解放了，最先被解放的奴隶是距主人最远的农业奴隶，主人住在城里，他们住在乡间。其次被解放的是贵族的工商职奴隶，主人住在内城，他们住在外城。再其次是在主人身边伺候主子的听差老妈子，而资格最老，历史最久的奴隶——妇女——却还没有得到解放，因为她们和她们的主子——丈夫——的距离太近，关系太密切了，而且生活过得也还可以，不觉得要解放。

从历史上看中国的女性，就是奴性的同义字，三从四德就是奴性的内容。再不客气地说一句，近代西洋女性的妓性比较起来也好不了多少，只是男女关系不固定些而已。奴则老是呆在家里，不准外出，而且固定屈于一个男子，妓则要自由得多，妓因有被迫去当的，但自动去当妓多少带点反抗性，所以近代西洋的妓性比中国的奴性要好一点，因为已解放了一个，只是不彻底而已。

真女性应该从母性出发而不从妻性出发

彻底解放了的新女性应该是真女性，我们先设想在奴隶社会没开始时的那个没有阶级，没有主奴关系的社会，真女性就该以那社会中的天然的，本来的，真正的女性做标准。有人说女子总是女子，在生理上和男子不同，就进化来证明女子该进厨房，其实是不对的，根据人类学，在原始时的女性中心社会里的女子，长得和这时代的女子不同，胸部挺起，声量宽洪，性格刚强，而那时候的男子反因坐得久了，脂肪积储在下体，使臀部变大，同时又因须抚养儿女，性情温柔，声音细弱，所以除了女子能生育而产生母子关系而外，和男子并没有什么不同。真女性就应该从母性出发而不从妻性出发（从妻性出发，不成为奴，即成为妓），母亲对待儿子总是慈爱的，愿为儿子操劳，忍耐，甚至勇敢地牺牲，从母性出发的真女性是刚强的，具备一切美德如：仁爱，忍耐，勇敢，坚强，就是雌性的动物在哺乳的时候，总是比雄的还来得凶，来得可怕，俗语中的"母大虫""雌老虎"，古书上称猎得乳虎的做英雄，都是这个意思。女子彻底解放以后，将来的文化要由女子来领导一切都以妇女为表率，为模范，为中心。

我们不反对女子中看又中用，但最要紧的还是中用

妇女的解放，并不是个人的努力所能成功的，必须从整个社会下手，拆下旧房屋，再按照新计划去盖造，使成为没有阶级，没有主奴关系的社会。历史照螺旋形发展，从当初开始有奴隶的社会到今天刚好绕了一圈，现在又要到没有奴隶的社会了，这不是进化，不过这得有理想，有魄力才能改变到一个新社会。三千年来的历史全错了，要是有一点地方对的，也是偶然碰上了而已。我的这种想法也许有点大胆，有点浪漫；但在有些地方——譬如苏联，已经试验成功了。台维斯的《出使莫斯科记》里说："美国的女子中看不中用，苏联的女子中用不中看。"苏联女子就是从母性出发的真女性，是实际有用的，并不是供人看看的花瓶。当然我们不反对女子中看又中用，但最要紧的还是中用，倘以中看为标准而做去，充其量，只是表现出妓性。还有《延安一月》的作者告诉我们延安的妇女已不像女性，也就是说延安的妇女是真正解放了，已不再是奴隶了。现在既有具体的，试验成功的榜样供大家学习，为什么还躲在这社会里呻吟而逃避呢？毕竟妇女解放问题被提出了，热烈地展开讨论了，表示妇女解放的条件已成熟，离真正解放的日子也不远了，一旦妇女真正解放，文化也就变成新的文学艺术各部门都要以新姿态出现了！

文学的历史动向

　　人类在进化的途程中蹒跚了多少万年，忽然这对近世文明影响最大最深的四个古老民族——中国，印度，以色列，希腊——都在差不多同时猛抬头，迈开了大步。当纪元前一千年左右，在这四个国度里，人们都歌唱起来，并将他们的歌记录在文字里，给流传到后代，在中国，《三百篇》里最古部分——《周颂》和《大雅》，印度的《黎俱吠陀》（Rig-veda），《旧约》里最早的《希伯来诗篇》，希腊的《伊利亚特》（Iliad）和《奥德赛》（Odyssey）——都约略同时产生。再过几百年，在四处思想都醒觉了，跟着是比较可靠的历史记载的出现。从此，四个文化，在悠久的年代里，起先是沿着各自的路线，分途发展，不相闻问，然后，慢慢的随着文化势力的扩张，一个个的胳臂碰上了胳臂，于是吃惊，点头，招手，交谈，日子久了，也就交换了观念思想与习惯。最后，四个文化慢慢的都起着变化，互相吸收，融合，以至总有那么一天，四个的个别性渐渐消失，于是文化只有一个世界的文化。这是人类历史发展的必然路线，谁都不能改变，也不必改变。

　　上文说过，四个文化猛进的开端都表现在文学上，四个国度里同时迸出歌声。但那歌的性质并非一致的。印度希腊，是在歌中讲着故事，他们那歌是比较近乎小说戏剧性质的，而且篇幅都很长，而中国以色列则都唱着以人生与宗教为主题的较短的抒情诗。中国与以色列许是偶同，印度与希腊都是雅利安种人，说着同一系统的语言，他们唱着性质比较类似的歌，倒也不足怪。

　　中国，和其余那三个民族一样，在他开宗第一声歌里，便预告了他以后数千年间文学发展的路线。《三百篇》的时代，确乎是一个伟大的时代，我们的文化大体上是从这一刚开端的时期就定型了。文化定型了，文学也定型了，从此以后二千年间，诗——抒情诗，始终是我国文学的正统的类型，甚至除散文外，它是惟一的类型。赋，词，曲，是诗的支流，一部分散文，如赠序，碑志等，是诗的副产品，而小说和戏剧又往往以各自不同的方式夹杂些诗。诗，不但支配了整个文学领域，还影响了造型艺术，它同化了绘画，又装饰了建筑（如楹联，春帖等）和许多工艺美术品。

诗似乎也没有在第二个国度里，像它在这里发挥过的那样大的社会功能。在我们这里，一出世，它就是宗教，是政治，是教育，是社交，它是全面的生活。维系封建精神的是礼乐，阐发礼乐意义的是诗，所以诗支持了那整个封建时代的文化。此后，在不变的主流中文化随着时代的进行，在细节上曾多少发生过一些不同的花样。诗，它一面对主流尽着传统的呵护的职责，一方面仍给那些新花样忠心的服务。最显著的例是唐朝。那是一个诗最发达的时期，也是诗与生活拉拢得最紧的一个时期。

从西周到春秋中叶，从建安到盛唐，这中国文学史上两个最光荣的时期，都是诗的时期。两个时期各个拖着一条姿势稍异，但同样灿烂的尾巴，前者的是《楚辞》汉赋，后者的是五代宋词。而这辞赋与词还是诗的支流。然则从西周到宋，我们这大半部文学史，实质上只是一部诗史。但是诗的发展到北宋实际也就完了。南宋的词已经是强弩之末。就诗本身说，连尤杨范陆和稍后的元遗山似乎都是多余的，重复的，以后的更不必提了。我们只觉得明清两代关于诗的那许多运动和争论，都是无味的挣扎。每一度挣扎的失败，无非重新证实一遍那挣扎的徒劳无益而已。本来从西周唱到北宋，足足二千年的工夫也够长的了，可能的调子都已唱完了。到此，中国文学史可能不必再写，假如不是两种外来的文艺形式——小说与戏剧，早在旁边静候着，准备届时上来"接力"。是的，中国文学史的路线南宋起便转向了，从此以后是小说戏剧的时代。

故事与雏形的歌舞剧，以前在中国本土不是没有，但从未发展成为文学的部门。对于讲故事，听故事，我们似乎一向就不大热心。不是教诲的寓言，就是纪实的历史，我们从未养成单纯的为故事而讲故事、听故事的兴趣。我们至少可说，是那充满故事兴味的佛典之翻译与宣讲，唤醒了本土的故事兴趣的萌芽，使它与那较进步的外来形式相结合，而产生了我们的小说与戏剧。故事本是民间的产物，不用讳言，它的本质是低级的（便在小说戏剧里，过多的故事成分不也当悬为戒条吗？）。正如从故事发展出来的小说戏剧，其本质是平民的，诗的本质是贵族的。要晓得它们之间距离很大，而距离是会孕育恨的。所以我们的文学传统既是诗，就

240

不但是非小说戏剧的，而且推到极端，可能还是反小说戏剧的。若非宗教势力带进来那点新鲜刺激，而且自己的歌实在也唱到无可再唱的了，我们可能还继续产生些"韩非""说储"，或"燕丹子"一类的故事，和《九歌》一类的雏形歌舞剧；但是，元剧和章回小说决不会有。然而本土形式的花开到极盛，必归于衰谢，那是一切生命的规律，而两个文化波轮由扩大而接触而交织，以致新的异国形式必然要闯进来，也是早经历史命运注定了的。异国形式也许早就来到了，早到起码是汉朝佛教初输入的时候，你可以在几百年中不注意它，等到注意了之后，还可以延宕，踌躇个又一度几百年，直到最后，万不得已的，这才死心塌地，接受了吧！但那只是迟早问题。反正你自己的花无法再开，那命数你得承认。新的种子从外面来到，给你一个再生的机会，那是你的福分。你有勇气接受它，是你的聪明，肯细心培植它，是有出息，结果居然开出很不寒伧的花朵来，更足以使你自豪！

第一度外来影响刚刚扎根，现在又来了第二度的。第一度佛教带来的印度影响是小说戏剧，第二度基督教带来的欧洲影响又是小说戏剧（小说戏剧是欧洲文学的主干，至少是特色），你说这是碰巧吗？

不然。欧洲文化正如它的鼻祖希腊文化一样，和印度文化，往大处看，还不是一家？这样说来，在这两度异乡文化东渐的阵容中，印度不过是欧洲的头，欧洲是印度的尾而已。就文化接触的全盘局势来看，头已进来，尾的迟早必需来到，应该也是早已料到的事。第一度外来影响，已经由扎根而开花了，但还不算开到最茂盛的地步，而本土的旧形式，自从枯萎后，还不见再荣的迹象，也实在没有再荣的理由。现在第二度外来影响，又与第一度同一种类，毫无问题，未来的中国文学还要继续那些伟大的元明清人的方向，在小说戏剧的园地上发展。待写的一页文学史，必然又是一段小说戏剧史，而且较向前的一段，更为热闹，更为充实。

但在这新时代的文学动向中，最值得揣摩的，是新诗的前途。你说，旧诗的生命诚然早已结束，但新诗——这几乎是完全重新再做起的新诗，也没有生命吗？对了，除非它真能放弃传统意识，完全洗心革面，重新做起。但那差不多等于说，要把诗做得不像诗了。也对。说得更确点，不像诗，而像小说戏剧，至少让它多像点小说戏剧，少像点诗。太多"诗"的诗，和所谓"纯诗"者，将来恐怕只能以一种类似解嘲与抱歉的姿态，为极少数人存在着。在一个小说戏剧的时代，诗得尽量采取小说戏剧的态度，利用小说戏剧的技巧，才能获得广大的读众。这样做法并不是不可能的。在历史上多少人已经做过，只是不大彻底罢了。新诗所用的语言更是向小说戏剧跨近了一大步，这是新诗之所以为"新"的第一个也是最主要的理由。其它在态度上，在技巧上的种种进一步的试验，也正在进行着。请放心，历史上常常有人把诗写得不像诗，如阮籍，陈子昂，孟郊，如华茨渥斯（Wordsworh），惠特曼（Whitman），而转瞬间便是最真实的诗了。诗这东西的长处就在它有无限度的弹性，变得出无穷的花样，装得进无限的内容。只有固执与狭隘才是诗的致命伤，纵没有时代的威胁，它也难立足。

每一时代有一时代的主潮，小的波澜总得跟着主潮的方向推进，跟不上的只好留在港汊里干死完事。战国秦汉时代的主潮是散文。一部分诗服从了时代的意志，散文化了，便成就了《楚辞》和初期的汉赋，成就了"铙歌"，这些都是那时代的光荣。另一部分诗，如《郊祀歌》，《安世房中歌》，韦孟《讽谏诗》之类，跟不上潮流，便成了港汊中的泥淖。

明代的主潮的小说，《先妣事略》，《寒花葬志》和《项脊轩记》的作者归有光，采取了小说的以寻常人物的日常生活为描写对象的态度，和刻画景物的技巧，总算是黏上了点时代潮流的边儿（他自己以为是读《史记》读来了的，那是自欺欺人的话），所以是散文家中欧公以来惟一顶天立地的人物。其他同时代的散文家，依照各人小说化的程度的比例，也多多少少有些成就，至于那般诗人们只忙于复古，没有理会时代，无疑那将被未来的时代忘掉。以上两个历史的教训，是值得我们的新诗人书绅的。

四个文化同时出发，三个文化都转了手，有的转给近亲，有的转给外人，主人自己却都没落了．那许是因为他们都只勇于"予"而怯于"受"。中国是勇于"予"而不太怯于"受"的，所以还是自己的文化的主人，然而也仅免于没落的劫运而已。为文化的主人自己打算，"取"不比"予"还重要吗？所以仅仅不怯于"受"是不够的，要真正勇于"受"。让我们的文学更彻底的向小说戏剧发展，等于说要我们死心塌地走人家的路。这是一个"受"的勇气的测验，也是我们能否继续自己文化的主人的测验。

过去记录里有未来的风色。历史已给我们指示了方向——"受"的方面，如今要的只是勇气，更多的勇气啊！

1943 年 12 月

龙　凤

　　前些时接到一个新兴刊物负责人一封征稿的信，最使我发生兴味的是那刊物的新颖命名——《龙凤》，虽则照那篇《缘起》看，聪明的主编者自己似乎并未了解这两字中丰富而深邃的含义。无疑的他是被这两个字的奇异的光艳所吸引，他迷惑于那蛇皮的夺目的色彩，却没理会蛇齿中埋伏着的毒素，他全然不知道在玩弄色彩时，自己是在与毒素同谋。

　　就最早的意义说，龙与凤代表着我们古代民族中最基本的两个单元——夏民族与殷民族，因为在"鲧死，……化为黄龙，是用出禹"和"天命玄鸟（即凤），降而生商"两个神话中，我们依稀看出，龙是原始夏人的图腾，凤是原始殷人的图腾（我说原始夏人和原始殷人，因为历史上夏殷两个朝代，已经离开图腾文化时期很远，而所谓图腾者，乃是远在夏代和殷代以前的夏人和殷人的一种制度兼信仰），因之把龙凤当作我们民族发祥和文化启端的象征，可说是再恰当没有了。若有人愿意专就这点着眼，而想借"龙凤"二字来提高民族意识和情绪，那倒无可厚非。可惜这层历史社会学的意义在一般中国人心目中并不存在，而"龙凤"给一般人所引起的联想则分明是另一种东西。

　　图腾式的民族社会早已变成了国家，而封建王国又早已变成了大一统的帝国，这时一个图腾生物已经不是全体族员的共同祖先，而只是最高统治者一姓的祖先，所以我们记忆中的龙凤，只是帝王与后妃的符瑞，和他们及她们宫室舆服的装饰"母题"，一言以蔽之，它们只是"帝德"与"天威"的标记。有了一姓，便对待的产生了百姓，一姓的尊荣，便天然的决定了百姓的苦难。你记得复辟与龙旗的不可分离性，你便会原谅我看见"龙凤"二字而不禁怵目惊心的苦衷了。我是不同意于"天王圣明，臣罪当诛"的。

《缘起》中也提到过"龙凤"二字在文化思想方面的象征意义，他指出了文献中以龙比老子的故事，却忘了一副天生巧对的下联，那便是以凤比孔子的故事。可巧故事都见于《庄子》一书里。《天运》篇说孔子见过老聃后，发呆了三天说不出话，弟子们问他给老聃讲了些什么，他说："吾乃今于是乎见龙——龙合而成体，散而成章，乘云气而养翔乎阴阳，予口张而不能嚼，舌举而不能讯，予又何规老聃哉！"这是常用的典故（也就是许多姓李的楹联中所谓"犹龙世泽"的来历）。至于以凤比孔子的典故，也近在眼前，不知为什么从未成为词章家"獭祭"的资料，孔子到了楚国，著名的疯子接舆所唱的那充满讽刺性的歌儿——

凤兮凤兮！何如（汝）德之衰也？来世不可待，往世不可追也！……

不但见于《庄子》（《人间世》篇），还见于《论语》（《微子》篇）。是以前读死书的人不大认识字，不知道"如"是"汝"的假借，因而没弄清话中的意思吗？可是《汉石经》《论语》"如"作"而"，"而"字本也训"汝"，那么歌辞的喻意，至少汉人是懂得。另一个也许更有趣的以凤比孔子的出典，见于唐宋"类书"所引的一段"庄子"佚文：

老子见孔子从弟子五人，问曰，"前为谁？"对曰，"子路，勇且力。其次子贡为智，曾子为孝，颜回为仁，子张为武。"老子叹曰，"吾闻南方有鸟，其名为凤……凤鸟之文，戴圣婴仁，右智左贤……"

这里以凤比孔子，似乎更明显。尤其有趣的是，那次孔子称老子为龙，这次是老子回敬孔子，比他作凤，龙凤是天生的一对，孔老也是天生的一对，而话又出自彼此的口中，典则同见于《庄子》。你说这天生巧对是庄子巧思的创造，意匠的游戏——又是他老先生的"谬悠之说，荒唐之言，无端崖之辞"吗？也不尽然。前面说过原始殷人是以凤为图腾的，而孔子是殷人之后，我们尤其熟习。老子是楚人，向来无异词，楚是祝融六姓中芈姓季连之后，而祝融，据近人的说法，就是那"人面龙身而无足"的烛龙，然则原始楚人也当是一个龙图腾的族团。以老子为龙，孔子为凤，可能是庄子的寓言，但寓言的产生也该有着一种素地，民俗学的素地（这可以《庄子》书中许多其它的寓言为证）。其实凤是殷人的象征，孔子是殷人的后裔。呼孔子为凤，无异称他为殷人；龙是夏人的，也是楚人的象征，说老子是龙，等于说他是楚人，或夏人的本家。中国最古的民族单元不外夏殷，最典型中国式而最有支配势力的思想家莫如孔老，刊物命名为《龙凤》，不仅象征了民族，也象征了最能代表民族气质的思想家，这从某种观点看，不能不说是中国有刊物以来最漂亮的名字了！

然而，还是庄子的道理，"臭腐复化为神奇，神奇复化为腐臭"——从另一种观点看，最漂亮的说不定也就是最丑恶的。我们在上文说过，图腾式的民族社会早已变成了国家，而封建的王国又早已变成了大一统的帝国，在我们今天的记忆中，龙凤只是"帝德"与"天威"的标记而已。现在从这角度来打量孔老，恕我只能看见一位"申申如也，夭夭如也"而谄上骄下的司寇，和一位以"大巧若拙"的手段"助纣为虐"的柱下史（五千言本也是"君人南面之术"），有时两个身影叠成一个，便又幻出忽而"内老外儒"，忽而"外老内儒"，种种的奇形怪状。要晓得这条"见首不见尾"的阴谋家——龙，这只"戴圣婴仁"的伪君子——凤，或二者的混合体，和那象征着"帝德""天威"的龙凤，是不可须臾离的，有了主子，就用得着奴才，有了奴才，也必然会捧出一个主子；帝王与士大夫是相依为命的。主子的淫威和奴才的恶毒——暴发户与破落户双重势力的结合，压得人民半死不活。三千年惨痛的记忆，教我们面对这意味深长的"龙凤"二字，怎能不怵目惊心呢！

事实上，人物界只有穷凶极恶而诡计多端的蛇，和受人豢养，替人帮闲，而终不免被人宰割的鸡，那有什么龙和凤呢？科学来了，神话该退位了。办刊物的人也得当心，再不得要让"死的拉住活的"了！

要不然，万一非给这民族选定一个象征性的生物不可，那就还是狮子罢，我说还是那能够怒吼的狮子罢，如其它不再太贪睡的话。

1944 年 7 月

245

人民的诗人——屈原

　　古今没有第二个诗人像屈原那样曾经被人民热爱的。我说"曾经"，因为今天过着端午节的中国人民，知道屈原这样一个人的实在太少，而知道《离骚》这篇文章的更有限。但这并不妨碍屈原是一个人民的诗人。我们也不否认端午这个节日，远在屈原出世以前，已经存在，而它变成屈原的纪念日，又远在屈原死去以后。也许正因如此，才足以证明屈原是一个真正的人民诗人。惟其端午是一个古老的节日，"和中国人民同样的古老"，足见它和中国人民的生活如何不可分离，惟其中国人民愿意把他们这样一个重要的节日转让给屈原，足见屈原的人格，在他们生活中，起着如何重大的作用。也惟其远在屈原死后，中国人民还要把他的名字，嵌进一个原来与他无关的节日里，才足见人民的生活里，是如何的不能缺少他。端午是一个人民的节日，屈原与端午的结合，便证明了过去屈原是与人民结合着的，也保证了未来屈原与人民还要永远结合着。

　　是什么使得屈原成为人民的屈原呢？

　　第一，说来奇怪，屈原是楚王的同姓，却不是一个贵族。战国是一个封建阶级大大混乱的时期，在这混乱中，屈原从封建贵族阶级，早被打落下来，变成一个作为宫廷弄臣的卑贱的伶官，所以，官爵尽管很高，生活尽管和王公们很贴近，他，屈原，依然和人民一样，是在王公们脚下被践踏着的一个。这样，首先在身分上，屈原便是属于广大人民群众的。

　　第二，屈原最主要的作品——《离骚》的形式，是人民的艺术形式，"一篇题材和秦始皇命博士所唱的'仙真人诗'一样的歌舞剧"。虽则它可能是在宫廷中演出的。至于他的次要的作品——《九歌》，是民歌，那更是明显，而为历来多数的评论家所公认了。

第三，在内容上，《离骚》"怨恨怀王，讥刺椒兰"，无情的暴露了统治阶层的罪行，严正的宣判了他们的罪状，这对于当时那在水深火热中敢怒而不敢言的人民，是一个安慰，也是一个兴奋。用人民的形式，喊出了人民的愤怒，《离骚》的成功不仅是艺术的，而且是政治的，不，它的政治的成功，甚至超过了艺术的成功，因为人民是最富于正义感的。

但，第四，最使屈原成为人民热爱与崇敬的对象的，是他的"行义"，不是他的"文采"。如果对于当时那在暴风雨前窒息得奄奄待毙的楚国人民，屈原的《离骚》唤醒了他们的反抗情绪，那么，屈原的死，更把那反抗情绪提高到爆炸的边沿，只等秦国的大军一来，就用那溃退和叛变的方式，来向他们万恶的统治者，实行报复性的反击（楚亡于农民革命，不亡于秦兵，而楚国农民的革命性的优良传统，在此后陈胜吴广对秦政府的那一著上，表现得尤其清楚）。历史决定了暴风雨的时代必然要来到，屈原一再的给这时代执行了"催生"的任务，屈原的言，行，无一不是与人民相配合的，虽则也许是不自觉的。有人说他的死是"匹夫匹妇自经于沟壑"，对极了，匹夫匹妇的作风不正是人民革命的方式吗？

以上各条件，若缺少了一件，便不能成为真正的人民诗人。尽管陶渊明歌颂过农村，农民不要他，李太白歌颂过酒肆，小市民不要他，因为他们既不属于人民，也不是为着人民的。杜甫是真心为着人民的，然而人民听不懂他的话。屈原虽没写人民的生活，诉人民的痛苦，然而实质的等于领导了一次人民革命，替人民报了一次仇。屈原是中国历史上惟一有充分条件称为人民诗人的人。

1945 年 6 月

新文艺和文学遗产

地点——联大文艺晚会（在新校舍图书馆前草地上）
时间——三十三年五月八日晚

"今天晚上在场发言的，建设新文艺的人物有八位教授（记者按：八教授为冯至，朱自清，孙毓棠，沈从文，卞之琳，闻家骊，李广田，杨振声）。而我和罗先生（常培）是干破坏的，破坏旧的东西，……月亮出来了（闻先生指着初从云中钻出的满月说），乌云还等在旁边，随时就会给月亮盖住。我们要特别注意……要记住我们这个五四文艺晚会是这样被人阴谋破坏的；但是我们不用害怕，破坏了，我们还要来！五四的任务没有完成，我们还要干！我们还要科学，要民主，要打倒孔家店和封建势力！……文学遗产在五四以前是叫做国粹，五四时代叫做死文学，现在是借了文学遗产的幌子来复古，来反对新文艺，现在我就是要来审判它；中国在君主政治底下，'君'是治人的，但不是'君'自己去治，而实际治人的是手下的许多人，治人就是吃人！……中国的政治由封建而帝制，再由帝制而民治……中国的封建社会里面有四种家臣：第一种是绝对效忠主子的，是儒家；第二种次之，是法家；第三种更次之，是墨家；而庄子是第四种，是拒小惠而要彻底的拆台的。但是因为有前三种人的支持，所以没有效果。后来，由反抗现实而逃到象牙塔中。辛亥以后，治人吃人的观念并没有打倒。管家人吃人，借了君子的名字。在五四，第四种人出塔了，他们要自己管理自己，管家的无立足余地了。但是他们仍旧可以存在的，不过不再是替君子管而是替人民管了。可惜第四种人在塔外住不惯，又回到塔里面去了！那么前三种人又活跃了！但他们觉得新主子不如旧主子好，所以才有'献九鼎'啊！新主子一出来首先要打击五四

248

运动，要打击提倡民治精神的祸因。后来他们发现民主是从外国来的，于是义和团精神又出现了，跟外国人绝交。现在谈第四种人，他们拼命搬旧塔的砖瓦来造新塔，就如有人在提倡晚明小品，表面上是新文艺，其实是旧的。新文学同时是新文化运动，新思想运动，新政治运动，新文学之所以新就是因为它是与思想，政治不分的，假使脱节了就不是新的。文学的新旧不是甚么文言白话之分，因为古文所代表的君主旧意识要不得，所以要提倡新的。第四种人中的道家则劣处较少。新文学是要和政治打通的。至于文学遗产，就是国粹，就是桐城妖孽，就是骸骨，就是山林文学。中国文学当然是中国生的，但不必嚷嚷遗产遗产的，那就是走回头路，回去了！现在感到破坏的工作不能停止，讲到破坏，第一当然仍旧要打倒孔家店，第二要摧毁山林文学。从五四到现在，因为小说是最合乎民主的，所以小说的成绩最好，而成绩最坏的还是诗。这是因为旧文学中最好的是诗，而现在做诗的人渐渐地有意无意地复古了。现在卞先生（之琳）已经不做诗了，这是他的高见，做新诗的人往往被旧诗蒙蔽了渐渐走向象牙塔。"

战后文艺的道路

"道路"不一定是具体计划，只是一种看法；战后不是善后，善后是暂进的，战后是相当长时期的将来。根据已然推测必然，是科学的客观预见，历史是有其客观的必然性的，所以要讲到战后文艺的道路，必须根据文学史及社会发展作一番讨论。

关于文学史，应根据新的世界观来分析：我们承认最根本决定社会之发展的是阶级，有统治阶级，有被统治阶级。中国过去的文学史抹煞了人民的立场，只讲统治阶级的文学，不讲被统治阶级的文学。今天以人民的立场来讲文学，对统治阶级的文学也不抹煞。

观察中国的社会，有下面几个阶段：

一、奴隶社会阶段，

二、自由人阶段，

三、主人阶段。

奴隶社会的组织是奴隶和奴隶主，自由人是解放了的奴隶，战国和西汉的奴隶气质在文学上很明显，魏晋以后嵇康阮籍解放了，但由建安到今天都无大变。

建安前是奴隶文艺，建安后是自由人的文艺。奴隶的反面不是自由人，奴隶的反面是主人。西方民主国家还要争自由，何况中国！奴隶是有主人的奴隶，自由人是脱离主人的奴隶。今后的主人，则是没有奴隶的主人，有奴隶的主人是法西斯。

现在再来看每个阶段的特质。

一、奴隶阶段：——

今天所谓奴隶与历史上的奴隶不同，真性奴隶是无身体自由的，使其身体亏损如劓，刖，墨，荆，宫等是奴隶的象征，再一种是手铐脚镣的束缚，这可呼为真性的奴隶。和这相反的要身体有自由发育，自由活动的才是主人。在真性奴隶社会中作业是分工的，主人也做事，大致为政，为君，战争，行刑是主人干的，他做事是自由的。奴隶的事，一是物质生产的技术，如农工等类；一是非物质的生产，如艺术，卜卦，算命，音乐。统治者担任的是治术，奴隶担任的是技术和艺术。技术供主人消费，艺术供主人消遣。历史上有名的音乐家师旷是瞎子，可以作为证明。

古代的艺术家是奴隶干的，如王维在《唐书》上就没有他的传，因为他是奴隶；干艺术是下流的，像今天看戏子和娼妓是一个样。荆轲的好友高渐离会击筑，为秦始皇挖去二目，再来听他的音乐。如果身体不亏损，你就只能作汉武帝时候的李延年，汉武帝当他作女人看。

真性奴隶社会在战国前是没有了，在春秋时即已逐渐瓦解。但奴隶社会的遗留太多，太明显，《史记·滑稽列传》淳于髡为齐国赘婿，髡是受剃了发的髡刑的，名字都已证明他是奴隶了。其他屈原，宋玉，东方朔，枚皋，司马迁都是奴隶，司马迁受宫刑是奴隶的标帜，这些人比真性社会的奴隶身体稍自由。

古代艺术家身上受创伤，心理上也受创伤，常云"文穷而后工"；厨川白村的《苦闷的象征》谓"不自由即奴隶的别名"。文艺是身体或心理受创伤后产生的花朵，是用血泪来培养的。金鱼很好看，是人看他好看，金鱼的本身并不觉得好看；盆景也如此。在阶级社会里的文艺都是悲惨的，一般有天才的奴隶为要主人赏识，主人免其劳动而养活他，他就歌功颂德，宣扬统治者的思想，为主人所豢养，他帮助主人压迫其同类。技术奴隶如傅说的板筑。因此我们可以说：一、技术是不自由的劳动；二、文艺是不自由的不劳动；三、治术是自由的不劳动；四、帮闲文人寄生者是不自由的不劳动。

当艺术家作为消闲的工具时是消极的罪恶，但当艺术家去替统治者去作统治的工具时，就成了积极的罪恶。

除了人民自己的文艺之外，一切的文艺都是奴隶作的。今日的文艺传统不是如《诗经》那样由人民的传统来，而是由奴隶来，所以往往作了奴隶的子孙而不自察。

二、自由人阶段：——

251

自封建时代奴隶的解放，就有了自由人，自由人的实际地位是自己选择自己的道路，愿不愿作奴隶？儒家愿作奴隶，道家不愿作奴隶。所以：

1．楚狂避世，怕惹祸。

2．杨朱不合作，为我，先顾自己，不管他人是非。你是你，我是我，我不惹你，你莫管我，但承认人家的势力。

3．程明道程伊川一个对妓女坐，一个背妓女坐，人家批评他俩一个是目中有妓，心中无妓，一个是目中无妓，心中有妓。这种是忘了你我，逃避在观念社会里，我不见妓女，就没有妓女。

4．庄周梦为蝴蝶，但庄周并不能为蝴蝶。前三种是逃避他人，庄周却逃避自己。

5．东方朔避世朝廷；小隐山林，大隐朝廷，只要我心里没有官，作了官也等于不作官。

6．唐卢藏用等以终南山为作官的捷径。

7．先作官而后归隐。

8．可怜主人而去帮忙。

以下道家儒家不能分。这些人象征思想的解放，春秋后此种思想即已产生，东汉魏晋以至今日，都是这一传统没有变。到了近一百年，除了作自己人的奴隶外，还要作外国人的奴隶。

自由人是被解放了的奴隶，但我们今天还一直跟着这后尘。

上面列举的前四种人的态度是诚恳的，自己求解放，后面几种人都是自己骗自己，由魏晋到盛唐，勉强可以，以后就不行了。唐以后的诗不足观，是人根本要不得。前面的解放只是主观的解放，自己在麻醉自己。自己麻醉不外饮酒，看花，看月，听鸟说甚，对人的社会装聋，表现在艺术作品中的麻醉性，这就更高。魏晋艺术的发展是将艺术作麻醉的工具，阮籍怕脑袋掉是超然，陶潜也是逃避自己而结庐在人境，是积极的为自己。阮是消极的为人，阮对着的是压迫他的敌人，是有反抗性的，陶没有反抗性，他对面没有敌人，故阮比陶高。阮是无言的反抗，陶是无言而不反抗，能在那里听鸟说甚，他便可以要干什么便干什么。

西洋艺术为宗教，解放后的自由人则为艺术而艺术，到贵族打倒后，没有反抗性而变为消极的东西。

总结以上有怠工的奴隶，有开小差的奴隶，有以罢工抬高价钱的奴隶。各种奴隶都有，但没有想作主人的。这些人虽间不容发，但是都没有想到当主人。倒是农民想要当主人反而当成了，如刘邦朱元璋是，张献忠李自成洪秀全等是没有当成功的。士大夫只想做官，只想到最高的理想最大胆的手腕是作一人之下万人之上的宰相。这种人不需要革命，无革命的观念和欲望，故士大夫从来不需要革命。农民从来不得到主人给他的面包渣，骨头，故他可以反抗，可以成功。

往后要作主人，要作无奴隶的主人。

三、主人阶段：——

自由人不是主人，但像主人，似是而非。士大夫作自由人就够了，无需为主人，等自由人的自由被剥夺了，成了有形的奴隶，他就可以回头来帮助别人革命。最不能安身的是奴隶农民，因为他无处藏身，他就要起来积极地革命。

法西斯要将人都变成奴隶，每个人都有当奴隶的危机，大家要反抗，抗了法西斯，不仅要作自由人，而是要真正作主人。

所以我对于战后文艺的道路有三种看法：

1．恢复战前，

2．实现战前未达到的理想，

3．提高我们的欲望。

前两种都较消极，第三种却是积极的提高，因为打了仗后，人民理想的身份应与今日的通货膨胀一样的增高。今日有人要内战，我们当然要更高的代价，这是历史发展的必然性。战后的文艺的道路是要作主人的文艺。有了战争就产生了我们新的觉悟，我们认清自己身分的本质，我们由作奴隶的身分而往上爬，只看见上面的目的地而只顾往上爬，不知往下看。虽然看见目的地快到，但这是我们的幻觉，这是有随时被人打下来的危险。我们不能单往上看，而是要切实的往下看，要将在上面的推翻了，大家才能在地上站得稳。由这个观点上看：如果我们只是追求我们更多的个人的自由，让我们藏得更深，那就离人民愈远。今天我们不这样逃，更要防止别人逃，谁不肯回头来，就消灭他！

我们大学的学院式的看法太近视，我们在当过更好一点的奴隶以后，对过去已经看得太多，从来不去想别的，过去我们骑在人家颈上，不懂希望及展望将来的前途，书愈读得多，就像耗子一样只是躲，不敢想，没有灵魂，为这个社会所限制住，为知识所误，从来不想到将来。

　　将来这条道路，不但自己要走，还要将别人拉回来走，这是历史发展的法则。如果还有要逃的，消灭他，服从历史。

《女神》之时代精神

若讲新诗，郭沫若君的诗才配称新呢，不独艺术上他的作品与旧诗词相去最远，最要紧的是他的精神完全是时代的精神——二十世纪底时代的精神。有人讲文艺作品是时代底产儿。《女神》真不愧为时代底一个肖子。

一、二十世纪是个动的世纪。这种的精神映射于《女神》中最为明显。《笔立山头展望》最是一个好例——

> 大都会底脉搏呀！
> 生底鼓动呀！
> 打着在，吹着在，叫着在，……
> 喷着在，飞着在，跳着在，……
> 四面的天郊烟幕蒙笼了！
> 我的心脏呀，快要跳出口来了！
> 哦哦，山岳底波涛，瓦屋底波涛，
> 涌着在，涌着在，涌着在，涌着在呀！
> 万籁共鸣的 symphony，
> 自然与人生的婚礼呀！
> …………

恐怕没有别的东西比火车底飞跑同轮船的鼓进（阅《新生》与《笔立山头展望》）再能叫出郭君心里那种压不平的活动之欲罢！再看这一段供招——

255

今天天气甚好，火车在青翠的田畴中急行，好像个勇猛沉毅的少年向着希望弥满的前途努力奋迈的一般。飞！飞！一切青翠的生命，灿烂的光波在我们眼前飞舞。飞！飞！飞！我的自己融化在这个磅礴雄浑的 rhythm 中去了！我同火车全体，大自然全体，完全合而为一了！我凭着车窗望着旋回飞舞着的自然，听着车轮虮軷的进行调，痛快！痛快！……

（《与宗白华书》,《三叶集》第 138 页）

这种动的本能是近代文明一切的事业之母，他是近代文明之细胞核。郭沫若底这种特质使他根本上异于我国往古之诗人。比之陶潜之——

　　　结庐在人境，而无车马喧

一则极端之动，一则极端之静，静到——

　　　心远地自偏，

隐遁遂成一个赘疣的手续了，——于是白居易可以高唱着——

　　　大隐隐朝市，

苏轼也可以笑那——

　　　北山猿鹤漫移文
了。

　　二、二十世纪是个反抗的世纪。"自由"底伸张给了我们一个对待权威的利器，因此革命流血成了现代文明底一个特色了。《女神》中这种精神更了如指掌。只看《匪徒颂》里的一些。——

256

一切……革命底匪徒们呀！

万岁！万岁！万岁！

那是何等激越的精神，直要骇得金脸的尊者在宝座上发抖了哦。《胜利的死》真是血与泪的结晶；拜伦，康沫尔底灵火又在我们的诗人底胸中烧着了！

你暗淡无光的月轮哟！我希望我们这阴莽莽的地球，在这一刹那间，早早同你一样冰化！

啊！这又是何等的疾愤！何等的悲哀！何等的沉痛！——

汪洋的大海正在唱着他悲壮的哀歌，

穹隆无际的青天已经哭红了他的脸面，

远远的西方，太阳沉没了！——

悲壮的死哟！金光灿灿的死哟！凯旋同等的死哟！胜利的死哟！

兼爱无私的死神！我感谢你哟！你把我敬爱无暨的马克斯威尼早早救了！

自由底战士，马克斯威尼，你表示出我们人类意志底权威如此伟大！

我感谢你呀！赞美你呀！"自由"从此不死了！

夜幕闭了后的月轮哟！何等光明呀！……

三、《女神》底诗人本是一位医学专家。《女神》里富有科学底成分也是无足怪的。况且真艺术与真科学本是携手进行的呢。然而这里又可以见出《女神》里的近代精神了。略微举几个例——

你去，去寻那与我的振动数相同的人；

你去！去寻那与我的燃烧点相等的人。

（《序诗》）

257

否，否。不然！是地球在自转，公转。

（《金字塔》）

我是 X 光线底光，

我是全宇宙底 energy 底总量！

（《天狗》）

我想我的前身

原本是有用的栋梁，

我活埋在地底多年，

到今朝才得重见天光。

（《炉中煤》）

你暗淡无光的月轮哟……早早同你一样冰化！

（《胜利的死》）

至于这些句子像——

我要把我的声带唱破！

（《梅花树下醉歌》）

我的一枝枝的神经纤维在身中战栗。

（《夜步十里松原》）

还有散见于集中的许多人体上的名词如脑筋，脊髓，血液，呼吸，……更完完全全的是一个西洋的 doctor 底口吻了。上举各例还不过诗中所运用之科学知识，见于形式上的。至于那讴歌机械底地方更当发源于一种内在的科学精神。在我们的诗人底眼里，轮船的烟筒开着了黑色的牡丹是"近代文明底严母"；太阳是亚波罗坐的摩托车前的明灯；诗人底心同太阳是"一座公司底电灯"；云日更迭的掩映是同探海灯转着一样；火车底飞跑同于"勇猛沉毅的少年"之努力，在他眼里机械已不是一些无声的物具，是有意识有生机如同入神一样。机械底丑恶性已被忽略了；在幻象同感情底魔术之下他已穿上美丽的衣裳了呢。

　　这种伎俩恐怕非一个以科学家兼诗人者不办。因为先要解透了科学，亲近了

258

科学，跟他有了同情，然后才能驯服他于艺术底指挥之下。

四、科学底发达使交通底器械将全世界人类底相互关系捆得更紧了。因有史以来世界之大同的色彩没有像今日这样鲜明的。郭沫若底《晨安》便是这种cosmopolitanism 底证据了。《匪徒颂》也有同样的原质，但不是那样明显。即如《女神》全集中所用的方言也就有四种了。他所称引的民族，有黄人，有白人，还有"有火一样的心肠"的黑奴。他所运用的地名散满于亚美欧非四大洲。原来这种在西洋文学里不算什么。但同我们的新文学比起来，才见得是个稀少的原质，同我们的旧文学比起来更不用讲是破天荒了。啊！诗人不肯限于国界，却要做世界底一员了；他遂喊道——

晨安！梳人灵魂的晨风呀！
晨风呀！你请把我的声音传到四方去罢！

（《晨安》）

五、物质文明底结果便是绝望与消极。然而人类底灵魂究竟没有死，在这绝望与消极之中又时时忘不了一种挣扎抖擞底动作。二十世纪是个悲哀与兴奋底世纪。二十世纪是黑暗的世界，但这黑暗是先导黎明的黑暗。二十世纪是死的世界，但这死是预言更生的死。这样便是二十世纪，尤其是二十世纪底中国。

流不尽的眼泪，
洗不净的污浊，
浇不熄的情炎，
荡不去的羞辱。

（《凤凰涅槃》）

不是这位诗人独有的，乃是有生之伦，尤其是青年们所同有的。但虽处的青年虽一样地富有眼泪，污浊，情炎，羞辱，恐怕他们自己觉得并不十分真切。只有现在的中国青年——"五四"后之中国青年，他们的烦恼悲哀真像火一样烧着，潮一样涌着，他们觉得这"冷酷如铁"，"黑暗如漆"，"腥秽如血"的宇宙真一秒钟也羁留不得了。他们厌这世界，也厌他们自己。于是急躁者归于自杀，忍耐者力图革新。革新者又觉得意志总敌不住冲动，则抖擞起来，又跌倒下去了。但是他们太溺爱生活了，爱他的甜处，也爱他的辣处。他们决不肯脱逃，也不肯降服。他们的心里只塞满了叫不出的苦，喊不尽的哀。他们的心快塞破了，忽地一个人用海涛底音调，雷霆底声响替他们全盘唱出来了。这个人便是郭沫若，他所唱的就是《女神》。难怪个个中国青年读《女神》没有不椎膺顿足同《湘累》里的屈原同声叫道——

> 哦，好悲切的歌词！唱得我也流起泪来了。
> 流罢！流罢！我生命底泉水呀！你一流了出来，
> 好像把我全身底烈火都浇息了的一样。
> ……你这不可思议的内在的灵泉，你又把我苏活转来了！

啊！现代的青年是血与泪的青年，忏悔与奋兴的青年。《女神》是血与泪的诗，忏悔与奋兴的诗。田汉君在给《女神》之作者的信讲得对："与其说你有诗才，无宁说你有诗魂，因为你的诗首首都是你的血，你的泪，你的自叙传，你的忏悔录啊！"但是丹穴山上的香木不只焚毁了诗人底旧形体，并连现时一切的青年底形骸都毁掉了。凤凰底涅槃是一切青底的涅槃。凤凰不是唱道？——

> 我们更生了！
> 我们更生了！
> 一切的一，更生了！
> 一的一切，更生了！
> 我们便是"他"，他们便是我！
> 我中也有你，你中也有我！
> 你便是你，
> 我便是我！

奇怪得很，北社编的《新诗年选》偏取了《死的引诱》作《女神》的代表之一。

他们非但不懂读诗，并且不会观人。《女神》底作者岂是那样软弱的消极者吗?

> 你去！去在我可爱的青年的兄弟姊妹胸中；
> 把他们的心弦拨动，
> 把他们的智光点燃罢！

（《序诗》）

假若《女神》里尽是《死的引诱》一类的东西，恐怕兄弟姊妹底心弦都被他割断，智光都被他扑灭了呢！

原来蹈恶犯罪是人之常情。人不怕有罪恶，只怕有罪恶而甘于罪恶，那便终古沉沦于死亡之渊里了。人类的价值在能忏悔，能革新。世界的文化也不过由这一点发生的。忏悔是美德中最美的，他是一切的光明底源头，他是尺蠖的灵魂渴求展伸的表象。

> 唉！泥上的脚印！
> 你好像是我灵魂儿的象征！
> 你自陷了泥涂，
> 你自会受了蹂躏。
> 唉，我的灵魂！
> 你快登上山顶！

（《登临》）

所以在这里我们的诗人不独喊出人人心中底热情来，而且喊出人人心中最神圣的一种热情呢！

原载《创造周报》第 4 号，1923 年 6 月 3 日

诗的格律

一

假定"游戏本能说"能够充分的解释艺术的起源，我们尽可以拿下棋来比作诗；棋不能废除规矩，诗也就不能废除格律（格律在这里是 form 的意思。"格律"两个字最近含着了一点坏的意思，但是直译 form 为形体或格式也不妥当。并且我们若是想起 form 和节奏是一种东西，便觉得 form 译作格律是没有什么不妥的了）。假如你拿起棋子来乱摆布一气，完全不依据下棋的规矩进行，看你能不能得到什么趣味？游戏的趣味是要在一种规定的格律之内出奇致胜。做诗的趣味也是一样的。假如诗可以不要格律，做诗岂不比下棋，打球，打麻将还容易些吗？难怪这年头儿的新诗"比雨后的春笋还多些"。我知道这些话准有人不愿意听。但是 Bliss Perry 教授的话来得更古板。他说："差不多没有诗人承认他们真正给格律缚束住了。他们乐意戴着脚镣跳舞，并且要戴别个诗人的脚镣。"

这一段话传出来，我又断定许多人会跳起来，喊着："就算它是诗，我不做了行不行？"老实说，我个人的意思以为这种人就不作诗也可以，反正他不打算来戴脚镣，他的诗也就做不到怎样高明的地方去。杜工部有一句经验语很值得我们揣摩的，"老去渐于诗律细"。

诗国里的革命家喊道："皈返自然！"其实他们要知道自然界的格律，虽然有些像蛛丝马迹，但是依然可以找得出来。不过自然界的格律不圆满的时候多，所以必须艺术来补充它。这样讲来，绝对的写实主义便是艺术的破产。"自然的终点便是艺术的起点"，王尔德说得很对。自然并不尽是美的。自然中有美的时候，是自然类似艺术的时候。最好拿造型艺术来证明这一点。我们常常称赞美的山水，讲它可以入画。的确中国人认为美的山水，是以像不像中国的山水画做标准的。欧洲文艺复兴以前所认为女性的美，从当时的绘画里可以证明，同现代女性美的观念完全不合；但是现代的观念不同希腊的雕像所表现的女性美相符了。这是因为希腊雕像的出土，促成了文艺复兴，文艺复兴以来，艺术描写美人，都拿希腊的雕像做蓝本，因此便改造了欧洲人的女性美的观念。我在赵瓯北的一首诗里发现了同类的见解。

> 绝似盆池聚碧屏，嵌空石笋满江湾。
> 化工也爱翻新样，反把真山学假山。

这径直是讲自然的模仿艺术了。自然界当然不是绝对没有美的。自然界里面也可以发现出美来，不过那是偶然的事。偶然在言语里发现一点类似诗的节奏，便说言语就是诗，便要打破诗的音节，要它变得和言语一样——这真是诗的自杀政策了（注意我并不反对用土白作诗，我并且相信土白是我们新诗的领域里，一块非常肥沃的土壤，理由等将来再仔细的讨论。我们现在要注意的只是土白可以"做"诗；这"做"字便说明了土白须要一番锻炼选择的工作然后才能成诗）。诗的所以能激发情感，完全在它的节奏；节奏便是格律。莎士比亚的诗剧里往往遇见情绪紧张到万分的时候，便用韵语来描写。歌德作《浮士德》也曾用同类的手段，在他致席勒的信里并且提到了这一层。韩昌黎："得窄韵则不复傍出，而因难见巧，愈险愈奇……"这样看来，恐怕越有魄力的作家，越是要戴着脚镣跳舞才跳得痛快，跳得好。只有不会跳舞的才怪脚镣碍事，只有不会做诗的才感觉得格律的缚束。对于不会作诗的，格律是表现的障碍物；对于一个作家，格律便成了表现的利器。

又有一种打着浪漫主义的旗帜来向格律下攻击令的人。对于这种人，我只要告诉他们一件事实。如果他们要像现在这样的讲什么浪漫主义，就等于承认他们没有创造文艺的诚意。因为，照他们的成绩看来，他们压根儿就没有注意到文艺的本身，他们的目的只在披露他们自己的原形。顾影自怜的青年们一个个都以为自身的人格是再美没有的，只要把这个赤裸裸的和盘托出，便是艺术的大成功了。你没有听见他们天天唱道"自我的表现"吗？他们确乎只认识了文艺的原料，没有认识那将原料变成文艺所必须的工具。他们用了文字作表现的工具，不过是偶然的事，他们最称心的工作是把所谓"自我"披露出来，是让世界知道"我"也是一个多才多艺，善病工愁的少年；并且在文艺的镜子里照见自己那倜傥的风姿，还带着几滴多情的眼泪，啊！啊！那是多么有趣的事！多么浪漫！不错，他们所谓浪漫主义，正浪漫在这点上，和文艺的派别绝不发生关系。这种人的目的既不在文艺，当然要他们遵从诗的格律来做诗，是绝对办不到的；因为有了格律的范围，他们的诗就根本写不出来了，那岂不失了他们那"风流自赏"的本旨吗？所以严格一点讲起来，这一种伪浪漫派的作品，当它作把戏看可以，当它作西洋镜看也可以，但是万不能当它作诗看。格律不格律，因此就谈不上了。让他们来反对格律，也就没有辩驳的价值了。

上面已经讲了格律就是 form。试问取消了 form，还有没有艺术？上面又讲到格律就是节奏。讲到这一层更可以明了格律的重要；因为世上只有节奏比较简单的散文，决不能有没有节奏的诗。本来诗一向就没有脱离过格律或节奏。这是没有人怀疑过的天经地义。如今却什么天经地义也得有证明才能成立？是不是？但是为什么闹到这种地步呢——人人都相信诗可以废除格律？也许是"安拉基"精神，也许是好时髦的心理，也许是偷懒的心理，也许是藏拙的心理，也许是……那我可不知道了。

二

前面已经稍稍讲了讲为什么不当废除格律。现在可以将格律的原质分析一下了。从表面上看来，格律可从两方面讲：（一）属于视觉方面的，（二）属于听觉方面的。这两类其实又当分开来讲，因为它们是息息相关的。譬如属于视觉方面的格律有节的匀称，有句的均齐。属于听觉方面的格式，有音尺，有平仄，有韵脚；但是没有格式，也就没有节的匀称，没有音尺，也就没有句的均齐。

关于格式，音尺，平仄，韵脚等问题，本刊上已经有饶孟侃先生《论新诗的音节》的两篇文章讨论得很精细了。不过他所讨论的是从听觉方面着眼的。至于视觉方面的两个问题，他却没有提到。当然视觉方面的问题比较占次要的位置。但是在我们中国的文学里，尤其不当忽略视觉一层，因为我们的文字是象形的，我们中国人鉴赏文艺的时候，至少有一半的印象是要靠眼睛来传达的。原来文学本是占时间又占空间的一种艺术。既然占了空间，却又不能在视觉上引起一种具体的印象——这是欧洲文字的一个缺憾。我们的文字有了引起这种印象的可能，如果我们不去利用它，真是可惜了。所以新诗采用了西文诗分行写的办法，的确是很有关系的一件事。姑无论开端的人是有意的还是无心的，我们都应该感谢他。因为这一来，我们才觉悟了诗的实力不独包括音乐的美（音节），绘画的美（词藻），并且还有建筑的美（节的匀称和句的均齐）这一来，诗的实力上又添了一支生力军，诗的声势更加扩大了。所以如果有人要问新诗的特点是什么，我们应该回答他：增加了一种建筑美的可能性是新诗的特点之一。

近来似乎有不少的人对于节的匀称和句的均齐表示怀疑，以为这是复古的象征。做古人的真倒霉，尤其做中华民国的古人！你想这事怪不怪？做孔子的如今不但"圣人""夫子"的徽号闹掉了，连他自己的名号也都给褫夺了，如今只有人叫他作"老二"；但是耶稣依然是耶稣基督，苏格拉提依然是苏格拉提。你作诗摹仿十四行体是可以的，但是你得十二分的小心，不要把它作得像律诗了。我真不知道律诗为什么这样可恶，这样卑贱！何况用语体文写诗写到同律诗一样，是不是可能的？并且现在把节做到匀称了，句做到均齐了，这就算是律诗吗？

诚然，律诗也是具有建筑美的一种格式；但是同新诗里的建筑美的可能性比起来，可差得多了。律诗永远只有一个格式，但是新诗的格式是层出不穷的。这是律诗与新诗不同的第一点。作律诗无论你的题材是什么？意境是什么？你非把它挤进这一种规定的格式里去不可，仿佛不拘是男人，女人，大人，小孩，非得穿一种样式的衣服不可。但是新诗的格式是相体裁衣。例如《采莲曲》的格式决不能用来写《昭君出塞》，《铁道行》的格式决不能用来写《最后的坚决》，《三月十八日》的格式决不能用来写《寻找》。在这几首诗里面，谁能指出一首内容与格式，或精神与形体不调和的诗来，我倒愿意听听他的理由。试问这种精神与形体调和的美，在那印板式的律诗里找得出来吗？在那乱杂无章，参差不齐，信手拈来的自由诗里找得出来吗？

律诗的格律与内容不发生关系，新诗的格式是根据内容的精神制造成的，这是它们不同的第二点。律诗的格式是别人替我们定的，新诗的格式可以由我们自己的意匠来随时构造。这是它们不同的第三点。有了这三个不同之点，我们应该知道新诗的这种格式是复古还是创新，是进化还是退化。

现在有一种格式：四行成一节，每句的字数都是一样多。这种格式似乎用得很普遍。尤其是那字数整齐的句子，看起来好像刀子切的一般，在看惯了参差不齐的自由诗的人，特别觉得有点希奇。他们觉得把句子切得那样整齐，该是多么麻烦的工作。他们又想到作诗要是那样的麻烦，诗人的灵感不完全毁坏了吗？灵感毁了，还那里去找诗呢？不错灵感毁了，诗也毁了。但是字句锻炼得整齐，实在不是一件难事；灵感决不致因为这个就会受了损失。我曾经问过现在常用整齐的句法的几个作者，他们都这样讲；他们都承认若是他们的那一首诗没有做好，只应该归罪于他们还没有把这种格式用熟；这种格式的本身，不负丝毫的责任。我们最好举两个例来对照着看一看，一个例是句法不整齐的；一个是整齐的，看整齐与凌乱的句法和音节的美丑有关系没有——

　　　　我愿透着寂静的朦胧，薄淡的浮纱，
　　　　细听着淅淅的细雨寂寂的在檐上，激打遥对着远
　　　　远吹来的空虚中的嘘叹的声音，
　　　　意识着一片一片的坠下的轻轻的白色的落花。

　　　　说到这儿，门外忽然灯响，
　　　　老人的脸上也改了模样；
　　　　孩子们惊望着他的脸色，
　　　　他也惊望着炭火的红光。

到底那一个音节好些——是句法整齐的，还是不整齐？更彻底的讲来，句法整齐不但于音节没有妨碍，而且可以促成音节的调和。这话讲出来，又有人不肯承认了。我们就拿前面的证例分析一遍，看整齐的句法同调和的音节是不是一件事。

　　　　孩子们 | 惊望着 | 他的 | 脸色
　　　　他也 | 惊望着 | 炭火的 | 红光

这里每行都可以分成四个音尺，每行有两个"三字尺"（三个字构成的音尺之简称，以后仿此）和两个"二字尺"，音尺排列的次序是不规则的，但是每行必须还他两个"三字尺"两个"二字尺"的总数。这样写来，音节一定铿锵，同时字数也就整齐了。所以整齐的字句是调和的音节必然产生出来的现象。绝对的调和音节，字句必定整齐（但是反过来讲，字数整齐了，音节不一定就会调和，那是因为只有字数的整齐，没有顾到音尺的整齐——这种的整齐是死气板脸的硬嵌上去的一个整齐的框子，不是充实的内容产生出来的天然的整齐的轮廓）。

这样讲来，字数整齐的关系可大了，因为从这一点表面上的形式，可以证明诗的内在的精神——节奏的存在与否。如果读者还以为前面的证例不够，可以用同样的方法分析我的《死水》。

这首诗从第一行

　　　　这是 | 一沟 | 绝望的 | 死水

起，以后每一行都是用三个"二字尺"和一个"三字尺"构成的，所以每行的字数也是一样多。结果，我觉得这首诗是我第一次在音节上最满意的试验。因为近来有许多朋友怀疑到《死水》这一类麻将牌式的格式，所以我今天就顺便把它说明一下。我希望读者注意，新诗的音节，从前面所分析的看来，确乎已经有了一种具体的方式可寻。这种音节的方式发现以后，我断言新诗不久定要走进一个新的建设的时期了。无论如何，我们应该承认这在新诗的历史里是一个轩然大波。

这一个大波的荡动是进步还是退化，不久也就自然有了定论。

原载《晨报副刊》，1926 年 5 月 13 日

艾青和田间

（这是闻一多先生在去年昆明的诗人节纪念会上的讲演，在这讲演之前，两位联大的同学朗诵了艾青的《向太阳》和田间的《自由向我们来了》,《给战斗者》，听众都很激动，接下来，闻先生说：）

一切的价值都在比较上，看出来。

（他念了一首赵令仪的诗，说：）

这诗里是什么山茶花啦，胸脯啦，这一套讽刺战斗，粉刷战斗的东西，这首描写战争的诗，是歪曲战争，是反战，是把战争的情绪变转，缩小。这也正是常任侠先生所说的鸳鸯蝴蝶派。（笑）

几乎每个在座的人都是鸳鸯蝴蝶派。（笑）我当年选新诗，选上了这一首，我也是鸳鸯蝴蝶派。（大笑）

艾青当然比这好。他表现人民及战争，用我们知识分子最心爱的，崇拜的东西与装饰，去理想化。如《向太阳》这首诗见面，他用浪漫的幻想，给现实镀上金，但对赤裸裸的现实，他还爱得不够。我们以为好的东西里面，往往也有坏的东西。

如在太阳底下死，是 sentimental 的，是感伤的，我们以为是诗的东西都是那个味儿。（笑）

我们的毛病在于眼泪啦，死啦。用心是好的，要把现实装扮出来，引诱我们认识它，爱它，却也因此把自己的狐狸尾巴露出来了。

这一些，田间就少了，因此我们也就不大能欣赏。

胡风评田间是第一个抛弃了知识分子灵魂的战争诗人，民众诗人。他没有那一套泪和死。但我们，这一套还留得很多，比艾青更多。我们能欣赏艾青，不能欣赏田间，因为我们跑不了那么快。今天需要艾青是为了教育我们进到田间，明天的诗人。但田间的知识分子气，胡风说抛弃了，我看也没有完全抛弃。如"自由向我们来了"，为什么我们不向自由去呢？艾青说"太阳滚向我们"，为什么我们不滚向太阳呢？（笑，鼓掌。）

艾青的《北方》写乞丐，田间的一首诗写新型的女人，因为田间已是新世界中的一个诗人。我们不能怪我们不欣赏田间：因为我们生在旧社会中。我们只看到乞丐，新型的女人我们没有看到过。

有人谩骂田间，只是他们无知。

关于艾青田间的话很多，时间短，讲到这儿为止。

敬告落伍的诗家

告人此路不通行，可使脚力莫枉费。

——胡适

诗体底解放早已成了历史的事实，我今天还来攻击"斗方派"的诗家，那不是一个笑话吗？可是如今真有不能不拿笑话当正话讲底情形呢。

清华本不曾识过文学底面。新文学底声音初传到我们耳朵里的时候，曾惹起一阵"吴牛喘月"底声潮，但是那值得了些什么？新的做了一回时髦，旧的发了一顿腐气，其实都是"夏蛙语冰"，谁也不曾把文学底真意义闹清楚了。

到了一九二〇秋天，国文部忽然心血来潮，添了一门美术文，把一堆《兵车行》、《将进酒》、《琵琶行》、《永和宫词》一类的"陈猫古老鼠"又搬出来卖了一回。看，不独美术文底讲义是诗，便是国文、外交史、伦理学、文学史，哪个教室里不谈几句诗？惹动一般人兴会盎然，跃跃欲试。老师们又常用"熟读唐诗三百首，不会作诗也会吟"底陈话来鼓励鼓励。于是人人都摇起笔来，"平平仄仄……"的唱开了，把人家闹了几年的偌大一个诗体解放底问题，整个忘掉了。唉，真有《桃花源》里"不知有汉，遑（无）论魏晋"底遗风呵！现在周刊新辟了一个文艺栏，我恐怕不久那些《晚眺》、《圆明园怀古》、《游大钟寺》、《哭亡友某君》等等底玩意儿都要出现了呢！

括达括达，一齐在岸边大道上往前走。
好梦初醒的人，
今番再不使出一点脚跟底本能来，

270

可就要"拉下"了。

——沈兼士

　　我诚诚恳恳地奉劝那些落伍的诗家，你们要闹玩儿，便罢，若要真做诗，只有新诗这条道走，赶快醒来，急起直追，还不算晚呢。若是定要执迷不悟，你们就刊起《国故》来也可，立起"南社"来也可，就是做起试帖来也无不可，只千万要做得搜藏一点，顾顾大家底面子。有人在那边鼓着嘴笑我们腐败呢！

　　若要知道旧诗怎样做不得，要做诗，定得做新诗，看看下列这几篇文就够了：

《我为什么要做新诗？》

——胡适（《新青年》六卷五号或《尝试集》）

《谈新诗》

——胡适（八年十月《星期评论》五号）

《新诗底我见》

——康白情（《少年中国》一卷九期）

三·三

——原载《清华周刊》第 211 期，1921 年 3 月 11 日

271

《冬夜》评论

一

他们喊道："诗坛空气太沉寂了！"于是《冬夜》,《草儿》,《湖畔》,《惠的风》,《雪朝》继踵而出;深寂的空气果然变热闹了。唉！他们终于是凑热闹啊！热闹是个最易传染的症,所以这时难得是坐在一边,虚心下气地就正于理智的权衡;纵能这样,也未见得受人欢迎,但是——

慷慨的批评家扇着诗人的火,

并且教导世界凭着理智去景仰。

所以越求创作发达,越要扼重批评。尤其在今日,我很怀疑诗神所踏入的不是一条迷涂,所以不忍不厉颜正色,唤他赶早回头。这条迷涂便是那畸形的滥觞的民众艺术。鼓吹这个东西的,不止一天了;只到现在滥觞的效果明显实现,才露出他的马脚来了。拿他自己的失败的效果作赃证,来攻击论调的罪状,既可帮助醒豁群众底了解,又可省却些批评家的口舌。早些儿讲是枉费精力,晚些了呢,又恐怕来不及了;只有今天恰是时候。

我本想将当代诗坛中已出集的诸作家都加以精慎的批评,但以时间的关系只能成此一章。先评《冬夜》,虽是偶然拣定,但以《冬夜》代表现时的作风,也不算冤枉他。评的是《冬夜》,实亦可三隅反。

撼树蚍蜉自觉狂，

书生技痒爱论量。

  元好问

《冬夜》作者自己说第一辑"大都是些幼稚的作品"，"第二辑的作风似太烦碎而枯燥了，且不免有些晦涩之处"。照我看来，这两辑未见得比后两辑坏得了多少，或许还要强一点。第一辑里《春水船》，《芦》，第二辑里《绍兴西郭门头的半夜》，《潮歌》同《无名的哀诗》都是《冬夜》里出色的作品。当然依作者自己的主张——所谓诗的进化的还原论者——讲起来，《打铁》，《一勺水啊》等首，要算他最得意的了；若让我就诗论诗，我总觉得第四辑里没有诗，第三辑里倒有些上等作品，如《黄鹄》，《小劫》，《孤山听雨》同《凄然》。

二

《冬夜》给我最深刻的印象是他的音节。关于这点，当代诸作家，没有能同俞君比的。这也是俞君对新诗的一个贡献。凝炼，绵密，婉细是他的音节特色。这种艺术本是从旧诗和词曲里蜕化出来的。词曲的音节当然不是自然的音节；一属人工，一属天然，二者是迥乎不同的。一切的艺术应以自然作原料，而参以人工，一以修饰自然的粗率，二以渗渍人性，使之更接近于吾人，然后易于把捉而契合之。诗——诗的音节亦不外此例。一切的用国语作的诗，都得着相当的原料了。但不是一切的语体都具有人工的修饰。别的作家间有少数修饰的产品，但那是非常的事。俞君集子里几乎没有一首音节不修饰的诗，不过有的太嫌音节过火些（或许这"修饰"两字用得有些犯毛病。我应该说"艺术化"，因为要"艺术化"才能产出艺术，一存心"修饰"，恐怕没有不流于"过火"之弊的）。

胡适之先生自序再版《尝试集》，因为他的诗中词曲的音节进而为纯粹的"自由诗"的音节，很自鸣得意。其实这是很可笑的事。旧词曲的音节并不全是词曲自身的音节，音节之可能性寓于一种方言中，有一种方言，自有一种"天赋的"（inherent）音节。声与音的本体是文字里内含的质素；这个质素发之于诗歌的艺术，则为节奏，平仄，韵，双声，叠韵等表象。寻常的言语差不多没有表现这种

273

潜伏的可能性底力量，厚载情感的语言才有这种力量。诗是被热烈的情感蒸发了的水汽之凝结，所以能将这种潜伏的美十足的充分的表现出来。所谓"自然音节"最多不过是散文的音节。散文的音节当然没有诗的音节那样完美。俞君能熔铸词曲的音节于其诗中，这是一件极合艺术原则的事，也是一件极自然的事，用的是中国的文字，作的是诗，并且存心要作好诗，声调铿锵的诗，怎能不收那样的成效呢？我们若根本地不承认带词曲气味的音节为美，我们只有两条路可走；甘心作坏诗——没有音节的诗，或用别国的文字作诗。

但是前面讲到旧词曲的音节，并不"全"是词曲自身的音节。然则有一部分是词曲自身的音节吗？是的，有一小部分。旧词曲所用的是"死文字"（却也不全是的，词曲文字已渐趋语体了）。如今这种"死文字"中有些语助辞应该屏弃不用，有些文法也该屏弃不用。这两部分删去，于我们文字底声律（prosody）上当然有些影响；但这种影响并不能及于词曲音节的全部。所以我们不好说因为其中有些语助辞同文法不当存在，词曲的音节便当完全推翻。总括一句，词曲的音节在新诗的国境里并不全体是违禁物，不过要经过一番查验拣择罢了。

现在只要看在《冬夜》里这种查验拣择的手段做到家了没有。朱序里说道："后来便就他们的腔调去短取长，重以己意熔铸一番，便成了他自己的独特音律。"我倒有些怀疑这句话呢！象这样的句子——

看云生远山，
听雨来远天，

既然孤冷，因甚风颠？
仰头相问，你不会言！

皴面开纹，活活水流不住。

径直是生吞活剥了，那里见出得"熔铸"的工夫来呢？《忆游杂诗》几乎都是小令词。现在信手摘儿段作例：——

白象鼻，青狮头，

上垂嫋嫋青丝萝；

大鱼潭底游。

到夕阳楼上；

慢步上平冈，山头满夕阳。

野花染出紫春罗，

城郭江河都在画图；

霎眼千山云白了，

如何？如何？

瓜州一绿如裙带，

山色苍苍江色黄，

为什么金山躲了水中央。

这些不过是几个极端的例子；还有那似熔半熔，半生不熟的篇什，不胜枚举了。《归路》，《仅有的伴侣》可以作他们的代表。至于《冬夜》的音节好的一方面，朱序里论"精炼的词句和音律"一节内，已讲得很够了。除要我订正而已经在上面订正了的一点以外，我还要标出《凄然》一首，为全集最佳的音节的举隅。不滑，不涩，恰到好处，兼有自然与艺术之美的音节，再没有能超过这一首的了。

上面所讲的这一大堆话，才笼统的说明了一件事——《冬夜》与词曲的音节之关系。在词曲的音节之背地到底有些什么相互的因果的关系同影响，——这些都是我要在下面详细的讨论的。

象《冬夜》里词曲音节的成分这样多，是他的优点，也便是他的劣点。优点是他音节上的赢获，劣点是他意境上的亏损。因为太拘泥于词曲的音节，便不得不承认词曲的音节之两大条件：中国式的词调及中国式的意象。中国的意象是怎样的粗率简单，或是怎样的不敷新文学的用，傅斯年君底《怎样作白话文》里已讲得很透彻了（《新潮》一卷二号）。我们知道那些，便容易了解《冬夜》该吃了

275

多大一个亏。如今我们先论词调。傅君所说"横里伸张"，真当移作《冬夜》里一般作品的写照。让我从《仅有的伴侣》里抽一节出来作证——

可东可西，飞底踪迹；
没晓没晚，滚的间歇；
无远无近，推底了结；
呆瞧人家忙忙碌碌。
可只瞧忙碌！
不晓"为什么？为什么？"
飞——飞他底；
滚——滚他底；
推——推他们底。
有从来，有处去，
来去有个所以。
尽飞，尽滚，尽推；
自有飞不去，滚不到，推不动的时候。
伙伴散了——分头，
他们悠悠，
我何啾啾！
况——踪迹，间歇，了结，
是他们，是我底，
怎生分别。

我不知这十九行里到底讲了些什么话。只听见"推推""滚滚"，啰唆了半天，故求曲折，其实还是其直如失，其平如砥。但是不把他同好的例来比照，还不容易觉得他的浅薄。

我们再看下面郭沫若君底两行字里包括了多少意思——

云衣灿烂的夕阳

　　　　照过街坊上的屋顶来笑向着我。

　　　　　　　　　（《无烟煤》）

我们还要记着《冬夜》里不只《仅有的伴侣》一首有这种松浅平泛的风格，且是
全集有什之六七是这样的。我们试想想看：读起来那是怎样的令人生厌啊！固然
我们得承认，这种风格有时用得得当，可以变得极绵密极委婉，如本集中《无名
的哀诗》便是，但是到"言之无物"时，便成魔道了。

　　以上是讲他的章底构造。次论句底构造。《冬夜》里的句法简单，只看他
们的长度就可证明。一个主词，一个谓词，结连上几个"用言"或竟一个也没
有——凑起多不过十几个字。少才两个字的也有。例如：《起来》，《别后底初夜》，
《最后的洪炉》，《客》，《夜月》等等，不计其数。象《女神》这种曲折精密层出
不穷的欧化的句法，那里是《冬夜》梦想得到的啊！——

　　　　啊！我与其学做个泪珠的鲛人
　　　　返向那沉黑的海底流泪偷生，
　　　　宁在这缥缈的银辉之中，
　　　　就好象那个坠落了的星辰，
　　　　曳着带幻灭的美光，
　　　　向着"无穷"长殒。

　　　　　　　（《密桑索罗普之夜歌》）

傅斯年君讲中国词调的粗率是"中国人思想简单的表现"。我可不知道是先有简
单的思想然后表现成《冬夜》这样的粗率的词调呢，还是因为太执着于词曲的音
节——一种限于粗率的词调的音节——就是有了繁密的思想也无从表现得圆满。
我想末一种揣度是对些。或说两说都不对。根据作者的"诗的进化的还原论"底
原则，这种限于粗率的词调底词曲的音节，或如朱自清所云"易为我们领解，采
用"，所以就更近于平民的精神；因为这样，作者或许就宁肯牺牲其繁密的思想而
不予以自由的表现，以玉成其作品底平民的风格吧！只是得了平民的精神，而失

277

了诗的艺术，恐怕有些得不偿失哟！

现今诗人除了极少数的——郭沫若君同几位"豹隐"的诗人梁实秋君等——以外，都有一种极沉痼的通病，那就是弱于或竟完全缺乏幻想力，因此他们诗中很少浓丽繁密而且具体的意象。关于幻想的本身，在后面我还要另论。这里我只将他影响或受影响于词曲的音节者讲一讲。音节繁促则词句必短简，词句短简则无以载浓丽繁密而且具体的意象。——这便是在词曲底音节之势力范围里，意象之所以不能发展的根由。词句短简，便不能不只将一个意思的模样略略的勾勒一下，至于那些枝枝叶叶的装饰同雕镂，都得牺牲了。因为这样，《冬夜》所呈于我们的心眼之前的图画不是些——

疏疏的星，
疏疏的树林，
疏疏外，疏疏的灯。

同——

几笔淡淡的老树影

便是些——

在迷迷蒙蒙里。
离开，依依接着，
才来翩翩忽去。

同——

乱丝一球的蓬蓬松松着

的东西。

278

换言之，他所遗的印象是没有廓线的，或只有廓线的，假使《冬夜》有香有色，他的

> 香只悠悠着，
> 色只渺渺着。

试拿一本词或曲来看看，我们所得的印象，大体也同这差不多，不过那些古人底艺术比我们高些，就绘出那——

> 一春梦雨常飘瓦，
> 尽日灵风不满旗。

的仙境，

> 一个绮丽的蓬莱的世界，
> 被一层银色的梦轻轻锁着在，

但是我总觉得作者若能摆脱词曲的记忆，跨在幻想的狂恣的翅膀上遨游，然后大着胆引嗓高歌，他一定能拈得更加开扩的艺术。

西诗中有一种长的复杂的 homeric simile。在中国旧诗里找不出的；因为他们的篇幅，同音节的关系，更难梦见。这种写法是大模范的叙事诗（epic）中用以减煞叙事的单调之感效的技俩。中国旧文学里找不出这种例子，也正是中国没有真正的叙事诗的结果。假若新诗底责任中含有取人的长处以补己的短之一义，这种地方不应该不特加注意。

三

我们若再将《冬夜》底音节分析下去，还可发现些更为《冬夜》之累的更抽象更琐碎的特质，他们依然是跟着词曲底音节一块走的些质素。

279

破碎是他的一个明显的特质，零零碎碎杂杂拉拉，象裂了缝的破衣裳，又象脱了榫的烂器具，——看啊！——

　　　　一所村庄我们远远望到了。
　　　　"我很认得！
　　　　那小河，那些店铺，
　　　　我实在认得！"
　　　　"什么名儿呢？"
　　　　"我知道呢！"

　　　　"既叫不出如何认得？"
　　　　"也不妨认得，
　　　　认得了却依然叫不出。"
　　　　"你不怕人家笑话你？"
　　　　"笑什么！要笑便笑你！"
　　　　走着，笑着。
　　　　我们已到了！（七五页）

再看——

　　　　仔细的瞅去，再想去，
　　　　可瞅够了？可想够了？
　　　　可来了吗？……什么？
　　　　想想！……又什么？（一四八页）

《冬夜》里多半的作品，不独意思散漫，造句破碎，而且标点也用得过度；所以结果便越加现着象——

　　　　零零落落的各三两堆，

…………

碎瓦片，小石头，
都精赤的露着。（一二六页）

标点当然是新文学底一个新工具——很宝贵的工具。但是小孩子从来没使过刀
子，忽然给了他一把，裁纸也是他，削水果也是他，雕桌面也是他，砍了指头也
是他。可怜没有一种工具不被滥用的，更没有一种锐利的工具不被滥用以致招祸
的！《冬夜》里用标点用得好的作品固有，但是这几处竟是小孩子拿着刀子砍指
头了——

一切啊，……
牲口，车子，——走。（一四七页）

同

一阵麻雀子（？）惊起了。（一〇七页）

"你！
你！！……"（一八一页）

同

"我忍不得了，
实在眷恋那人世的花。"
…………
"然则——你去吧！"（一九五页）

我总觉得一个作者若常靠标点去表示他的情感或概念，他定缺少一点力量——
"笔力"。当然在上面最末的两个例里，作者用双惊叹号（！！）同删节号（……）
所要表现的意义是比寻常的有些不同。在别的地方，哭就说哭，笑就说笑，痛苦

281

激昂就说痛苦激昂；但在这里的，似乎是一种逸于感觉底疆域之外的——

Thoughts hardly to be packed.

Into a narrow act.

Fancies that broke thro' language and escaped.

在一个艺术幼稚的作家，遇着这种境地，当然迫于不得已就玩一点滑头用几个符号去混过他，但是一个

龙文百斛鼎，笔力可独扛

底健将，偏认这些险隘的关头为摆弄他的神技最快意的地方。因为艺术，诚如白尔（Clive Bell）所云，是"一个观念底整体的实现，一个问题的全部的解决"。艺术家喜给自己难题作，如同数学家解决数学的问题，都是同自己为难以取乐。这种嗜好起源于他幼时的一种自虐本能（masochistic instinct，见莫德尔 Mordell 底《文学中爱的动机》）。在诗底艺术，我们所用以解决这个问题的工具是文字，好象在绘画中是油彩和帆布，在音乐是某种乐器一般。当然，在艺术的本体同他的现象——艺术品底中间，还有很深的永难填满的一个坑谷，换言之，任何种艺术的工具最多不过能表现艺术家当时底美感三昧（aesthetic ecstasy）之一半。这样看来，工具实是有碍于全体的艺术之物；正同肉体有碍于灵魂，因为灵魂是绝对地依赖着肉体，以为表现其自身底唯一的方便。

无端的被着这囚笼，

闷损了心头的快乐，——

哇的一声要吐出来了，

终于脱不了皮肉的枷锁！

但是艺术的工具又同肉体一样，是个必须的祸孽；所以话又说回来了，若是没有他，艺术还无处寄托呢！

Spite of this flesh today.

I strove, made head, gained ground upon the whole.

文字之于诗也正是这样，诗人应该感谢文字，因为文字作了他的"用力的焦点"，他的职务（也是他的权力）是依然用白尔的话"征服一种工具的困难"，——这种工具就是文字。所以真正的诗家正如韩信囊沙背水，邓艾缒兵入蜀，偏要从险处见奇。下面是克慈（Keats）

Obstinate, Silence came heavily again,

Feeling about for its old Couch of Space,

And airy Cradle.

在这个场合，给《冬夜》底作者恐怕又是一行"……"就完了。临阵脱逃的怯懦者哟！

另一特质是啰唆。本是个很简单的意思，要反复地尽耍半天；故作风态，反得拙笨，强求深蕴，实露浅俗。——这都由于"言之无物"，所以成为貌实神虚。《哭声》第二节正是这样；但因篇幅太长，不便征引。现在引几个短的——

不信他，还信什么？

信了他，我还浮游着；

信他又为什么？（二八页）

这关着些什么？

且正远着呢！

是的，原不关些什么！（五九页）

"…………

错是错了，

283

不解只是不解了！

不解所以错了，

不解就是错了；

这或然是啊。

我错了！

我将终于不解了！"（二二三页）

还有一首《愿你》同《尝试集》里的《应该》是一个模子里铸出来的，不过徒弟
比师父还要变本加厉罢了。——

愿你不再爱我，

愿你学着自爱罢。

自爱方是爱我了，

自爱更胜于爱我了！

我愿去躲着你，

碎了我的心，

但却不愿意你心为我碎啊！

好不宽恕的我，

你能宽恕我吗？

我可以请求你底宽恕吗？

你心里如有我，

你心里如有我心里的你；

不应把我怎样待你的心待我，

应把我愿意你怎样待我的心去待我。

作者或许以为这堆"俏皮话"很能表现情人的衷曲；其实是东施效颦一样，扭腰

284

瘪嘴地故作媚妩，只是令人作呕罢了！新诗的先锋者啊！"始作俑者，其无后乎！"

　　又有一个特质是重复。这也可说是从啰唆旁出的一种毛病，他在《冬夜》里是再普遍没有了。篇幅只许我稍举一两个例——

　　　　　　虽怪可思的，也怪可爱的；
　　　　　　但在那里呢？
　　　　　　但在那里呢？（二二七页）

　　　　　　这算什么，成个什么呢！
　　　　　　唉！已前的，已前的幻梦，
　　　　　　都该抛弃，都该抛弃。（一七页）

这是句的重复，还有字的重复，更多极了。什么"来来往往"，"迷迷蒙蒙"，"慢慢慢慢的"，"远远远远地"，——这类的字样散满全集。还有这样一类的句子，——

　　　　　　看丝丝缕缕层层叠叠浪纹如织，（三页）
　　　　　　推推挤挤往往行行，越去越远。（二三页）
　　　　　　唠唠叨叨，颠颠倒倒的咕噜着。（一七八页）
　　　　　　随随便便歪歪斜斜积着，铺着，岂不更好！（一五八页）

叠句叠字法一经滥用到这样，他的结果是单调。

　　关于《冬夜》的音节，我已经讲得很多了，太多了。诗的真精神其实不在音节上。音节究属外在的质素，外在的质素是具质成形的，所以有分析，比量的余地，偏是可以分析比量的东西，是最不值得分析比量的。幻想，情感——诗的其余的两个更重要的质素——最有分析比量的价值的两部分，倒不容分析比量了；因为他们是不可思议同佛法一般的。最多我们只可定夺他底成分底有无，最多许可揣测他的度量的多少；其余的便很难象前面论音节论的那样详殚了。但是可惜得很，正因为他们这样的玄秘性，他们遂被一般徒具肉眼——或竟是瞎眼的诗人——诗的罪人——所忽视，他们偿了玄秘性的代价。不幸的诗神啊！他们争道

285

替你解放，"把从前一切束缚'你的'自由的枷锁镣铐……打破"；谁知在打破枷锁镣铐时，他们竟连你的灵魂也一齐打破了呢！不论有意无意，他们总是罪大恶极啊！

四

在这里我们没有工夫讨论情感同幻想为什么那样重要。天经地义的道理底本身光明正大有什么可笑的呢？不过正因为他们是天经地义，人人应该已经习知，谁若还来讲他，足见他缺乏常识，所以可笑了。我们现在要研究的是《冬夜》里这两种成分到底有多少。先讲幻象。

幻象在中国文学里素来似乎很薄弱。新文学——新诗里尤其缺乏这种质素，所以读起来总是淡而寡味，而且有时野俗得不堪，《草儿》《冬夜》两诗集同有此病；今来查验《冬夜》。先从小的地方起，我们来看《冬夜》的用字何如。前面我已指出叠字法的例子很多；在那里从音节的一方面看来，滥用叠字更是重复，其结果便是单调的感效。在这里从幻想一方面看来，滥用叠字的罪过更人，——就是幻想自身的亏缺。魏莱（Arthur Waley）讲中国文里形容词没有西文里用得精密；如形容天则曰"青天"，"蓝天"，"云天"，但从没有称为"凯旋"（triumphant）或"鞭于恐怖"（terror scourged）者，这种批评《冬夜》也难脱逃。他那所用的字眼——形容词状词——差不多还是旧文库里的那一套老存蓄。在这堆旧字眼里，叠字法究居大半；如"高山正苍苍，大野正茫茫"；"新鬼们呦呦的叫，故鬼们啾啾的哭"；"风来草拜声萧萧"；"华表巍巍没字碑"等等，不计其数。这种空空疏疏模模糊糊的描写法使读者丝毫得不着一点具体的印象，当然是弱于幻想力的结果。斯宾塞同拉拔克（Lubbock）两人都讲重复的原则——即节奏——帮助造成了很"原始的"字。拉拔克并发现原始民族的文字中每一千字有三十八至一百七十字是叠音字，但欧洲底文字中每千字只有两字是的。这个统计正好证明欧洲文字的进化不复依赖重叠抽象的声音去表示他们的意象，但他们的幻想之力能使他们以具体的意象自缀成字。中国文字里叠音字也极多，这正是他的缺点。新诗应该急起担负改良的责任。

《冬夜》里用字既已如上述，幻想之空疏庸俗，大体上也可想而知了。全集除极少数外稍微有些淡薄的幻想的点缀，其余的恰好用作者自己的话表明——

> 这间看看空着，
> 那间看看还是空着，
> …………
> 怎样的空虚无聊！（四〇八页）

　　最有趣的一个例是《送缉斋》的第三四行——

> 行客们磨蚁般打旋，
> 等候着什么似的。（五〇页）

用打旋的磨蚁比月台上等车的熙熙攘攘的行客们，真是再妙没有了。但是底下连着一句"等候着什么似的"，那"什么"到底是什么呢，就想不出了。两截互相比照可以量出作者的"笔力"之所能到同所不能到之处了。《冬夜》里见"笔力"——富于幻想的作品也有些。写景的如《春水船》里胡适教授所赏的一段，不必再引了。《绍兴西郭门头的半夜》底头几行径直是一截活动影片了——

> 乌篷推起，我踞在船头上。
> 三里——五里——
> 如画的女墙傍在眼前；
> 臃肿的山，那瘦怯的塔，
> 也悄悄的各自移动。（四六页）

同首末节里描写铁炉的一段也就惟妙惟肖了，——

> 风炉抽动，蓬蓬地涌起一股火柱，
> 上下眩耀着四围。
> 酱赭的皮肉，蓝紫的筋和脉，

287

都在血黄色的芒角下赤裸裸地。

流铁红满了勺子，猛然间泻出；

银电的一溜，花筒也似的喷溅。

眩人底光呀！劳人的工呀！（四八页）

还有《在路上的恐怖》中的这一段，也写得历历如画。——

一盏黄蜡般的油灯，

射那灰尘扑落的方方格子。

她灯前做着活计，

红皴皴的脸映着侧面来的火光，

手很应节的来往。

有一处用笔较为轻淡，而其成效则可与《草儿》中写景最佳处抗衡。——

落日恋着树梢，

羊缚在树边低着头颈吃草，

墩旁的人家赶那晚晴晾衣。（一〇九页）

其余的意象很好颇有征引的价值者，便是下面这些了。——

…………

也暂时温暖起"儿时"底滋味，

依稀酒样的酽，睡样的甜。（一一一页）

或者傻小孩子底手，

把和生命一起来的铁链，

象粉条扯得寸断了，

抹一抹尊者的金脸。（一一六页）

288

锄头亲遍地母嘴，
刀头喝饱人间血！（一九八页）

有人煨灶猫般的蜷着，
听风雨的眠歌儿，
催他迷迷胡胡向着一处。（六二页）

上列的四个例在《冬夜》里都算特出的佳句；但是比起冰心女士底——

听声声算命的锣儿，
敲破世人的命运。

或郭沫若君底——

弯弯的海岸，好象 Cupid 的弓弩呀！
人的生命便是箭，正在海上放射呀！

便又差远了。这两位诗人的话，不独意象奇警，而且思想隽远耐人咀嚼。《冬夜》还有些写景写物的地方，能加以主观的渲染，所以显得生动得很，此即华茨活所谓"渗透物象底生命里去了"——

岸旁的丛草没消尽他们底绿意，
明知道是一年最晚的容光了，
垂垂的快蘸着小河底脸。

树迎着风，草迎着风；
他俩实在都老了，
尽是皮赖着。

289

不然——

晚秋也太憔悴啊！（七二页）

但这里的意思和《风底话》里颇有些雷同，——

　　白云粘在天上，

　　一片一团的嵌着堆着。

　　小河对他，

　　也板起灰色脸皮不声不响。

　　枝儿枯了，叶儿黄了

　　但他俩忘不了一年来的情意，

　　愿厮守老丑的光阴，

　　安安稳稳的挨在一起。（二二页）

集中有最好的意象的句子，现在我差不多都举了。可惜这些在全集中只算是一个很微很微的分数。

　　恐怕《冬夜》所以缺少很有幻象的作品，是因为作者对于诗——艺术的根本观念底错误。作者的《诗的进化的还原论》内包括两个最紧要之点，民众化的艺术与为善的艺术。这篇文已经梁实秋君驳过了，我不必赘述。且限于篇幅也不能赘述。我现在只要将俞君底作品底缺憾指出来，并且证明这些缺憾确是作者底渗误的主张底必然的结果。《冬夜》自序里讲道："我只愿随随便便的活活泼泼的借当代的言语去表现出自我，在人类中间的我，为爱而活着的我。至于表现的……是诗不是诗，这都和我的本意无关，我以为如要顾念到这些问题，就可根本上无意做诗，且亦无所谓诗了。"俞君把做诗看作这样容易，这样随便，难怪他做不出好诗来。鸠伯（Joubert）讲："没有一个不能驰魂褫魄的东西能成为诗的，在一方面讲，Lyre 是样有翅膀的乐器。"麦克孙姆（Hiram　Maxim）讲："作诗永远是一个创造庄严底动作。"诗本来是个抬高的东西，俞君反拼命底把他往下拉。拉到打铁的抬轿的一般程度。我并不看轻打铁抬轿的底人格，但我确乎相信他们不是作好诗懂好诗的人。不独他们，便是科学家哲学家也同他们一样。诗是诗人作的，犹之乎铁是打铁的打的，轿是抬轿的抬的。惟其俞君要用打铁抬轿的身分眼光，依他们的程度去作诗，所以就闹出这一类的把戏来了，——

怕疑心我是偷儿呢；
这也说不定有的。
但他们也太装幌子了！
老实说一句；
在您贵庙里
我透熬的了，
可偷的有什么？
神象，房子，那地皮！（一〇七页）

列车斗的寂然，
到那一站了？
我起来看看。
路灯上写着"泊头"，
我知道，到的是泊头。

过了多少站，
泊头底经过又非一次，
我怎么独关心今天底泊头呢？（二三四页）

"八毛钱一筐！"
卖梨者底呼声。
我渴极了，
却没有这八毛钱。

梨始终在筐子里，
现在也许还在筐子里，

291

但久已不关我了，

这是我这次过泊头，最遗恨的一件事。（二三五页）

照这样看来，难怪作者讲："我严正声明我做的不是诗。"新诗假若还受人攻击，受人贱视，定归这类的作品负责。《冬夜》里还有些零碎的句子，径直是村夫市侩底口吻，实在令人不堪——

路边，小山似的起来，

是山吗？呸！

瓦砾堆满了的"高墩墩。"（一二六页）

"枯骨头，华表巍巍没字碑，

招什么？招个——呸！"（二〇一页）

"去远了——

唅！回来罢！"（一五五页）

来时拉纤，去时溜烟；（一〇九页）

同

就难免，"蹩脚"样的拖泥带水。（一〇一页）

戴叔伦讲："涛人之词如蓝田日暖，良玉生烟。"作诗该当怎样雍容冲雅，"温柔敦厚！"我真不知道俞君怎么相信这种叫嚣粗俗之气便可入诗！难道这就是所谓"民众化"者吗？

五

《冬夜》里情感底质素也不是十分地丰富。热度是有的，但还没到史狄芬生所谓"白热"者。集中最特出的一种情感是"人的热情"——对于人类的深挚的同情。《游皋亭山杂诗》第四首有一节很足以表现作者底胸怀——

> 在这相对微笑的一瞬，
> 早拴上一根割不断的带子。
> 一切含蓄着的意思，
> 如电的透过了，
> 如水的融合了。
> 不再说我是谁，
> 不再问谁是你，
> 只深深觉着有一种不可言，不可说的人间之感！（七七页）

集中表现最浓厚的"人间之感"的作品，当然是《无名的哀诗》——

> 酒糟的鼻子，酒糟的脸，
> 抬着你同样的人，喘吁吁的走；

只这"同样"两个字里含着多少的嫉愤，多少的悲哀！其次如《鸱鹰吹醒了的》也自缠绵悱恻，感人至深。这首诗很有些象易卜生的《傀儡之家》——

> ⋯⋯⋯⋯⋯
> 哭够了，撒了跑。
> 不回头么，回头只说一句话：
> "几时若找着了人间底爱，
> 我张开手搂你们俩啊！"（一四五页）

293

比比这个——

　　郝尔茂，但是我却相信他。告诉我？
　　我们须变到怎样？——
　　挪拉　须变到那步田地，使我们同居的生活可以算得真正的夫妻。
再见吧！

《哭声》比较前两者似乎差些。他着力处固是前两首所没有的，——

　　说是白哟！
　　埋在灰炉下的又焦又黑。
　　让红眼睛的野狗来收拾，
　　刮刮地，衔了去，慢慢龈着吃，
　　咂着嘴舐那附骨的血，
　　啃不完的扔在瓦砾。（一三二页）

但总觉得有些过火，令人不敢复读。韩愈底《元和圣德诗》里写刘辟受刑底一段至因这样受苏辙的批评。我想苏辙的批评极是，因为"丑"在艺术上固有相当的地位，但艺术的神技应能使"'恐怖'穿上'美'底一切的精致，同时又不失其要质。"（Horror puts on all the daintiness of beauty, losing none of its essence.）

　　如同薛雷底——

Foodless Toads
Within voluptuous chambers panting crawled.

首节描写"高墩墩"上"披离着几十百根不青不黄的草"，将他比着"秃头上几簇稀稀刺刺的黄毛"也很妙。比比卜郎宁手技看——

294

Well now, look at our villa! stuck like
　　The horn of a bull
Just on a mountain edge as bare
　　As the creature's skull
Save a mere shag of a bush
　　With hardly a leave to pull!

倒是下面这几行写得极佳，可谓"哀而不伤"——

高墩墩被裹在"笑"底人间里，
一年底春风，一年底春草：
长了，又绿了一片了！
辨不出血沁过的根苗枝叶。（一三三页）

这首诗还有一个弱点，——其实是《冬夜》全集的弱点——那就是拉得太长了。拉长了，纵有极热的情感，也要冷下去了，更怕在读者方面起了反响，渐生厌恶呢！这首诗里第二节从"颠狂似的……"以至"这诚然……"凡二十二行，实在可以完全删去。况且所拉长的地方都是些带哲学气味的教训，如最末的三行——

我们原不解超人间底"所以然"；
真感到的，
无非人间世底那些"不得不"！（一三六页）

象这种东西也是最容易减杀情感的。克慈讲：

　　　　　　　　　　　　　　All charms fly
At the mere touch of philosophy.

295

近来新诗里寄怀赠别一类的作品太多。这确是旧文学遗传下来的恶习。文学本出于至性至情，也必要这样才好得来。寄怀赠别本也是出于朋友间离群索居的情感，但这类的作品在中国唐宋以后的文学界已经成了一种应酬底工具。甚至有时标题是首寄怀底诗，内容实在是一封家常细故的信。《东坡集》中最多这类作品。作诗到了这步田地，真是不可救药了。新文学界早就有了这种觉悟，但实际上讲来，我们中惯习底毒太深，这种毛病，犯的还是不少。我不知道《冬夜》的作者作他那几首送行的诗——《送金甫到纽约》，《和你撒手》和《送缉斋》——是有真挚的离恨没有。倘若有了，这几首诗，确是没有表现出来。《屡梦孟真作此寄之》是有情感的根据，但因拉得太长，所以也不能动人。魏莱在他的《百七十首中国诗序》里比较中国诗同西洋诗中底情感，讲得很有意思。他说西洋诗人是个恋人，中国诗人是个朋友："他（中国诗人）只从朋友间找同情与智识的侣伴。"他同他的妻子的关系是物质的。我们历观古来诗人如苏武同李陵，李白同杜甫，自居易同元稹，皮日休同陆龟蒙等等底作品，实有这种情形。大概古人朋友的关系既是这样，我们当然允许他们什么寄怀赠别一类的作品，无妨多作，也自然会多作。他们已有那样的情感，又遇着那些生离死别的事，当然所发泄出的话没有不真挚的，没有不是好诗的。我很不相信杜甫底《梦李白》里这样的话，

水深波浪阔，无使蛟龙得！

是寻常的交情所能产出的。但是在现在我们这渐趋欧化的社会里，男女关系发达了，朋友间情感不会不减少的，所以我差不多要附和奈尔孙（Wiiliam Alien Nelson）底意见，将朋友间的情感编入情操（sentiment）——第二等的情感——底范畴中。若照这样讲，朋友间的情感，以后在新诗中底地位，恐怕要降等了。《屡梦孟真作此寄之》中间的故事虽似同杜甫三夜频梦李白相仿佛，但这首诗同梦李白径直没有比例了。这虽因俞君的艺术不及杜甫，但根本上我恐怕两首诗所从发源的情感也大不相同吧！近来已出版的几部诗集里，这种作品似乎都不少（《草儿》里最多），而且除了康白情君底《送客黄浦》同郭沫若君底《新阳关三叠》之外，差不多都非好诗。所以我讲到这地方来，就不知不觉的说了这些闲话。

《冬夜》里其余的作品有咏花草的，如《菊》，《芦》，《腊梅和山茶》，有咏动物的，如《小伴》，《黄鹄》，《安静的绵羊》，有咏自然的，如《风底话》，《潮歌》，《风尘》，《北京底又一个早春》等；有纪游的，如《冬夜之公园》，《绍兴西郭门头的半夜》，《如醉梦的踯躅》，《孤山听雨》，《游皋亭山杂诗》，《忆游杂诗》，《北归杂诗》，还有些不易分类的杂品。这些作品中有的带点很淡的情绪，有的比较浓一点；但都可包括在下面这几种类里，——讽刺，教训，哲理，玄想，博爱，感旧，怀古，思乡，还有一种可以叫做闲愁。这些情感加上前面所论的赠别寄怀，都是第二等的情感或情操。奈尔孙讲："情操"二字，"是用于较和柔的情感，同思想相连属的，由观念而发生的情感之上，以与热情比较为直接地倚赖于感觉的情感相对待"。又说"象友谊，爱家，爱国，爱人格，对于低等动物的仁慈的态度一类的情感，同别的寻常称为'人本的'(humanitarian) 之情感……这些都属于情操"。我们方才编汇《冬夜》底作品所分各种类，实不外奈尔孙所述的这几件。而且我尤信作者底人本主义是一种经过了理智的程序底结果，因为人本主义是新思潮底一部分，而新思潮当然是理智的觉悟。既然人本主义这样充满《冬夜》，我们便可以判定《冬夜》里大部分的情感，是用理智底方法强迫的，所以是第二流的情感。

我们不妨再把《冬夜》分析分析，看他有多大一部分是映射着新思潮底势力的。《无名的哀诗》，《打铁》，《绍兴西郭门头的半夜》，《在路上的恐怖》是颂劳工的；《他们又来了》，《哭声》是刺军阀的，《打铁》也可归这类；《可笑》是讽社会的；《草里的石碑和赑屃》和《所见》是嫉政府的压制的；《破晓》，《最后的洪炉》，《歧路之前》是鼓励奋斗的；《小伴》是催促觉悟的；《挽歌》，《游皋亭山杂诗》中一部分是提倡人道主义的；至于《不知足的我们》更是新文化运动里边一幕底实录。大概统计这类的作品，要占全集四分之一，其余还有些间接的带着新思潮的影响，不在此内。所以这样看来，《冬夜》在艺术界假若不算一个成功，至少他是一个时代的镜子，历史上的价值是不可磨灭的。

严格的讲来，只有男女间恋爱的情感，是最烈的情感，所以是最高最真的情感。《冬夜》里关于这种情感的作品也有，如《别后底初夜》，《愿你》即是。《愿你》前面已讲过了，现在研究研究《别后的初夜》——

我迷离在梦儿间

你长伴我在梦儿边。

虽初冬的长夜，

太快了，来朝底天亮！

他将消失我清宵的恋乡。

天匆匆的亮了，

你匆匆的远了，

方才真远了！

盼你来罢！

盼夜来罢！（二一三页）

将上面这一段试比梁实秋君的《梦》后，何如？

"吾爱啊！

你怎又推荐那孤另的枕儿，

伴着我眠，偎着我底脸？"

醒后的悲哀啊！

梦里的甜蜜啊！

我怨雀儿，

雀儿还在檐下蜷伏着呢！

他不能唤我醒——

他怎肯抛弃了他的甜梦呢？

"吾爱啊！

对这得而复失的馈礼

298

> 我将怎样的怨艾呢？
> 对这缥缈浓甜的记忆，
> 我将怎样的咀嚼哟！"

> 孤另的枕儿啊！
> 想着梦里的她，
> 舍不得偎着你；
> 她的脸儿是我的花，
> 我把泪来浇你！

只这一相形之下，美丑高低，便了如指掌了，别的话何必多说？但是有一个地方我很怀疑，不知到底讲好还是不讲好。还是讲了吧！看下面这几行——

> 被窝暖暖地，
> 人儿远远地，
> 我怎不想起人儿远呢！（二一二页）

我的朋友们读过这首诗的，看到这几行没有不噗嗤笑了的。我想古来诗人恋者触物怀人，有因帐以起兴的，如曹武底"白玉帐寒鸳梦绝"；有因簟以起兴的，如李商隐的"欲拂尘时簟竟床"；也有因枕以起兴的，如李白底"为君留下相思枕"，就如前面梁君也讲到"枕儿"，大概这些品物都可以入诗，独有讲到"被窝"，总嫌有点欠雅。旧诗中这种例也有，如"愿言捧绣被，长就越人宿"，"珠被玳瑁床，感郎情意深"，"横波美目虽复来，罗被遥遥不相及"，等等，正复不少。但终觉秽亵不堪设想。旧诗有词藻底遮饰同音节底调度，已能减少原意底真实性，但尚且这样的不堪，何况是用当代语言作的新诗，更是俞君这样写实的新诗呢！

总之，《冬夜》里所含的情感的质素，什之八九是第二流的情感。一两首有热情的根据的作品，又因幻象缺乏，不能超越真实性，以至流为劣等的作品；所以若是诗底价值是以其情感的质素定的，那么《冬夜》的价值也就可想而知了。我再引奈尔孙的话来作证："从表现他们'情操'最明显的诗看来，这些质素当然

299

不算微琐，并且也许是最紧要的特质，但是从诗的大体上看来，他们可要算微琐的了，因为伟大的作品可以舍他们而存在。"

我们现在也不妨根据奈尔孙这句话前半底条件，来将《冬夜》里富于情操的作品，每首单独的讲讲。我恐怕在前面将《冬夜》抑之过甚；现在这样做，定能订正前面"一笔抹煞"底毛病。就一诗论一诗，《凄然》确乎是首完美的作品。作者序里讲："岂非情缘境生，而境随情感耶？"惟其有境有情，所以就有好诗，正不必因"文人结习"而病之。

> 明艳的凤仙花，
> 喜欢开到荒凉的野寺；
> 那带路的姑娘，
> 又想染红她底指甲，
> 向花丛去掐了一握。
> 他俩只随随便便的，
> 似乎就此可以过去了；
> 但这如何能，在不可聊赖的情怀？ （一七四页）

这种神妙的"兴趣"是"不以言诠"的！除《凄然》外，还有几首诗放在《冬夜》里太不象了；这便是《黄鹄》，《小劫》同《归路》。这几首诗都有一种超自然的趣味，同集中最足代表作者的性格的作品如《打铁》，《一勺水啊》等正相反——太相反了！径直是两个极端；一个在云外，一个在泥中。当然他们是从骚赋里脱胎出来的，但这种熔铸旧料的方法是没有害处的，假若俞君所主张的平民的风格，可以比拟华茨活底态度，这几首诗当可比之科立玑底态度了（见 Lyrical Ballads 序中）。《黄鹄》似乎暗示于科立玑底《古舟子咏》中之神鸟，《归路》则暗示《忽必烈汗》（亦得之于梦中）。华茨活与科立玑只各尽一端以致胜，而俞君乃兼而有之；这又是我不能懂的一件怪事了。一面讲着那样鄙俗的话语，一面又唱出这样高超的调子来，难道作者有两个自我吗？啊！如何这样的矛盾啊！啊！叫我赞颂呢，还是叫我诅骂呢？诗人啊！明知道"看下方"会"撕碎吾身荷芰的芳香"，"为什么'还'要低头"呢？

凤凰翔于千仞兮，览德辉而下之！

六

总括地讲几句作个收束。大体上看来，《冬夜》底长处在他的音节，他的许多弱点也可以推源而集中于他的音节。他的情感也不挚，因为太多教训理论。——一言以蔽之，太忘不掉这人间世。但追究其根本错误，还是那"诗的进化的还原论"。俞君不是没有天才，也不是没有学力，虽于西洋文学似少精深的研究。但是他那谬误的主义一天不改掉，虽有天才学力，他的成功还是疑问。培根讲，"诗中有一点神圣的东西，因他以物之外象去将就灵之欲望，不是同理智和历史一样，屈灵于外物之下，这样，他便能抬高思想而使之以入神圣"。所以俞君！不作诗则已，要作诗决不能还死死地贴在平凡琐俗的境域里！

《女神》之地方色彩

现在的一般新诗人——新是作时髦解的新——似乎有一种欧化的狂癖，他们的创造中国新诗底鹄的，原来就是要把新诗作成完全的西文诗（有位作者曾在《诗》里讲道，他所谓后期底作品"已与以前不同而和西洋诗相似"，他认为这是新诗底一步进程，……是件可喜的事）。《女神》不独形式十分欧化，而且精神也十分欧化的了。《女神》当然在一般人的眼光里要算新诗进化期中已臻成熟的作品了。

但是我从头到今，对于新诗的意义似乎有些不同。我总以为新诗径直是"新"的，不但新于中国固有的诗，而且新于西方固有的诗，换言之，它不要作纯粹的本地诗，但还要保存本地的色彩，他不要做纯粹的外洋诗，但又尽量的吸收外洋诗的长处，他要做中西艺术结婚后产生的宁馨儿。我以为诗同一切的艺术应是时代的经线，同地方纬线所编织成的一匹锦，因为艺术不管它是生活的批评也好，是生命的表现也好，总是从生命产生出来的，而生命又不过时间与空间两个东西底势力所遗下的脚印罢了。在寻常的方言中有"时代精神"同"地方色彩"两个名词，艺术家又常讲自创力（originality），各作家有各作家的时代与地方，各团体有各团体的时代与地方，各不皆同，这样自创力自然有发生的可能了。我们的新诗人若时时不忘我们的"今时"同我们的"此地"，我们自会有了自创力，我们的作品自既不同于今日以前的旧艺术，又不同于中国以外的洋艺术。这个然后才是我们翘望默祷的新艺术了！

我们的旧诗大体上看来太没有时代精神的变化了，从唐朝起，我们的诗发育到成年时期了，以后便似乎不大肯长了，直到这回革命以前，诗底形式同精神还差不多是当初那个老模样（词曲同诗相去实不甚远，现行的新诗却大不同了）。

不独艺术为然，我们底文化底全体也是这样，好象吃了长生不老的金丹似的。新思潮底波动便是我们需求时代精神的觉悟。于是一变而矫枉过正，到了如今，一味的时髦是鹜，似乎又把"此地"两字忘到踪影不见了。现在的新诗中有的是"德漠克拉西"，有的是泰果尔，亚坡罗，有的是"心弦""洗礼"等洋名词。但是，我们的中国在那里？我们四千年的华胄在那里？那里是我们的大江，黄河，昆仑，泰山，洞庭，西子？又那里是我们的《三百篇》，《楚骚》，李，杜，苏，陆？《女神》关于这一点还不算罪大恶极，但多半的时候在他的抒情诸作里并不强似别人。《女神》中所用的典故，西方的比中国的多多了，例如 Apollo, Venus, Cupicl, Bacchus, Prometheus, Hygeia, ……是属于神话的，其余属于历史的更不胜枚举了。《女神》中底西洋的事物名词处处都是，数都不知从那里数起。《凤凰涅槃》底凤凰是天方国底"菲尼克斯"，并非中华的凤凰。诗人观画观的是 Millet 底 Shepherdess，赞像赞的是 Beethoven 底像。他所羡慕的工人是炭坑里的工人，不是人力车夫。他听鸡声，不想着笛簧的律吕而想着 orchestra 底音乐。地球底自转公转，在他看来，"就好象一个跳着舞的女郎"，太阳又"同那月桂冠儿一样"。他的心思分驰时，他又"好象个受着磔刑的耶稣"。他又说他的胸中象个黑奴。当然《女神》产生的时候，作者是在一个盲从欧化的日本，他的环境当然差不多是西洋环境，而且他读的书又是西洋的书，无怪他所见闻，所想念的都是西洋的东西。但我还以为这是一个非常的例子，差不多是个畸形的情况。若我在郭君底地位，我定要用一种非常的态度去应付，节制这种非常的情况。那便是我要时时刻刻想着我是个中国人，我要做新诗，但是中国的新诗，我并不要做个西洋人说中国话，也不要人们误会我的作品是翻译的西文诗；那么我著作时，庶不致这样随便了。郭君是个不相信"做"诗的人，我也不相信没有得着诗的灵感者就可以从揉炼字句中作出好诗来。但郭君这种过于欧化的毛病也许就是太不"做"诗的结果。选择是创造艺术的程序中最紧要的一层手续，自然的不都是美的，美不是现成的。其实没有选择便没有艺术，因为那样便无以鉴别美丑了。

《女神》还有一个最明显的缺憾，那便是诗中夹用可以不用的西洋文字了。《雪朝》《演奏会上》两首诗径直是中英合璧了，我们以为很多的英文字实没有用原文底必要。如 pantheism, rhythm, energy, disillusion, orchestra, pioneer

都不是完全不能翻译的，并且有的在本集中他处已经用过译文的。实在很多次数，他用原文，并非因为意义不能翻译的关系，乃因音节关系，例如——

我是全宇宙底 energy 底总量。

象这种地方的的确确是兴会到了，信口而出，到了那地方似乎为音节的圆满起见，一个单音是不够的，于是就以"恩勒结"（energy）三个音代"力"底一个音。无论作者有意地欧化诗体，或无意地失于检点，这总是有点讲不大过去的。这虽是小地方，但一个成熟的艺术家，自有余裕的精力顾到这里，以谋其作品之完美。所以我的批评也许不算过分吧？

我前面提到《女神》之薄于地方色彩底原因是在其作者所居的环境。但环境从来没有对于艺术产品之性质负过完全责任，因为单是环境不能产生艺术。所以我想日本底环境固应对《女神》的内容负一分责任，但此外定还有别的关系。这个关系我疑心或者就是《女神》之作者对于中国文化之隔膜。我们前篇已经看到《女神》怎样富于近代精神——即西方文化——不幸得很，是同我国的文化根本背道而驰的，所以一个人醉心于前者定不能对于后者有十分的同情与了解。《女神》底作者，这样看来，定不是对于我国文化真能了解，深表同情者。我们看他回到上海，他只看见——

游闲的尸，淫嚣的肉，长的男袍，短的女袖，满目都是骷髅，满街都是灵柩，乱闯，乱走。

其实他那知道"满目骷髅""满街灵柩"的上海实在就是西方文化遗下的罪孽？受了西方底毒的上海其实又何异于受了西方底毒的东京，横滨，长崎，神户呢？不过这些日本都市受毒受得更彻底一点罢了。但是这一段闲话是节外生枝，我的本意是要指出《女神》底作者对于中国，只看见他的坏处，看不见他的好处。他并不是不爱中国，而他确是不爱中国的文化。我个人同《女神》底作者底态度不同之处是在：我爱中国固因他是我的祖国，而尤因他是有他那种可敬爱的文化的国家；《女神》之作者爱中国，只因他是他的祖国，因为是他的祖国，便有那种不能引他敬爱的文化，他还是爱他。爱祖国是情绪底事，爱文化是理智底事。一般所提倡的爱国专有情绪的爱就够了；所以没有理智的爱并不足以诟病一个爱国之士。但是我们现在讨论的另是一个问题，是理智上爱国之文化底问题（或精辨之，这种不当称爱慕而当称鉴赏）。

爱国的情绪见于《女神》中的次数极多，比别人的集中都多些。《棠棣之花》，《炉中煤》，《晨安》，《浴海》，《黄浦江口》都可以作证。但是他鉴赏中国文化底地方少极了，而且不彻底，在《巨炮之教训》里他借托尔斯泰底口气说道——

　　　　我爱你是中国人。我爱你们中国的墨与老。

在《西湖纪游》里他又称赞——

　　　　"那几个肃静的西人一心在校勘原稿。"

但是既真爱老子为什么又要作"飞奔""狂叫""燃烧"的天狗呢？为什么又要吼着——

　　　　啊啊！不断的毁坏，不断的创造，不断的努力哟！
　　　　　　　　　　　（《立在地球边上放号》）

　　　　我崇拜创造的精神，崇拜力，崇拜血，崇拜心脏；我崇拜炸弹，崇
　　　　拜悲哀，崇拜破坏；
　　　　　　　　　　　（《我是个偶像崇拜者》）

　　　　我要看你"自我"底爆裂开出血红的花来哟？
　　　　　　　　　　　（《新阳关三叠》）

我不知道他到底是个什么主张。但我只觉得他喊着创造，破坏，反抗，奋斗的声音，比——

底声音大多了，所以我就决定他的精神还是西方精神。再者他所歌讴的东方人物如屈原，聂政，聂嫈，都带几分西方人的色彩。他爱庄子是为他的泛神论，而非为他的全套的出世哲学。他所爱的老子恐怕只是托尔斯泰所爱的老子。墨子的学说本来很富于西方的成分，难怪他也不反对。

《女神》底作者既这样富于西方的激动底精神，他对于东方的恬静底美当然不大能领略，《密桑索罗普之夜歌》是个特别而且奇怪的例外。《西湖纪游》不过是自然美之鉴赏。这种鉴赏同鉴赏太宰府，十里松原底自然美，没有什么分别。

有人提倡什么世界文学。那么不顾地方色彩的文学就当有了托辞了吗？但这件事能不能是个问题，宜不宜又是个问题。将世界各民族底文学都归成一样的，恐怕文学要失去好多的美。一样颜色画不成一幅完全的画，因为色彩是绘画的一样要素。将各种文学并成一种，便等于将各种颜色合成一种黑色，画出一张sketch来。我不知道一幅彩画同一幅单色的 sketch 比，那样美观些。西谚曰"变化是生活底香料"。真要建设一个好的世界文学，只有各国文学充分发展其地方色彩，同时又贯以一种共同的时代精神，然后并而观之，各种色料虽互相差异，却又互相调和，这便正符那条艺术底金科玉臬"变异中之一律"了。

以上我所批评《女神》之处，非特《女神》为然，当今诗坛之名将莫不皆然，只是程度各有深浅罢了。若求纠正这种毛病，我以为一桩，当恢复我们对于旧文学底信仰，因为我们不能开天辟地（事实与理论上是万不可能的），我们只能够并且应当在旧的基础上建设新的房屋。二桩，我们更应了解我们东方底文化。东方底文化是绝对的美的，是韵雅的。东方的文化而且又是人类所有的最彻底的文化。哦！我们不要被叫嚣犷野的西人吓倒了！

> 东方的魂哟！
> 雍容温厚的东方的魂哟！
> 不在檀香炉上袅袅的轻烟里了，
> 虔祷的人们还膜拜些什么？

东方的魂哟!

通灵洁彻的东方的魂哟!

不在幽篁的疏影里了,

虔祷的人们还供奉着些什么?

（梁实秋）

原载《创造周报》第 5 号，1923 年 6 月 10 日

泰果尔批评

听说 Sir Rabindranath Tagore 快到中国来了。这样一位有名的客人来光临我们，我们当然是欢迎不暇的了。我对客人来表示了欢迎之后，却有几句话要向我们自己——特别是我们文学界——讲一讲。

无论怎样成功的艺术家，有他的长处，必有他的短处。泰果尔也逃不出这条公例。所以我们研究他的时候，应该知所取舍。我们要的是明察的鉴赏，不是盲目的崇拜。

哲学本不宜入诗，哲理诗之难于成为上等的文艺正因这个原故。许多的人都在这上头失败了。泰果尔也曾拿起 Ulysses 底大弓尝试了一番，他也终于没有弯得过来。国内最流行的《飞鸟》，作者本来就没有把它当诗做（这一部格言，语录和"寸铁诗"是他游历美国时写下的。Philadelphia Public Ledger 底记者只说"从一方面讲这些飞鸟是些微小的散文诗"，因为它们暗示日本诗底短小与轻脆）；我们姑且不必论它。便是那赢得诺贝奖的《偈檀迦利》和那同样著名的《采果》，其中也有一部分是诗人理智中的一些概念，还不曾通过情感的觉识。这里头确乎没有诗。谁能把这些哲言看懂了，他所得到的不过是猜中了灯谜底胜利的欢乐，决非审美的愉快。这一类的千熬百炼的哲理的金丹正是诗人自己所谓

Life's harvest mellows into golden wisdom.

然而诗家的主人是情绪，智慧是一位不速之客，无须拒绝，也不必强留。至于喧宾夺主却是万万行不得的！

《偈檀迦利》同《采果》里又有一部分是平凡的祷词。我不怀疑诗人祈祷时

候的心境最近于 ecstacy，ecstacy 是情感底最高潮，然我不能承认这些是好诗。推其理由，也极浅显。诗人与万有冥交的时候，已先要摆脱现象，忘弃肉体之存在，而泯没其自我于虚无之中。这种时候，一切都没有了，那里还有语言，更那里还有诗呢？诗人在别处已说透了这一层秘密——他说上帝底面前他的心灵 vainly struggles for a voice。从来赞美诗（hymns）中少有佳作，正因作者要在"入定"期中说话；首先这种态度就不诚实了，讲出的话，怎能感人呢？若择定在准备"入定"之前期或回忆"入定"之后期为诗中之时间，而以现象为其背景，那便好说话了，因为那样才有说话的余地。

泰果尔底文艺底最大的缺憾是没有把捉到现实。文学是生命底表现，便是形而上的诗也不外此例。普遍性是文学底要质而生活中的经验是最普遍的东西，所以文学底宫殿必须建在生命底基石上。形而上学惟其离生活远，要它成为好的文学，越发不能不用生活中的经验去表现。形而上的诗人若没有将现实好好的把捉住，他的诗人的资格恐怕要自行剥夺了。

印度的思想本是否定生活的，严格讲来，不宜于艺术的发展。泰果尔因为受了西方文化底陶染，他的思想已经不是标类的印度思想了。他曾宣言了——Deliveranse is not for me in renunciation，然而西方思想究竟是在浮面粘贴着，印度的根性依然藏伏在里边不曾损坏。他怀慕死亡的时候，究竟比歌讴生命的时候多些。从他的艺术上看来，他在这世界里果然是一个生疏的旅客。他的言语，充满了抽象的字样，是另一个世界的方言，不象我们这地球上的土语。他似乎不大认识我们的环境与风俗，因为他提到这些东西的时候，只是些肤浅的观察，而且他的意义总是难得捉摸。总而言之，他的举止吐属，无一样不现着 outlandish，无怪乎他常感着

homesick…for the one sweet hour across the sea of time,

因为他不曾明白地讲过吗？

I came to your shore as a stranger,
I lived in your house as a guest…
my earth.

309

泰果尔虽然爱好自然，但他爱的是泛神论的自然界。他并不爱自然的本身，他所爱的是 the simple meaning of thy whisper in showers and sunshine，是 God's power…in the gentle breeze，是鸟翼，星光同四季的花卉所隐藏着的，the unseen way。人生也不是泰果尔底文艺的对象，只是他的宗教的象征。穿绛色衣服的行客，在床上寻找花瓣的少女，仆人或新妇在门口伫望主人回家，都是心灵向往上帝底象征；一个老人坐在小船上鼓瑟，不是一个真人，乃是上帝底原身。诗人底"父亲"，"主人"，"爱人"，"弟兄"，"朋友"都不是血肉做的人，实在便是上帝。泰果尔记载了一些自然的现象，但没有描写他们；他只感到灵性的美；而不赏识官觉的美。泰果尔摘录了些人生的现象，但没有表现出人生中的戏剧；他不会从人生中看出宗教，只用宗教来训释人生。把这些辨别清楚了，我们便知道泰果尔何以没有把捉住现实；由此我们又可以断言诗人的泰果尔定要失败，因为前面已经讲过，文学底宫殿必须建在现实的人生底基石上。果然我们读《偈檀迦利》，《采果》，《园丁》，《新月》等，我们仿佛寄身在一座云雾的宫阙里，那里只有时隐时现，似人非人的生物。我们初到时，未尝不觉得新奇可喜；然而待久一点，便要感着一种可怕的孤寂，这时我们渴求的只是与我们同类的人，我们要看看人底举动，要听听人底声音，才能安心。我们在泰果尔底世界里要眷念着我们的家乡，犹之泰果尔在我们的地球上时时怀想他的故土一样。

　　多半时候泰果尔只能诉于我们的脑经，他常常能指点出一个出人意外入人意中的真理来。但是他并不能激动我们的情绪，使我们感觉到生活底溢流。这也是没有把捉住人生底结果。他若是勉强弹上了情绪之弦，他的音乐不失之于渺茫，便失之于纤弱。渺茫到了玄虚的时候，便等于没有音乐！纤弱的流弊能流于感伤主义。我们知道做《新月》的泰果尔很能了解儿童，却不料他自己竟变成一个儿童了，因为感伤主义正是儿童与妇女底情绪（写到这里，我记起中国最善学泰果尔的是一个女作家；必是诗人底作品中女性的成分才能引起女人底共鸣）。泰果尔底诗是清淡，然而太清淡，清淡到空虚了；泰果尔的诗是秀丽，然而太秀丽，秀丽到纤弱了。Mr.John Macy 批评《园丁》里一首诗讲道：(it) would be faintly impressive if Walt Whitman had never lived，我们也可以讲若是李杜没有生，韦孟也许可以作中国的第一流诗人了。

310

在艺术方面泰果尔更不足引人入胜。他是个诗人，而不是个艺术家。他的诗是没有形式的。我讲这一句话恐怕又要触犯许多人底忌讳。但是我不能相信没有形式的东西怎能存在，我更不能明了若没有形式艺术怎能存在！固定的形式不当存在；但是那和形式的本身有什么关系呢？我们要打破一个固定的形式，目的是要得到许多变异的形式罢了。泰果尔的诗不但没有形式，而且可说是没有廓线。因为这样，所以单调成了它的特性。我们试读他的全部的诗集，从头到尾，都仿佛不成形体，没有色彩的 amoeba 式的东西。我们还要记好这是些抒情诗。别种的诗若是可以离形体而独立，抒情诗是万万不能的。Walter Pater 讲了："抒情诗至少从艺术上讲来是最高尚最完美的诗体，因为我们不能使其形式与内容分离而不影响其内容之本身。"

泰果尔底诗之所以伟大是因为他的哲学，论他的艺术实在平庸得很。他在欧洲的声望也是靠他诗中的哲学赢来的。至于他的知音夏芝所以赏识他，有两种潜意识的私人的动机，也不必仔细去讲它。但是我们要估定泰果尔底真价值，就不当取欧洲人底态度或夏芝底态度，也不当因为作者与自己同是东方人，又同属于倒霉的民族而受一种感伤作用底支配；我们但当保持一种纯客观的，不关心的 disinterested 态度。若真能用这种透视法去观赏泰果尔底艺术，我想我们对于这位诗人底价值定有一番新见解。于今我们的新诗已够空虚，够纤弱，够偏重理智，够缺乏形式的了，若再加上泰果尔底影响，变本加厉，将来定有不可救药的一天。希望我们的文学界注意。

原载《时事新报》副刊《文学》，1923 年 12 月 3 日

文艺与爱国——纪念三月十八

铁狮子胡同大流血之后《诗刊》就诞生了，本是碰巧的事，但是谁能说《诗刊》与流血——文艺与爱国运动之间没有密切的关系？

"爱国精神在文学里，"我让德林克瓦特讲，"可以说是与四季之无穷感兴，与美的逝灭，与死的逼近，与对妇人的爱，是一种同等重要的题目。"爱国精神之表现于中外文学里已经是层出不穷，数不胜数了。爱国运动能够和文学复兴互为因果，我只举最近的一个榜样——爱尔兰，便是明确的证据。

我们的爱国运动和新文学运动何尝不是同时发轫的？他们原来是一种精神的两种表现。在表现上两种运动一向是分道扬镳的。我们也可以说正因为他们没有携手，所以爱国运动的收效既不大，新文学运动的成绩也就有限了。

爱尔兰的前例和我们自己的事实已经告诉我们了：这两种运动合起来便能够互收效益，分开来定要两败俱伤。所以《诗刊》的诞生刚刚在铁狮子胡同大流血之后，本是碰巧的；我却希望大家要当他不是碰巧的。我希望爱自由，爱正义，爱理想的热血要流在天安门，流在铁狮子胡同，但是也要流在笔尖，流在纸上。

同是一个热烈的情怀，犀利的感觉，见了一片红叶掉下地来，便要百感交集，"泪浪滔滔"，见了十三龄童的赤血在地下踩成泥浆子，反而漠然无动于中。这是不是不近人情？我并不要诗人替人道主义同一切的什么主义捧场。因为讲到主义便是成见了。理性铸成的成见是艺术的致命伤；诗人应该能超脱这一点。诗人应该是一张留声机的片子，钢针一碰着他就响。他自己不能决定什么时候响，什么时候不响。他完全是被动的。他是不能自主，不能自救的。诗人做到了这个地步，便包罗万有，与宇宙契合了。换句话说，就是所谓伟大的同情心——艺术的真源。

并且同情心发达到极点，刺激来得强，反动也来得强，也许有时仅仅一点文字上的表现还不够，那便非现身说法不可了。所以陆游一个七十衰翁要"泪洒龙床请北征"，拜伦要战死在疆场上了。所以拜伦最完美，最伟大的一首诗，也便是这一死。所以我们觉得诸志士们三月十八日的死难不仅是爱国，而且是伟大的诗。我们若得着死难者的热情的一部分，便可以在文艺上大成功；若得着死难者的热情的全部，便可以追他们的踪迹，杀身成仁了。

因此我们就将《诗刊》开幕的一日最虔诚的献给这次死难的志士们了！

原载《晨报》副刊《诗刊》第 1 号，1926 年 4 月 1 日

邓以蛰《诗与历史》题记

作者本来受了一位朋友的委托，打算替一本新诗写点批评，结果批评没有写成，却在病中化了三通夜的心血草成了这一篇刊心刻骨，诘屈聱牙的论文。作者本不想发表他，但是文章终于发表在《诗刊》上了，那是经我几次恳求的结果。我既替《诗刊》拉了这篇稿子，就有替《诗刊》的读者介绍这篇稿子的义务。刊物上登一篇文章并没有需要介绍的通例；有这种需要没有，可全靠那文章的价值如何了。

作者一向在刊物上发表的文章并不多（恐怕总在五数以下），但是没有一篇不诘屈聱牙，使读者头痛眼花，茫无所得，所以也没有一篇不刊心刻骨，博大精深，只要你肯埋着头，咬着牙，在岩石里边寻求金子，在海洋绝底讨索珍珠。如今有的是咳嗽成玑珠的漂亮文字，有的是嬉笑怒骂皆成文章的大手笔。但是在病中拼着三通夜的心血，制造出这样一篇让人看了头痛眼花的东西出来，可真傻了！聪明人谁犯得上挨这种骂！但是我以为在这文艺批评界正患着血虚症的时候，我们正多要几个傻人出来赐给我们一点调补剂才好。调补剂不一定象山珍海味那样适味可口，但是他于我们有益。

作者这篇文章有两层主要的意思：（一）怀疑学术界以科学方法整理国故，研究历史的时论。（二）诊断文艺界的卖弄风骚专尚情操，言之无物的险症。他的结论是历史与诗应该携手；历史身上要注射些感情的血液进去，否则历史家便是发墓的偷儿，历史便是出土的僵尸；至于诗这个东西，不当专门以油头粉面，娇声媚态去逢迎人，她也应该有点骨格，这骨格便是人类生活的经验，便是作者所谓"境遇"，这第二个意思也便和阿诺德的定义："诗是生活的批评"正相配合。

以上不过是本篇的大意。但是篇中可宝贵的意见不止这一点。差不多全篇每一句是孙悟空身上的一根毫毛，每一根毫毛可以变成一个齐天大圣，每一个齐天大圣，可以一筋斗打到十万八千里路之远。

这里面的神秘我可没有法子一一的解释。还请读者各人自己去领会罢。假如你因为那诘屈聱牙的文字，望难生畏，以致失掉了石心的金子，海底的珍珠，那我可只好告诉你一句话："你活该！"

我也可以附带的介绍作者另外的两篇文字：

（一）《艺术的难关》

（《晨报副刊》）

（二）《从林风眠的画论到中西画的异同》

（《现代评论》第三卷第六十七期）

原载《晨报》副刊《诗刊》第 2 号，1926 年 4 月 8 日

诗人的横蛮

　　孔子教小子，教伯鱼的话，正如孔子一切的教训，在这年头儿，都是犯忌讳的。依孔子的见解，诗的灵魂是要"温柔敦厚"的。但是在这年头儿，这四个字千万说不得，说出了，便证明你是个弱者。当一个弱者是极寒伧的事，特别是在这一个横蛮的时代。在这时代里，连诗人也变横蛮了；做诗不过是用比较斯文的方法来施行横蛮的伎俩。我们的诗人早起听见鸟儿叫了几声，或是上万牲园逛了一逛，或是接到一封情书了……你知道——或许他也知道这都不是什么了不得的事件，够不上为它们就得把安居乐业的人类都给惊动了。但是他一时兴会来了，会把这消息用长短不齐的句子分行写了出来，硬要编辑先生们给它看过几遍，然后又耗费了手民的筋力给它排印了，然后又占据了上千上万的读者的光阴给它读完了，最末还要叫世界，不管三七二十一，承认他是一个天才。你看这是不是横蛮？并且他凭空加了世界这些担负，要是那一方面——编辑，手民或读者——对他大意了一点，他便又要大发雷霆，骂这世界盲目，冷酷，残忍，蹂躏天才，……这种行为不是横蛮是什么？再如果你好心好意对他这作品下一点批评，说他好，那固然算你没有瞎眼睛，你要是敢说了他半个坏字，那你可触动了太岁，他能咒到你全家都死尽了。试问这不是横蛮是什么？

　　我看如果诗人们一定要这样横蛮，这样骄纵，这样跋扈，最好早晚由政府颁布一个优待诗人的条例，请诗人都带上平顶帽子，穿上灰色制服（最好是粉红色的，那最合他们身份），以表示他们是属于享受特殊权利的阶级，并且仿照优待军人的办法，电车上，公园里，戏园里……都准他们自由出入，让他们

316

好随时随地寻求灵感。反正他们享受的权利已经不少了，政府不如卖一个面子，追认一下。但是我怕这一来，中国诗人一向的"温柔敦厚"之风会要永远灭绝了。

原载《晨报副刊》，1926 年 5 月 27 日

论《悔与回》

梦家：在自己作不出诗来的时候，几乎觉得没有资格和人谈诗。诗如今做出了（已寄给志摩先生了），资格恢复了，信当然也可以写。《悔与回》自然是本年诗坛最可纪念的一件事。我曾经给志摩写信说：我在捏着把汗夸奖你们——我的两个学生；因为我知道自己决写不出那样惊心动魄的诗来，即使有了你们那样哀艳凄馨的材料。有几处小地方却有商酌的余地。（一）不用标点，不敢赞同。诗不能没有节奏。标点的用处，不但界划句读，并且能标明节奏（在中国文字里尤其如此），要标明的理由如此，不要它的理由我却想不出。（二）"生殖器的暴动"一类的句子，不是表现怨毒，愤嫉时必需的字句。你可以换上一套字样，而表现力能比这增加十倍。不信拿志摩的《罪与罚》再读读看。玮德的文字比梦家来得更明彻，是他的长处，但明彻则可，赤裸却要不得。这理由又极明显。赤裸了便无暗示之可言，而诗的文字那能丢掉暗示性呢？我并非绅士派，"苍蝇似的思想垃圾桶里爬"，我也有顾不到体面的时候，但碰到"梅毒""生殖器"一类的字句，我却不敢下手。（三）长篇的"无韵式"的诗，每行字数似应多点才称得住。（四）句子似应稍整齐点，不必呆板的限定字数，但各行相差也不应太远，因为那样才显得有分量些。以上两点是我个人的见解，或许是偏见。我是受过绘画的训练的，诗的外表的形式，我总不忘记。既是直觉的意见，所以说不出什么具体的理由来，也没有人能驳倒我。（五）我认为长篇的结构应拿玮德他们府上那一派的古文来做模范。谋篇布局应该合乎一种法度，转折处尤其要紧——索性腐败一点——要有悬崖勒马的神气与力量。再翻开《古文辞类纂》来体贴一回，你定可以发现其间艺术的精妙。照你们这两首看来，再往下写三十行五十行。未尝不可，或少写十行二十行，恐怕也无大关系。艺术的 finality 在那里？

讲的诚然都是小地方，但如今没有人肯讲敢讲。我对于你们既不肯存一分虚伪，也不必避什么嫌疑，拉杂的写了许多，许也有可采的地方。

　　玮德原来也在中大，并且我在那里的时候，曾经与我有过一度小小的交涉。若不是令孺给我提醒，几乎全忘掉了。可是一个泛泛的学生，在他没写出《悔与回》之前，我有记得他的义务吗？写过那样一首诗以后，即使我们毫无关系，我也无妨附会说他是我的学生，以增加我的光荣。我曾托令孺向玮德要张相片来，为的是想借以刷去记忆上的灰尘，使他在我心上的印象再显明起来。这目的马上达到了，因为凑巧她手边有他一张照片——我无法形容我当时的愉快！现在我要《悔与回》的两位诗人，时时在我案头与我晤对，你们可能满足我这点痴情吗？祝二位康健！

闻一多，十二月廿九日

原载《新月》第 3 卷第 5、6 期

谈商籁体

　　梦家：商籁体读到了，印象不大深，恐怕这初次的尝试还不能算成功。这体裁是不容易做。十四行与韵脚的布置是必需的，但非重要的条件。关于商籁体裁早想写篇文章谈谈，老是忙，身边又没有这类的书，所以没法动手。大略的讲，有一个基本的原则非遵守不可，那便是在第八行的末尾，定规要一个停顿。最严格的商籁体，应以前八行为一段，后六行为一段；八行中又以每四行为一小段，六行中或以每三行为一小段，或以前四行为一小段，末二行为一小段。总计全篇的四小段（我讲的依然是商籁体，不是八股！），第一段起，第二承，第三转，第四合。讲到这里，你自然明白为什么第八行尾上的标点应是"。"或与它相类的标点。"承"是连着"起"来的，但"转"却不能连着"承"走，否则转不过来了。大概"起""承"容易办，"转""合"最难，一篇精神往往得靠一转一合。总之，一首理想的商籁体，应该是个三百六十度的圆形；最忌的是一条直线。你试拿这标准去绳量你的《太湖之夜》，可不嫌直一点吗？至于那第二行的"太湖……的波纹？正流着泪"与第三行"梅苞画上一道清眉"，究竟费解。还有一点，十一、十四两行的韵与一,四,五,八重复，没有这种办法。第一行与第十四行不但韵重，并且字重，更是体裁所不许的。"无限的意义都写在太湖万顷的水"——这"水"字之下如何少得一个"上"字或"里"字？我说破以后，你能不哑然失笑吗？"耽心"的"耽"字是"乐"的意思（《书经》："惟耽乐之从"），从"目"的"虎视眈眈"也不对。普通作"单心"也没有讲。应该是"担心"，犹言"放不下心"。"担心"这两字多么生动，具体，富于暗示，丢掉这样的字不用，去用那"无意义""无生气"的"耽心"，岂不可惜？音节和格律的问题，始终没有人好好的讨论过。我又想提起这用字的问题来，又怕还是一场自讨没趣。总之这些话，深的人嫌它太浅，浅的人又嫌它太深，叫人不晓得如何开口。

一多。二月十九夜，青岛
原载《新月》第 3 卷第 5、6 期

《烙印》序

　　克家催我给他的诗集作序，整催了一年。他是有理由的。便拿《生活》一诗讲，据许多朋友说，并不算克家的好诗，但我却始终极重视它，而克家自己也是这样的。我们这意见的符合，可以证实，由克家自己看来，我是最能懂他的诗了。我现在不妨明说，《生活》确乎不是这集中最精彩的作品，但却有令人不敢亵视的价值，而这价值也便是这全部诗集的价值。

　　克家在《生活》里说：

　　　　这可不是混着好玩，这是生活。

　　这不啻给他的全集下了一道案语，因为克家的诗正是这样——不是"混着好玩"，而是"生活"。其实只要你带着笑脸，存点好玩的意思来写诗，不愁没有人给你叫好。所以作一首寻常所谓好诗，不是最难的事。但是，做一首有意义的，在生活上有意义的诗，却大不同。克家的诗，没有一首不具有一种极顶真的生活的意义。没有克家的经验，便不知道生活的严重。

　　　　一万枝暗箭埋伏在你周边，
　　　　伺候你一千回小心里一回的不检点，

　　这真不是好玩的。然而他偏要

　　　　嚼着苦汁营生，

322

象一条吃巴豆的虫。

他咬紧牙关和磨难苦斗，他还说：

同时你又怕克服了它，
来一阵失却对手的空虚。

这样生活的态度不够宝贵的吗？如果为保留这一点，而忽略了一首诗的外形的完美，谁又能说是不合算？克家的较坏的诗即具有这种不可亵视的实质，他的好诗，不用讲，更不是寻常的好诗所能比拟的了。

所谓有意义的诗，当前不是没有。但是，没有克家自身的"嚼着苦汁营生"的经验，和他对这种经验的了解，单是嚷嚷着替别人的痛苦不平，或怂恿别人自己去不平，那至少往往象是一种"热气"，一种浪漫的姿势，一种英雄气概的表演，若更往坏处推测，便不免有伤厚道了。所以，克家的最有意义的诗，虽是《难民》，《老哥哥》，《炭鬼》，《神女》，《贩鱼郎》，《老马》，《当炉女》，《洋车夫》，《歇午工》，以至《不久有那么一天》和《天火》等篇，但是若没有《烙印》和《生活》一类的作品作基础，前面那些诗的意义便单薄了，甚至虚伪了。人们对于一件事，往往有追问它的动机的习惯。（他们也实在有这权利，）对于诗，也是这样。当我们对于一首诗的动机（意思或潜意识的）发生疑问的时候，我很担心那首诗还有多少存在的可能性。读克家的诗，这种疑问永不会发生，为的是有《烙印》和《生活》一类的诗给我们担保了。我再从历史中举一个例。如作"新乐府"的白居易，虽嚷嚷得很响，但究竟还是那位香山居士的闲情逸致的冗力（surplus energy）的一种舒泄，所以他的嚷嚷实际只等于猫儿哭耗子。孟郊并没有作过成套的"新乐府"，他如果哭，还是为他自身的穷愁而哭的次数多，然而他的态度，沉着而有锋棱，却最合于一个伟大的理想的条件。除了时代背景所产生的必然的差别不算，我拿孟郊来比克家，再适当不过了。

谈到孟郊，我于是想起所谓好诗的问题。（这一层是我要对另一种人讲的！）孟郊的诗，自从苏轼以来，是不曾被人真诚的认为上品好诗的。站在苏轼的立场上看孟郊，当然不顺眼。所以苏轼诋毁孟郊的诗。我并不怪他。我只怪他为什么不索性野蛮一点，硬派孟郊所作的不是诗，他自己的才是。因为这样，问题倒简单了。既然他们是站在对立而且不两立的地位，那么，苏轼可以拿他的标准抹杀孟郊，我们何尝不可以拿孟郊的标准否认苏轼呢？即令苏轼和苏轼的传统有优先权占用"诗"字，好了，让苏轼去他的，带着他的诗去！我们不要诗了。我们只要生活，生活磨出来的力，象孟郊所给我们的，是"空螯"也好，是"蜇吻涩齿"或"如嚼木瓜，齿缺舌敝，不知味之所在"也好，我们还是要吃，因为那才可以磨炼我们的力。

那怕是毒药，我们更该吃，只要它能增加我们的抵抗力。至于苏轼的丰姿，苏轼的天才，如果有人不明白那都是笑话，是罪孽，早晚他自然明白了。早晚诗也会

　　　扪一下脸，来一个奇怪的变！

一千余年前孟郊已经给诗人们留下了预言。

克家如果跟着孟郊的指示走去，准没有错。纵然象孟郊似的，没有成群的人给叫好，那又有什么关系？反正诗人不靠市价做诗。克家千万不要忘记自己的责任。

　　　　　　　　民国廿二年七月，闻一多谨识

324

《西南采风录》序

　　正在去年这时候，学校由长沙迁昆明，我们一部分人组织了一个湘黔滇旅行团，徒步西来，沿途分门别类收集了不少材料。其中歌谣一部分，共计二千多首，是刘君兆吉一个人独力采集的。他这种毅力实在令人惊佩。现在这些歌谣要出版行世了，刘君因我当时曾挂名为这部分工作的指导人，要我在书前说几句话。我惭愧对这部分材料在采集工作上，毫未尽力，但事后却对它发生了极大兴趣。一年以来，总想下番工夫把它好好整理一下，但因种种关系，终未实行。这回书将出版，答应刘君作序，本拟将个人对这材料的意见先详尽的写出来，作为整理工作的开端，结果又一再因事耽延，不能实现。这实在不但对不起刘君，也辜负了这宝贵材料。然而我读过这些歌谣，曾发生一个极大感想，在当前这时期，却不能不尽先提出请国人注意。

　　在都市街道上，一群群乡下人从你眼角滑过，你的印象是愚鲁，迟钝，畏缩，你万想不到他们每颗心里都自有一段骄傲，他们男人的憧憬是

　　　　快刀不磨生黄锈，
　　　　胸膛不挺背要驼。（安南）

女子所得意的是

　　　　斯文滔滔讨人厌，
　　　　庄稼粗汉爱死人；
　　　　郎是庄稼老粗汉，

不是白脸假斯文。(贵阳)

他们何尝不要物质的享乐，但鼠窃狗偷的手段，都是他们所不齿的：

吃菜要吃白菜头，
跟哥要跟大贼头，
睡到半夜钢刀响，
妹穿绫罗哥穿绸。(盘县)

那一个都市人，有气魄这样讲话或设想？

生要恋来死要恋，
不怕亲夫在眼前。
见官犹如见父母，
坐牢犹如坐花园。(盘县)

火烧东山大松林，
姑爷告上丈人门；
叫你姑娘快长大，
我们没有看家人。(宣威)
马摆高山高又高，
打把火钳插在腰。
那家姑娘不嫁我，
关起四门放火烧。

你说这是原始，是野蛮。对了，如今我们需要的正是它。我们文明得太久了，如今人家逼得我们没有路走，我们该拿出人性中最后，最神圣的一张牌来，让我们那在人性的幽暗角落里伏蛰了数千年的兽性跳出来反噬他一口。打仗本不是一种文明姿态，当不起什么"正义感""自尊心""为国家争人格"一类的奉承，干脆的是人家要我们的命，我们是豁出去了，是困兽犹斗。如今是千载一时的机会，给我们试验自己血中是否还有着那只狰狞的动物，如果没有，只好自认是个精神上"天阉"的民族，休想在这地面上混下去了。感谢上苍，在前方姚子青，八百壮士，每个在大地上或天空中粉身碎骨了的男儿，在后方几万万以"睡到半夜钢刀响"为乐的"庄稼老粗汉"，已经保证了我们不是"天阉"！如果我们是一个乐观主义者，我的根据就只这一点。我们能战，我们渴望一战而以得到一战为至上的愉快。至于胜利，那是多么泄气的事，胜利到了手，不是搏斗的愉快也得终止，"快刀"又得"生黄锈"了吗？还好，还好！四千年的文化，没有把我们都变成"白脸斯文人"！

民国二十八年三月五日，闻一多序

时代的鼓手

——读田间的诗

鼓——这种韵律的乐品，是一切乐器的祖宗，也是一切乐器中之王。音乐不能离韵律而存在，它便也不能离鼓的作用而存在。鼓象征了音乐的生命。

提起鼓，我们便想到了一串形容词：整肃，庄严，雄壮，刚毅和粗暴，急躁，阴郁，深沉……鼓是男性的，原始男性的，它蕴藏着整个原始男性的神秘。它是最原始的乐器，也是最原始的生命情调的喘息。

如其鼓的声律是音乐的生命，鼓的情绪便是生命的音乐。音乐不能离鼓的声律而存在，生命也不能离鼓的情绪而存在。

诗与乐一向是平行发展着的。正如从敲击乐器到管弦乐器是韵律的音乐发展到旋律的音乐，从二四言到五七言也是韵律的诗发展到旋律的诗。音乐也好，诗也好，就声律说，这是进步。可痛惜的是，声律进步的代价是情绪的萎顿。在诗里，一如在音乐里，从此以后以管弦的情绪代替了鼓的情绪。结果都是"靡靡之音"。这感觉的愈趋细致，乃是感情愈趋脆弱的表征，而脆弱感情不也就是生命疲困，甚或衰竭的朕兆吗？二千年来古旧的历史，说来太冗长。单说新诗的历史，打头不是没有一阵朴质而健康的鼓的声律与情绪，接着依然是"靡靡之音"的传统，在舶来品的商标的伪装之下，支配了不少的年月。疲困与衰竭的半音，似乎比历史上任何时期都变本加厉了的风行着。那是宿命，是历史发展的必然阶段吗？也许。但谁又叫新生与震奋的时代来得那样突然！箫声，琴声，（甚至是无弦琴）。自然配合不上流血与流汗的工作。于是忙乱中，新派，旧派，人人都设法拖出一面鼓来，你可以想象一片潮湿而发霉的声响，在那壮烈的场面中，显

得如何的滑稽！它给你的印象仍然是疲困与衰竭。它不是激励，而是揶揄，侮蔑
这战争。

于是，忽然碰到这样的声响，你便不免吃一惊：

"多一颗粮食，

就多一颗消灭敌人的枪弹！"

听到吗

这是好话哩！

听到吗

我们

要赶快鼓励自己底心

到地里去！

要地里

长出麦子，

要地里

长出小米；

拿这东西

当作

持久战的武器。

（多一些！

多一些！）

多点粮食，

就多点胜利。　　（田间:《多一些》）

这里没有"弦外之音"，没有"绕梁三日"的余韵，没有半音，没有玩任何"花
头"，只是一句句朴质，干脆，真诚的话（多么有斤两的话！），简短而坚实的句
子，就是一声声的"鼓点"，单调，但是响亮而沉重，打入你耳中，打在你心上。
你说这不是诗，因为你的耳朵太熟悉于"弦外之音"……那一套，你的耳朵太
细了。

你看，——
他们底
仇恨的
力，
他们底
仇恨的
血，
他们底
仇恨的
歌，
握在
手里。
握在
手里，
要洒出来……
几十个，
很响地
——在一块；
几十个
达达地
——在一块
回旋……
狂蹈……
耸起的
筋骨
凸出的
皮肉，
挑负着

```
　　　　——种族的

　　　　疯狂

　　　　种族的

　　　　咆哮，……　　　（田间：《人民底舞》）
```

　　这里便不只鼓的声律，还有鼓的情绪。这是睾之战中晋解张用他那流着鲜血的手，抢过主帅手中的槌来播出的鼓声，是弥衡那喷着怒火的"渔阳掺挝"，甚至是，如诗人 Robert Lindsey 在《刚果》中，剧作家 Eugene O'Neil 在《琼斯皇帝》中所描写的，那非洲土人的原始鼓，疯狂，野蛮，爆炸着生命的热与力。

　　这些都不算成功的诗（据一位懂诗的朋友说，作者还有较成功的诗，可惜我没有见到）。但它所成就的那点，却是诗的先决条件——那便是生活欲，积极的，绝对的生活欲。它摆脱了一切诗艺的传统手法，不排解，也不粉饰，不抚慰，也不麻醉，它不是那捧着你在幻想中上升的迷魂音乐。它只是一片沉着的鼓声，鼓舞你爱，鼓动你恨，鼓励你活着，用最高限度的热与力活着，在这大地上。

　　当这民族历史行程的大拐弯中，我们得一鼓作气来渡过危机，完成大业。这是一个需要鼓手的时代，让我们期待着更多的"时代的鼓手"出现。至于琴师，乃是第二步的需要，而且目前我们有的是绝妙的琴师。

　　　　　　原载《生活导报周年纪念文集》，1943 年 11 月 13 日

新诗的前途

在这新时代的文学动向中，最值得揣摩的，是新诗的前途。你说，旧诗的生命诚然早已结束，但新诗——这几乎是完全重新再做起的新诗，也没有生命吗？对了，除非它真能放弃传统意识，完全洗心革面，重新做起。但那差不多等于说，要把诗做得不象诗了。也对。说得更准确点，不象诗，而象小说戏剧，至少让它多象点小说戏剧，少象点诗。太多"诗"的诗，和所谓"纯诗"者，将来恐怕只能以一种类似解嘲与抱歉的姿态，为极少数人存在着。在一个小说戏剧的时代，诗得尽量采取小说戏剧的态度，和用小说戏剧的技巧，才能获得广大的读众。这样做法并不是不可能的。在历史上多少人已经做过，只是不大彻底罢了。新诗所用的语言更是向小说戏剧跨近了一大步，这是不①新诗之所为"新"的第一个也是最主要的理由。其它在态度上，在技巧上的种种进一步的试验，也正在进行着。请放心，历史上常常有人把诗写得不象诗，为（如）阮籍，陈子昂，孟郊，如华兹渥斯（Wordwostrh），惠特曼（Whitman），而转瞬间便是最真实的诗了。诗这东西的长处就在它有无限制的弹性，变得出无穷的花样，装得进无限的内容。只有固执与狭隘才是诗的致命伤，纵没有时代的威胁，它也难立足。

每一时代有一时代的主潮，小的波澜总得跟着主潮的方向推进，跟不上的只好留在港汊里干死完事。战国秦汉时代的主潮是散文，一部分诗服从了时代的意志，散文化了，便成就了楚辞和初期的汉赋，成就了□歌，这些都是那时代的光荣。另一部份诗，如郊祀歌安世房中歌和韦孟讽谏之类，跟不上潮流，便成了港汊中的泥淖，时代的主潮是小说，《先妣事略》，《寒花葬志》和《项脊轩志》的作

---

① 疑有误，应无"不"字。

者归有光，采取了小说的以寻常人物的日常生活为描写对象的态度，和□尽景物的技巧，总算是粘上了点时代潮流的边儿（自己以为是读《史记》读来了的，那是自欺欺人的话），所以是散文家中欧公以来唯一顶天立地的人物。其他同时的散文家，依照各人小说化的程度的比例，也多多少少有些成就。至于那般诗人们只忙于复古，没有理会时代，无疑都将被来的时代忘掉。以上两个历史的教训，是值得我们的新诗人书绅的。

四个文化同时出发，三个文化都转了手，有的转给近亲，有的转给外人，主人自己却都没落了，那许是因为他们都只勇于"予"而怯与"受"。中国是勇于"予"而不太怯于"受"的，所以予是自己的文化的主人，然而也仅免于没落的劫运而已。为文化的主人自己打算，"取"不比"还"还重要吗？所以仅仅不怯于"受"是不够的，要真正勇于"受"。让我们的文学更彻底的向小说戏剧发展，等于说要我们死心踏地走人家的路。这是一个"受"的勇气的测验，也是我们能否继续做自己文化的主人的测验。

过去记录里有未来的□色。历史已给我们指示了方向——"受"的方向，如今得的只是勇气，更多的勇气啊！

原载《火之源文艺丛刊》第 5、6 集合刊

录自《天下文章》月刊第 2 卷第 4 期

诗与批评

什么是诗呢？我们谁能大胆地说出什么是诗呢？我们谁能大胆地决定什么是诗呢？不能！有多少人是曾经对于诗发表过意见，但那意见不一定是合理的，不一定是真理；那是一种个人的偏见，因为是偏见，所以不一定是对的。但是，我们怎样决定诗是什么呢？我以为，来测度诗的不是偏见，应该是批评。

对于"什么是诗"的问题，有两种对立的主张：

有一种人以为："诗是不负责的宣传。"

另一种人认为："诗是美的语言。"

我们念了一篇诗，一定不会是白念的，只要是好诗，我们念过之后就受了他的影响：诗人在作品中对于人生的看法影响我们，对于人生的态度影响我们，我们就是接受了他的宣传。诗人用了文字的魔力来征服他的读者，先用了这种文字的魅力使读者自然地沉醉，自然地受了催眠，然后便自自然然的接受了诗人的意见，接受他的宣传。这个宣传是有如何的效果呢？诗人不问这个，因为他的宣传是不负责的宣传。诗人在作品中所表示的意见是可靠的吗？这是不一定的，诗人有他自己的偏见，偏见不一定是对的。好些人把诗人比做疯子，疯人的意见怎么是真理呢？实在，好些诗人写下了他的诗篇，他并不想到有什么效果，他并不为了效果而写诗，他并不为了宣传而写诗，他是为诗而写诗的；因之，他的诗就是一种不负责的东西了，不负责的东西是好的吗？这是一个很重要的问题，所以，第一种主张，就侧重在这种宣传的效果方面，我想，这是一种对于诗的价值论者。

好些人念一篇诗时是不理会他的价值的，他只吟味于词句的安排，惊喜于韵律的美妙；完全折服于文字与技巧中。这种人往往以为他的态度仅止于欣赏，仅止于享受而已。他是为念诗而念诗。其实这是不可能的事，在文字与技巧的魅力上，你并不只享受于那分艺术的功力，你会被征服于不知不觉中，你会不知不觉的为诗人所影响，所迷惑。对于这种不顾价值，而只求感受舒适的人，我想他们是对于诗的效率论者。

这两种态度都是不对的。因为单独的价值论或是效率论都不是真理。我以为，从批评诗的正确的态度上说，是应该二者兼顾的。

柏拉图在他的《理想国》中赶走了诗人，因为他不满意诗人。他是一个极端的价值论者，他不满意于诗人的不负责的宣传。一篇诗作是以如何残忍的方式去征服一个读者。诗篇先以美的颜面去迷惑了一个读者，叫他沉迷于字面，音韵，旋律，叫他为这些奉献了自己，然而又以诗人的偏见深深烙印在读者的灵魂与感情上，然而这是一个如何的烙印——不负责的宣传已是诗的最大罪名了，我们很难有法子让诗人对于他的宣传负责（诗人是否能负责又是一个问题），这样一来，为了防范这种不负责的宣传，我们是不是可以不要诗了呢？不行，我们觉得诗是非要不可，诗非存在不可的。既然这样，所以我们要求诗是"负责的宣传"。我们要求诗人对他的作品负责，但这也许是不容易的事，因之，我们想得用一点外力，我们以社会使诗人负责。

负责的问题成为最重要的了，我们为了诗的光荣存在而辩护，所以不能不要求诗的宣传是负责的，是有利益于社会的。我们想，若是要知道这宣传是否负责而用新闻检查的方式，实在是可笑的，我们不能用检查去了解，我们要用批评去了解；目前的诗著作是可用检查的方式限制的，但这限制对于古人是无用的；而且事实上有谁会想出这种类似"焚书坑儒"的事来折磨我们的诗人呢？我想应该不会，在苏联和别的国家也许用一种方法叫诗人负责，方法很简单，就是，拉着诗人的鼻子走，如同牵牛一样，政府派诗人做负责的诗，一个纪念，叫诗人做诗，一个建筑落成，叫诗人做诗，这样，好些诗是写出来了，但结果，在这种方式下产生出来的作品，只是宣传品而不是诗了，既不是诗，宣传的力量也就小了或甚至没有了，最后，这些东西既不是诗，也不是宣传品，则什么都不是了，我们知道马也可夫斯基写过诗，也写过宣传品，后来他自杀了，谁知道他为什么自杀呢？所以我想，拉着诗人的鼻子走的方式并不是好的方式。

政府是可以指导思想的。但叫诗人负责，这不是诗人做得到的；上边我说，我们需要一点外力，这外力不是发自政府，而是发自社会，我觉得去测度诗的是否为负责的宣传的任务不是检查所的先生完成得了的，这个任务，应该交给批评家。

每个诗人都有他独特的性格，作风，意见和态度，这些东西会表现在作品里。一个读者要单选上一个诗人的东西读，也许不是有益而是有害的，因为我们无法担保这个诗人是完全对的，我们一定要受他的影响，若他的东西有了毒，是则我们就中毒了。鸡蛋是一种良好的食品，既滋补而又可口，但据说吃多了是有毒的，所以我们不能天天只吃鸡蛋，我们要吃别的东西。读诗也一样，我觉得无妨多读，从庞乱中，可以提取养料来补自己，我们可以读李白，杜甫，陶潜，李商隐，莎士比亚，但丁，雪莱，甚至其他的一切诗人的东西，好些作品混在一起，有毒的部分抵消了，留下滋养的成分；不负责的部分没有了，留下负责的成分。因为，我们知道凡是能够永远流传下去的东西，差不多可以说是好的，时间和读者会无情的淘汰坏的作品。我以为我们可以有一个可靠的选本，这位批评家应该懂得人生，懂得诗，懂得什么是效率，懂得什么是价值的这样一个人。

我以为诗是应该自由发展的。什么形式什么内容的诗我们都要。我们设想我们的选本是一个治病的药方，那么里面可以有李白，杜甫，陶渊明，苏东坡，歌德，济慈，莎士比亚；我们可以假想李白是一味大黄吧，陶渊明是一味甘草吧，他们都有用，我们只要适当的配合起来，这个药方是可以治病的。所以，我们与其去管诗人，叫他负责，我们不如好好的找到一个批评家，批评家不单给我们以好诗，而且可以给社会以好诗。

历史是循环的，所以我现在想提到历史来帮助我们了解我们的时代，了解时代赋予诗的意义，了解我们批评的态度。封建的时代我们看得出只有社会，没有个人，《诗经》给他们一个证明。《诗经》的时代过去了，个人从社会里边站出来，于是我们发觉《古诗十九首》实在比《诗经》可爱，《楚辞》实在比《诗经》可爱。因为我们自己现在是个人主义社会里的一员，我们所以喜爱那个人的表现，我们因之觉得《古诗十九首》比《诗经》对我们亲切。《诗经》的时代过去了之后，个人主义社会的趋势已经非常明显了。而且实实在在就果然进到了个人主义社会。这时候只有个人，没有社会。个人是鸩沉于自己的享乐，忘记社会，个人是觅求"效率"以增加自己愉悦的感受，忘记自己以外的人群。陶渊明时代有多少人过极端苦闷的日子，但他不管，他为他自己写下闲逸的诗篇。谢灵运一样忘记社会，为自己的愉悦而玩弄文字——当我们想到那时别人的苦难，想着那幅流民图，我们实实在在觉得陶渊明与谢灵运之流是多么无心肝，多么该死——这是个人主义发展到极端了，到了极端，即是宣布了个人主义的崩溃，灭亡。杜甫出来了，他的笔触到广大的社会与人群，他为了这个社会与人群而共同欢乐，共同悲苦，他为社会与人群而振呼。杜甫之后有了白居易，白居易不单是把笔濡染着社会，而且他为当前的事物提出他的主张与见解。诗人从个人的圈子走出来，从小我而走向大我，《诗经》时代只有社会，没有个人，再进而只有个人没有社会，进到这时候，已经是成为个人社会（Individual Society）了。

到这里，我应提出我是重视诗的社会的价值了。我以为不久的将来，我们的社会一定会发展成为Society of Individual, Individual for Society（社会属于个人，个人为了社会）的，诗是与时代共同呼吸的，所以，我们时代不单要用效率论来批评诗，而更重要的是以价值论诗了，因为加在我们身上的将是一个新时代。

诗是要对社会负责了，所以我们需要批评。《诗经》时代何以没有批评呢？因为，那些作品都是负责的，那些作品没有"效率"，但有"价值"，而且全是"教育的价值"，所以不用批评了（自然，一篇实在没有价值的东西也可以说得出价值来的，对这事我们可以不必论及了）。个人主义时代也不要批评，因为诗就是给自己享受享受而已，反正大家标准一样，批评是多余的；那时候不论价值，因为效率就是价值（诗话一类的书就只在谈效率，全不能算是批评）。但今天，我们需要批评，而且需要正确而健康的批评。

春秋时代是一个相当美的时代，那时候政治上保持一种均势。孔子删诗，孔子对于诗作过最好的，最合理的批评。在《左传》上关于诗的批评我认为是对的，孔子注重诗的社会价值。自然，正确的批评是应该兼顾到效率与价值的。

从目前的情形看，一般都只讲求效率了，而忽视了价值，所以我要大声疾呼请大家留心价值。有人以为着重价值就会忽略了效率，就会抹煞了效率。我以为不会。这种担心是多余的。我们不要以为效率会被抹煞，只要看看普遍的情形。

337

我们不是还叫读诗叫欣赏诗吗？我们不是还很重视于字句声律这些东西吗？社会价值是重要的，我们要诗成为"负责的宣传"，就非得著重价值不可，因为价值实在是被"忽视"了。

诗是社会的产物，若不是于社会有用的工具，社会是不要他的。诗人掘发出了这原料，让批评家把他做成工具，交给社会广大的人群去消化。所以原料是不怕多的，我们什么诗人都要，什么样的诗都要，只要制造工具的人技术高，技术精。

我以为诗人有等级的，我们假设说如同别的东西一样分作一等二等三等，那么杜甫应该是一等的，因为他的诗博，大，有人说黄山谷，韩昌黎，李义山等都是从杜甫来的，那么杜甫是包罗了这么多"资源"而这些资源大部是优良的美好的，你只念杜甫，你不会中毒，你只念李义山就糟了，你会中毒的，所以李义山只是二等诗人了。陶渊明的诗是美的，我以为他诗里的资源是类乎珍宝一样的东西，美丽而没有用，是则陶渊明应列在杜甫之下。

所以，我们需要懂得人生，懂得诗，懂得什么是效率，懂得什么是价值的批评家为我们制造工具，编制选本，但是，谁是批评家呢？我不知道。

原载《火之源丛刊》第 2、3 集合刊，1944 年 9 月 1 日

论文艺的民主问题

（下面的意见，是根据闻先生座谈会后的补述记录下来的，记录的文字，曾送给闻先生过目。）

前天有两个外国朋友先后来看我，谈到中国民主问题。一位是美国朋友，他站在美国人的立场，希望中国有第三个力量起来，担负建立新中国的责任，我说第三个力量是有的，目前还在生长发展中。另一个是澳洲朋友，站在澳洲人的地位，比较倾向于英国方面，一方面骂美国人，一方面却更多地同情中国。他问中国究竟需要怎样的民主，他的意见，应该是社会主义的民主，他说英国目前正一天天地接近苏联，打算向着那个方向走去。他曾和邱吉尔谈话，邱氏也承认了这一点。邱氏的矛盾是印度问题；不过一般的英国人，认为邱氏适合于做战时的领袖，战后建设大概不大合适，他们希望以后对印度问题能有更开明的办法。这位澳洲记者问起我：中国的民主运动是否太温和了？战斗性是否还不够强烈？我说我是站在青年人一边的，和老辈人的看法不同；我个人看来，目前的民主运动的确战斗性不够，也许有些老辈人认为操之过切，反而不好。

这位澳洲记者也写小说的，和我一样，过去也曾学过画，因此他很关心中国文艺界的情形。他听说最近世界上最好的短篇小说是中国的；我问他从那里听来的，我说我们倒有些受宠若惊了。

外国朋友的确很想了解中国。譬如今天来看我的另一位美国朋友对我说，我来到中国，为的要看看活着的中国人民，他说现在在美国替中国说话的有三个人，一个是落了伍的胡适之；一个是国际文艺投机家林语堂；一个是感伤的女人赛珍珠。他们的文章，都不能表现中国的真实。他说他每回读到林语堂的文章，描写中国农民在田里耕作时如何地愉快，以及中国的刺绣，磁器如何地高贵……他就很生气地把这位博士的著作撕毁了掷在墙角里去。我听到这里，感激地向他伸出手来，我说：你是我所遇到的少有的美国人！

座谈会上的报告和各位先生的发言，我大体上是同意的。谈到文艺家和民主运动的问题，有人说一个文艺家应该同时是一个中国人，这是对的；就现在的情形看来，恐怕做一个中国人比做一个文艺家更重要。因为现在是抢救的工作，不能太慢了。我甚至还怀疑，就是现在的作家，在写作以外，实际生活的政治程度是不是够高，恐怕还是问题。政治工作较文艺写作更难，正象在前线冲锋肉搏较之在后方的工厂中做苦工更难一样。更进一步地说，如无冲锋经验而描写前面冲锋故事，因体验的不真切，写出的也一定没有力量。——这是一个生活与写作的老问题。

没有民主运动的实践，一定创造不出民主主义的作品，假使在英美的社会，作家自己如果不做民主的战士，由于社会周围充满了民主的空气，作家也许可以用观察来弥补。在中国缺少这种空气，自己不做便体验不着，观察不到。写作的问题便是一个做人的问题，人的火候到了，写出的东西自然是对的。——这样的说法，同时也解答了第二个问题——文艺作品如何反映民主主义内容的问题。

诚如大家所指出的，目前还有许多有知识有成就的文艺家，本身还站在民主运动之外，他们的生活与写作甚至有了反民主的倾向。对于这些人，大家主张，除了加强劝导之外，还要加强理论上的批评。这点我是赞同的。我还主张，应该无情地打击。目前在进步的朋友间，委曲求全的思想还是很盛行。我以为社会上没有那么容易的事，在大变革的时期，一定需要大牺牲，不能顾忌太多。政治上的委曲求全，我是了解的。但我还是要坚持，在文艺工作上，委曲还是应该有限度。我想，我们理想的本身，就是一首诗，今天应该坚持这种精神，不要要求成功太切。中国人自来是善于委曲求全的，用不着我们再来宣传这种思想。

关于如何创造民主主义新文艺的问题，我想先提出形式问题来谈谈。前些时何其芳先生有信来，说起张恨水的小说在重庆很盛行，他认为这个形式（章回小说的形式）很可利用，并问到我的意见。我所想到的，是最接近我们的这个圈子，智识分子的圈子。——对大众自然应该给予教育，好在他们是一张白纸，没有成见，新形式也许一样可以接受。至于智识分子和学生，问题最多，挑剔相当厉害。所以艺术技巧方面，是要极力提高。旧形式恐怕打不到他们的面前，恐怕还是要用西洋最高的东西，才能打动他们。我看那些容易和民众接近的地方，问题倒比较简单，比较顺利；我们住在大后方，不可忽略了后方的另一面。这里才是苦海，周围的人难对付；艰巨的工作在这里。

旧形式是一种旧习惯，如果认为非利用旧形式不可，便无异承认习惯是不可改变的。我的性格喜欢走极端，我对一切旧的东西都反对，希望最好一点也不要留。我所以赞成田间的诗，原因也在这里，因为他把旧腔调摆脱得最干净。这种极端的感情，也许是近二十年来钻进旧圈子以后的彻底的反感，说不定过分了一点，但暂时我还愿意坚持我的意见。（L记）

原载《文汇报》，1947 年 3 月 24 日

《三盘鼓》序

诚之最近生过一次相当严重的病，在危险关头，他几乎失掉挣扎的勇气，事后据他说，是医生的药，也是我在他榻前一番鞭策性的谈话，帮他挽回了生机。经过这番折磨，这番锻炼，他的身体是照例的比病得更加健康了。就在这当儿，他准备已久的诗集快出版了，要我说几句话，我想起他生病的经过，便觉得这诗集的问世特别有意义。

从来中华民族生命的危殆，没有甚于今天的，多少人失掉挣扎的勇气也是事实，这正是需要药石和鞭策的时候。今天诚之这象征搏斗姿态的"仙人掌"，这声音"For the worried many"的诗集（参看本书后记）的问世，是负起了一种使命的，而且我相信也必能完成它的使命，因为这里有药石，也有鞭策。

诗的女神良善得太久了，她的身世和"小花生米"或那

> ······靠着三盘鼓
> 到处摸索她们的生命线

的三个，没有两样，她又象那

> 怀私生子的孕妇，
> 孕育着
> 爱与恨的结晶，
> 交织着
> 爱恋和羞耻的心情，

她受尽了侮辱与欺骗，而自己却天天还在抱着"温柔敦厚"的教条，做贤妻良母的梦。这都是为了心肠太软的缘故。多数从事文艺的人们都是良善的，而做诗的朋友们心肠尤其软。这是他们的好处。但如果被利用了，做了某种人"软"化另一种人，以便加紧施行剥削的工具，那他们的好处便变成了罪恶。我在"温柔敦厚，诗之教也"这句古训里嗅到了数千年的血腥。诚之的诗有诗的好处，没有它的罪恶；因为我说过，这里有的是药石和鞭策，不过我希望他还要加强他的药石性的猛和鞭策性的力。

　　　　　　　　　　　　　三十三年十一月，闻一多于昆明

端节的历史教育

端午那天孩子们问起粽子的起源，我当时虽乘机大讲了一顿屈原，心里却在暗笑，恐怕是帮同古人撒谎罢。不知道是为了谎的教育价值，还是自己图省事和藏拙，反正谎是撒过了，并且相当成功，因为看来孩子们的好奇心确乎得到了相当的满足。可是，孩子们好奇心的终点，便是自己好奇心的起点。自从那天起，心里常常转着一个念头：如果不相信谎，真又是甚么呢？端午真正的起源，究竟有没有法子知道呢？最后我居然得到了线索，就在那谎里。

> 屈原五月五日投汨罗而死，楚人哀之，每至此日，以竹筒贮米投水祭之。汉建武中，长沙欧回白日忽见一人，自称三闾大夫，谓曰："君常见祭，甚善。但常所遗，苦为蛟龙所窃。今若有意，可以楝树叶塞其上，仍以五彩丝约缚之。此二物蛟龙所惮也。"回依其言。世人作粽，并带五彩丝及楝叶，皆汨罗之遗风也。
>
> ——《续齐谐记》

这传说是如何产生的，下文再谈，总之是不可信。倒是"常所遗（粽子）苦为蛟龙所窃"这句话，对于我的疑窦，不失为一个宝贵的消息。端午节最主要的两个节目，无疑是竞渡和吃粽子。这里你就该注意，竞渡用的龙舟，粽子投到水里常为蛟龙所窃，两个主要节目都与龙有关，假如不是偶合的话，恐怕整个端午节中心的意义，就该向龙的故事里去探寻罢。这是第一点。据另一传说，竞渡的风俗起于越王勾践，那也不可靠，不过吴越号称水国，说竞渡本是吴越一带的土风，总该离事实不远。这是第二点。一方面端午的两个主要节目都与龙有关，一方面至少两个节目之一，与吴越的关系特别深，如果我们再能在吴越与龙之间找出联系来，我们的问题不就解决了吗？

吴越与龙究竟有没有联系呢？古代吴越人"断发文身"，是我们熟知的事实。这习俗的意义，据当时一位越国人自己的解释，是"处海垂之际，……而蛟龙又与我争焉，是以剪发文身，烂然成章，以像龙子者，将以避水神也。"（《说苑·奉使》篇记诸发语）所谓"水神"便是蛟龙。原来吴越都曾经自认为蛟龙的儿子（龙子），在那个大前提下，他们想，蛟龙是害人的东西，不错，但决不会残杀自己的"骨肉"。所以万一出了岔子，责任不该由蛟龙负，因为他们相信，假若人们样子也长得和蛟龙一样，让蛟龙到眼前就认识是自己的族类，那会有岔子出呢？这样盘算的结果，他们便把头发剪短了，浑身刺着花纹，尽量使自己真像一个"龙子"，这一来他们心里便踏实了，觉得安全真有保障。这便是吴越人断发文身的全部理论。这种十足的图腾主义式的心理，我在别处还有更详细的分析与说明。现在应该注意的是，我们在上文所希望的吴越与龙的联系，事实上确乎存在。根据这联系推下去，我想谁都会得到这样一个结论：端午本是吴越民族举行图腾祭的节日，而赛龙舟便是这祭仪中半宗教半社会性的娱乐节目。至于将粽子投到水中，本意是给蛟龙享受的，那就不用讲了。总之，端午是个龙的节日，它的起源远在屈原以前——不知道多远呢！

据《风俗通》和《荆楚岁时记》，五月五日，古代还有以彩丝系臂，名曰"长命缕"的风俗。我们疑心彩丝系臂便是文身的变相。一则《国策》有"祝发文身错臂，瓯越之民也"的话（《赵策》二）。可见文身术应用的主要部分之一是两臂。二则文身的目的，上文已讲过，是给生命的安全作保障。彩丝系臂，在形式上既与错臂的文身术有类似的效果，而"长命缕"这名称又证明了它也具有保障生命的功能，所以我们说彩丝系臂是古代吴越人文身俗的遗留，也是不会有大错的。于是我又恍然大悟，如今小孩们身上挂着五彩丝线缠的，或彩色绸子扎的，或染色麦草编的，种种光怪陆离的小玩意儿，原来也都是文身的替代品。文身是"以像龙子"的。竞渡与吃粽子，上文已说过，都与龙有关，现在我们又发现彩丝系臂的背景也是龙，这不又给端午是龙的节日添了一条证据么？我看为名副其实，这节日干脆叫"龙子节"得了。

我在上文好像揭穿了一个谎。但在那揭谎的工作中，我并不是没有怀着几分惋惜的心情。我早已提到谎有它的教育价值，其实不等到谎被揭穿之后，我还不觉得谎的美丽。如果明年孩子们再谈起粽子的起源，我想，我的话题还是少不了这个谎，不，我将在讲完了谎之后，再告诉他们谎中的真。我将这样说：

吃粽子这风俗真古得很啊！它的起源恐怕至少在四五千年前。那时人们的文化程度很低。你们课本中有过海南岛黎人的插图吗？他们正是那样，浑身刺绣着花纹，满脸的狞恶像。但在内心里，他们实在是很可怜的。那时的人在自然势力威胁之下，常疑心某种生物或无生物有着不可思议的超自然力量，因此他们就认定那东西为他们全族的祖先兼保护神，这便是现代术语所谓"图腾"。凡属于某一图腾族的分子，必在自己身体上和日常用具上，刻画着该图腾的形状，以图强化自己和图腾间的联系，而便于获得图腾的保护。古代吴越民族是以龙为图腾的，为表示他们"龙子"的身分，藉以巩固本身的被保护权，所以有那断发文身的风俗。一年一度，就在今天，他们要举行一次盛大的图腾祭，将各种食物，装在竹筒，或裹在树叶里，一面往水里扔，献给图腾神吃，一面也自己吃。完了，还在急鼓声中（那时许没有锣）划着那刻画成龙形的独木舟，在水上作竞渡的游戏，给图腾神，也给自己取乐。这一切，表面上虽很热闹，骨子里却只是在一副战栗的心情下，吁求着生命的保障，所以从冷眼旁观者看来，实在是很悲的。这便是最古端午节的意义。

一二千年的时间过去了，由于不断的暗中摸索，人们稍稍学会些控制自然的有效方法，自己也渐渐有点自信心，于是对他们的图腾神，态度渐渐由献媚的、拉拢的，变为恫吓的、抗拒的（人究竟是个狡猾的东西！），最后他居然从幼稚的、草昧的图腾文化挣扎出来了，以至几乎忘掉有过那么回事。好了，他现在立住脚跟了，进步相当的快。人们这时赛龙舟，吃粽子，心情虽还有些紧张，但紧张中却带着点胜利的欢乐意味。他们如今是文明人啊！我们所熟悉的春秋时代的吴越，便是在这个文化阶段中。

但是，莫忙乐观！刚刚对于克服自然有点把握，人又发现了第二个仇敌——他自己。以前人的困难是怎样求生，现在生大概不成问题，问题在怎样生得光荣。光荣感是个良心问题，然而要晓得良心是随罪恶而生的。时代一入战国，人们造下的罪孽想是太多了，屈原的良心担负不起，于是不能生得光荣，便毋宁死，于是屈原便投了汨罗！是呀，仅仅求生的时代早过去了，端午这节日也早失去了意义。从战国到今天，应该是怎样求生得光荣的时代，如果我们还要让这节日存在，就得给他装进一个我们时代所需要的意义。

但为这意义着想，那有比屈原的死更适当的象征？是谁首先撒的谎，说端午节起于纪念屈原，我佩服他那无上的智慧！端午，以求生始，以争取生得光荣的死终，这谎中有无限的真！

准备给孩子们讲的话，不妨到此为止。纵然这番意思，孩子还不大懂，但迟早是应当让他们懂得的。是不是？

一九四三·七

兽·人·鬼

　　刽子手们这次杰作，我们不忍再描述了，其残酷的程度，我们无以名之，只好名之曰兽行，或超兽行。但既已认清了是兽行，似乎也就不必再用人类的道理和它费口舌了。甚至用人类的义愤和它生气，也是多余的。反正我们要记得，人兽是不两立的，而我们也深信，最后胜利必属于人！

　　胜利的道路自然是曲折的，不过有时也实在曲折得可笑。下面的寓言正代表着目前一部分人所走的道路。

　　村子附近发现了虎，孩子们凭着一股锐气，和虎搏斗了一场，结果遭牺牲了，于是成人们之间便发生了这样一串纷歧的议论：

　　——立即发动全村的人手去打虎。

　　——在打虎的方法没有布置周密时，劝孩子们暂勿离村，以免受害。

　　——已经劝阻过了，他们不听，死了活该。

　　——咱们自己赶紧别提打虎了，免得鼓励了孩子们去冒险。

　　——虎在深山中，你不惹它，它怎么会惹你？

　　——是呀！虎本无罪，祸是喊打虎的人闯的。

　　——虎是越打越凶的，谁愿意打谁打好了，反正我是不去的。

　　议论发展下去是没完的，而且有的离奇到不可想象。当然这里只限于人——善良的人的议论。至于那"为虎作伥"的鬼的想法，就不必去揣测了。但愿世上真没有鬼，然而我真担心，人既是这样的善良，万一有鬼，是多么容易受愚弄啊！

原载一九四五年十二月九日三版《时代评论》第六期

附录：书信 ＞＞＞＞＞＞＞＞

致梁实秋、吴景超

实秋、景超：

在这种环境里居然还能做得出诗来，真是不易。现在寄来给你们来闻闻，有煤烟味儿没有^①……

我要告诉你们我所知道的在海外研究文学的清华同学底消息。我知道两个人：一为卢默生，一为张鑫海。卢本学商业，因情感生活底不得志乃改学文学。现在成绩甚优，所作英文诗甚为外人夸奖。但是可惜艺术并不能解决他的问题。什么是他的问题呢？他是有妇之夫，且为有子之父了。这个婚姻之不满意自不待言。但他若处于中国社会，此本不成问题。不幸他所处者乃恋爱自由之美国社会。在这种环境里不是恋人的也都薰染成恋人了。我想卢君于其从前之婚姻，只不过经历一种形式的礼仪，并不曾有情感的生活；他所有的情感都积蓄着，以为到这边来作一火山式的爆裂底预备。火山果然爆裂了！他的精神受不起那种震动便失了作用了！诗人作了情感底牺牲了！他疯了！天啊！天啊！你怎么这样糟蹋你的骄子？但是天并没有完全糟蹋他。他的神经虽失了作用，他的理智还强健如故。他的功课仍做得好极了，好得无以复加了。不过他常常一两个月不同人讲话，不剃头，做些古怪的状态罢了！

关于张君我知道的不多。他的成绩也是好极了。听说谭唐力称他的英文，谓外国人无以过之。我介绍给你们载在 Edinburgh Review, July 1922 里张君所

---

① 所录诗为《火柴》《玄思》《我是一个流囚》《太平洋舟中见一明星感赋》四首，见《红烛》集，此处略。编者。

作的一篇 *The Vogue of Chinese Poetry*——一篇批评 Arthur Wally & Amy Lowell 所译中文诗底文章。内容并不高明，英文确是不错的。

朋友们！你们听了卢君底故事，不要替我担忧也要蹈他的前辙吗？《我是一个流囚》是卢君之事所暗示的；卢君之事实即我之事。但是我可以告慰你们我现在并不十分衰飒；我对于艺术的信心深固，我相信艺术可以救我；我对于宗教的信心还没有减替，我相信宗教可以救我（卢君也是教徒，但他的信心完全破产了）。唉！但是我怎敢讲得这样有把握呢？我还是讲："I'll do my best" 罢！

这几天的生活很满意。与我同居的钱罗二君不知怎地受了我的影响，也镇日痛诋西方文明（我看稍有思想的人一到此地没有不骂的）。我们有时竟拿起韩愈底《原道》来哼开了。今天晚饭后我们一人带了一本《十八家诗钞》，到 Washington Park 里的草地上睡起来看了一点钟底光景。我不知"毛子"们看见我们作何感想。

我同钱君买了一架打字机，一架留声机器，我又买了十几本新书——都是关于文学的。罗要到 Wisconsin 去了，我与钱君后天就搬到新租的房子里去，正式地住下来了。我将来每天早晨八时坐火车走四十几里到美术学院去，下午四时回来。饭后我们还是要上华盛顿公园去读杜甫李白苏轼陆游去。钱君虽是个科学的学生（物理），但近来渐能同我谈得上了。你们可要知道我的思想并没有让步，是他受了我的陶化了。

附寄文学社诗组同人一信，祈转交为荷。

又已代诗组定《诗》（杂志）一份，计亦将寄到。

一多 （一九二二）九,一

致梁实秋

实秋：

　　阴雨终朝，清愁如织；忽忆放翁"欲知白日飞升法，尽在焚香听雨中"之句，即起焚香，冀以"雅"化此闷雨。不料雨听无声，香焚不燃，未免大扫兴会也。灵感久渴，昨晚忽于枕上有得，难穷落月之思，倘荷骊珠之报？近复细读昌黎，得笔记累楮盈寸，以为异日归国躬耕砚田之资本耳。草此藉候文安。景超、毅夫、毓琇诸友不另。

一多谨启

（一九二二）九，十九于美国芝城①

---

① 信后附《寄怀实秋》《晚秋》《笑》诗三首，此处不录。编者。

致吴景超

景超：

让你先看完最近的两首拙作①，好知道我最近的心情。"不出国不知道想家的滋味"——这是我前日写信告诉繁祁、方重的；你明年此日便知道这句话的真理。我想你读完这两首诗，当不致误会以为我想的是狭义的"家"。不是！我所想的是中国的山川，中国的草木，中国的鸟兽，中国的屋宇——中国的人。虽然在《太阳吟》底末三节我似乎得了一种慰藉，但钱宗堡讲得对："That js only poetry and nothing more." 现实的生活时时刻刻把我从诗境拉到尘境来。我看诗的时候可以认定上帝——全人类之父，无论我到何处，总与我同在。但我坐在饭馆里，坐在电车里，走在大街上的时候，新的形色，新的声音，新的臭味，总在刺激我的感觉，使之仓皇无措，突兀不安。感觉与心灵是一样地真实。人是肉体与灵魂两者合并而成的。

昨接沈有乾从 Stanford 寄来中国报纸——旧金山出版的——一片，中载 Colorado School of Mines 有中国学生王某因汽车失事毙命，其友孟某受重伤。我们即疑为王朝梅与孟宪民，当即电询监督处。今早得回电称毙命者果为王朝梅，但未提及孟宪民，只言常叙受轻伤。景超！方来底噩耗你是早知道了的。你不要以为是这些消息使我想家。想家比较地还是小事，这两件死底消息令我想到更大的问题——生与死底意义——宇宙底大谜题！景超！我这几天神经错乱，如有所失；他们说我要疯。但是不能因这些大问题以致疯的人，可也真太麻木不仁了啊！景超！我的诗里的 themes have involved a bigger and higher problem

---

① 指信前所附《晴朝》《太阳吟》二首，见《红烛》集，此处略。编者。

than merely personal love affairs；所以我认为这是我的进步。实秋的作品于其种类中令我甘拜下风——我国现在新诗人无一人不当甘拜下风；——但我总觉其题材之范围太窄。你以为然否？现在我极善用韵。本来中国韵极宽；用韵不是难事，并不足以妨害词意。既是这样，能多用韵的时候，我们何必不用呢？用韵能帮助音节，完成艺术；不用正同藏金于室而自甘冻饿，不亦愚乎？《太阳吟》十二节，自首至尾皆为一韵，我并不觉吃力。这是我的经验。你们可以试之。

我接不着你们的新信，就拿起你们的旧信来念。你们嫌我写信过多，以致你们不胜裁答之劳吧？但你们应该原谅我。景超！你想不到，我会这样地思念你们。美术学院明天开课。希望工作可以医我的病！顺问　近好！

实秋、毓琇、毅夫诸友统此。

一多

九，二十四夜

致梁实秋、吴景超

实秋、景超：

　　实秋八月廿七日信，景超廿八日信同时收到。此到美后第二次读中国信，喜可知也。前上诸函及作品谅均收到。两友有批评，望寄给我。

　　月刊之议，我始极赞成，继而反对，终而睡了一晚觉，复又赞成了。这封信已是第三稿了。我所怀疑的地方也不妨告诉你们；你们或已想到亦未可知。实秋说"夭折难产，皆所不计"。我窃以为不办则已，要办定要期他永寿。两友行即去国，去国后，主持者有得力之人否？如国外人料理国内出版物为可能，此固无妨。景超讲在清华社友能作稿子者三四人而已，不知如此少数人担任偌大责任稍嫌吃力否？总之最要紧须得在低级之社友之热心赞成，此事方可进行。两友以为然乎？

　　但是虽有这些困难，办出版物还是极有兴味的一件事。我所以反复怀疑终归赞成者，正为此兴味所迷耳。我所谓兴味者非视为儿戏也。实则我的志愿远大得很。景超所陈三条理由（一、与文学社以刺激，二、散布文学空气于清华，三、与国内文坛交换意见。）我以为比较地还甚微琐。我的宗旨不仅与国内文坛交换意见，径直要领袖一种之文学潮流或派别。请申其说。我们皆知我们对于文学的意见颇有独立价值；若有专一之出版物以发表之，则易受群众之注意——收效速而且普遍。例如我之《评冬夜》因与一般之意见多所出入，遂感依归无所之苦。《小说月报》与《诗》必不欢迎也；《创造》颇有希望，但迩来复读《三叶集》，而知郭沫若与吾人之眼光终有分别，谓彼为主张极端唯美论者终不妥也。吾人若自有机关以供发表，则困难解决矣。吾冀实秋之新著《草儿评论》定有同情之感。又吾人之创作亦有特别色彩。寄人篱下，朝秦暮楚，则此种色彩定归埋没。色彩

356

即作者个性之表现，此而不存，作品之价值何在？再者批评的论文文与创作并列则有 concentratain，concentration 者事半功倍之途也。余对于中国文学抱有使命，故急欲借杂志以实行之。

杂志内容余意宁缺勿滥，篇幅不妨少。体裁仿寄上之 Miss Hamet Monroe's《Poetry：A Magazine of Verse》，吾希望其功用亦与《Poetry》同。命名《红荷》不嫌纤佻乎？余宁更求一秀丽而且庄雅之名。

实秋作《草儿评论》，好极了，此诚乃当今急务。吾拟评《女神》，材料在校时已收好，希望即日可以动工。近复读《湖畔》，觉甚有价值，修人、雪峰、漠华三君皆有佳作也。《彷徨》，《在江边小坐》，《隐痛》，《归家》皆与冰心同调；《草儿》、《冬夜》，即《女神》中亦不可得此也。盖《女神》虽现天才，然其 technique 之粗簑簑以加矣。更有一层，湖畔诗人，犹之冰心，有平庸之作，而无恶劣之品。《冬夜》底《八毛钱一筐》，《草儿》底《如厕是早起后第一件大事》，皆不可见于《湖畔》；即《女神》底《三个泛神论者》亦无有也。或有人要批评雪峰底《三只狗》。但《三只狗》不过有点 futuristic，还不失为诗也；从未来派者的眼光看来，许还是第一等的作品呢。四位中汪静之稍差。必要首首诗限定一句，那真是个傻子。我不能讲得太仔细了，我现在没有工夫。将来定另作批评寄上。我提议诗组可以此作一次讨论底题材。

我不应允你们作这个，作那个。我实在没有工夫。现在上了一个星期的课，大致还满意。只是终日作画，精疲力乏，夜晚回寓，止堪吟吟诗，听听音乐而已，那能作什么长篇大论的文章呢？往后一有创作，定寄与两友酌采以充杂志篇幅。论文不当多望于我也。但我仍当尽我之力以襄盛举，至少前述两诗集之批评定当进行也。

《冬夜评》发表后有何影响，确寄我一读。万里之外不能握三寸管以应敌操战，真恨事也。

杂志创刊号材料宜精不宜多，种类宜富。余意《心潮》当选登，昭瀛之《花茵》如有存稿亦宜选登，此为一种——《繁星》式之小诗也。实秋之《绿珠之死》脱稿否？此为叙事体之长篇，又一种也，决不可少。拙作《李白之死》颇不浃意，拟修改后再寄上。实秋之情诗与《落英》，《春天底图画》固可贵，然首期宁先登《绿珠之死》，他作留后再登可也。拙作《美与爱》，《幻中之邂逅》，形式修整，

357

又为一种，《红烛》，《深夜之泪》适与相反，又为一种，《春之首、末两章》，纯粹描写景物，又为一种。——此皆已寄上。朱湘之《死》（曾载《周刊》）与《迟耕》皆可采。别人有合作否我殊不知，斟酌取之可也，然不可勉强人人都须入选。如材料不够，实秋诸作，除《落英》，《春天底图画》可暂留外，皆可登。也许我这信到，创刊号已出版了，那也更好。但余意以后选材宜从此法，以其易有variety也。创作而外，批评论文则多则二篇，少则一篇足矣，本社记事与通信可有可无。批评乏态度宜和平。实秋讲话太多锋芒，宜稍隐藏，不可逞一时之痛快以自失身分也。不多谈，顺问　近好！

一多手启

自芝城（一九二二）九月廿九日

背面钞的《红烛》数首，改得不像样，太对不起！我看过一次旧作就想改他一改，不知几时改得完！但这许不算恶习罢①？

① 信后附录《红烛》《深夜底泪》《美与爱》《游戏之祸》《春寒》《幻中之邂逅》《春之首章》《春之末章》诗八首，见《红烛》集，此处略。编者。

致梁实秋

实秋诗友：

　　秋深了，人病了。
　　人敌不住秋了，
　　镇日拥着件大氅，
　　象支偎灶的猫，
　　蜷在摇椅里摇……摇……摇……
　　想着祖国，
　　想着家庭，
　　想着母校，
　　想着故人，
　　想着不胜想，不堪想的良朝胜境。

　　春底荣华逝了，
　　夏底荣华逝了，
　　秋在对面嵌白框窗子的，
　　金字塔似的，
　　木板房子檐下，
　　抱着香黄色的头帕，
　　追想春夏已逝的荣华；
　　想得不安时，

飒飒地洒下几点黄金泪。

啊！秋是追想的时期！

秋是堕泪的时期！

实秋啊！你前回的信里讲荷花池里的"粗大的荷叶很横豪，很乱杂，但是缘着叶边现出焦黄的镶绦了"。现在呢？不要都是七零八落的破伞了罢？你现在怎样了？不要也饱染一身秋了罢？芝加哥结克生公园底秋也还可人。熊掌大的橡叶满地铺着。亲人的松鼠在上商翻来翻去找橡子吃。有一天他竟爬到我身上从左肩爬到右肩，张皇了足有半晌，才跳了下去。这也别是一种风致不同于清华的。昨日下午同钱君复游，步行溪港间，藉草而坐，真有"对此茫茫，百感交集"之慨。"万里悲秋常作客"，这里的悲不堪言状了！

九月十四日寄来的《秋月》与《幸而》两诗相差太远。《幸而》翔在云霄，《秋月》爬在泥地。俗眼或欲扬《秋月》而抑《幸而》，因为他们不懂得《幸而》底思想与艺术。我说他是尊集中不可多见的杰作。《秋月》近于滥调了。《海棠丛里》无论赓续与否，我急望一读。可寄我否？我于病中作《忆菊》一首，请同俞平伯底《菊》比比看：

插在长颈的虾青瓷的瓶里，

六方的水晶瓶里的菊花，

攒在紫藤仙姑篮里的菊花，

守着酒壶的菊花，

倍着螯盏的菊花，

未放，将放，半放，盛放的菊花。

镶着金边的绛色的鸡爪菊；

粉红色的碎瓣的绣球菊；

懒慵慵的江月腊哟！

倒挂着一饼蜂窠似的黄心，

仿佛是朵紫的向日葵呢。

长瓣抱心，密瓣平顶的菊花；
可爱的尖瓣攒蕊的白菊，
如同美人底蜷着的手爪，
拳心里攒着一撮小黄米。

檐前，阶下，篱畔，圃心的菊花，——
霭霭的淡烟笼着的菊花，
丝丝的疏雨洗着的菊花，
金底黄，玉底白，春酿的绿，秋山底紫。……

剪秋萝似的小红菊花儿；
从鹅绒到古铜色的黄菊；
带紫茎的嫩绿的"真菊"
是些小小的玉管儿缀成的，
为的是好让小花神儿
夜里偷去当了笙儿吹着。

大似牡丹的菊王到底奢豪些，
他的枣红色的瓣儿，铠甲似的，
张张都装上银白的里子了；
星星似的小菊花蕾儿
还拥着褐色的萼被睡着觉呢。

啊！自然美底总收成啊！
我的祖国底秋之杰作啊！
东方底花，骚人逸士底花呀！
那东方底诗魂陶元亮
不是你的灵魂底化身吗？
那登高作赋的重九

不又是你诞生底吉辰吗？

你不象这里的热欲的蔷薇，
那微贱的紫萝兰更比不上你。
你是有历史，有风俗的花。
四千年华胄底名花呀！
你有高超的历史，你有逸雅的风俗！

啊！诗人底花呀！我想起你，
我的心也开成顷刻之花，
灿烂的如同你的一样；
我想起你同我的家乡，
我们的庄严灿烂的祖国，
我的希望之花又开得同你一样！

习习的秋风啊！吹着！吹着！
我要赞美我祖国底花，
我要赞美我如花的祖国！
请将我的字吹成一簇鲜花，
金底黄，玉底白，春酿底绿，秋山底紫，……
然后又统统吹散，吹得落英缤纷，
弥漫了高天，铺遍了大地。

秋风啊！习习的秋风啊！
我要赞美我祖国底花！
我要赞美我如花的祖国！

　　作《回清华之前一夕》之行素是那一位？请告诉我。我很爱这一首诗。这位
似乎是个老手呢。我很希望把他拉到我们社里来，如果他不是我们的社友。附致

文学社一函，请转交。顺问　秋安！

闻一多（一九二二）十，廿七日夜

附信

我亲爱的社友：

　　我不知怎么地来接近你们。写几句空话的信似乎太现应酬式了。但除了写信又有什么法子呢？我的亲爱的朋友们啊！恕我用了应酬的方法来表明我极恳挚的热烈的对于你们的相思。在《周刊》上同私人通信里得悉我们的创办杂志底消息。我恭恭敬敬地替诸位预祝成功！鄙意以为我们既可以出半年刊为什么不能出季刊呢？半年刊与一季相差并不多，出半年刊未免太嫌寒酸一点罢？听说我们又有丛书底计划，并且资料就是拙作评《冬夜》与梁实秋君底评《草儿》。两篇稿子合并成一本书，这我又觉得有些寒酸了。我看倒不如取消丛书之议，将其材料并入杂志而扩充杂志为季刊，以与《创造》并峙称雄，好不好？我现方从事著作《女神》评论。每天上课回来，高兴了就写个一半页，不高兴一个字也写不出。照这样不知那一天作得完呢。又听说我们加入两位新会友——郑君骏全同孙君铭传。我很诚恳地向他们毛遂自荐，愿列于他们的文字之交之末；我又用我的旧社友底头衔对他们表示无量的欢迎！耑问　全体秋安！

闻一多

363

致梁实秋

实秋：

承和的诗同《小河》、《幸而》均读到了。前次寄来的《幸而》之末节似乎不同。我承认那里的音节欠圆润，但这次的修改也并不见成功。我想这样改他，你以为何如？——

幸而我又是一个恶魔啊！
乘我熟睡的时候，
将自己的活尸缢死！

末行"给"字有时与"被"字通用，容易误会。"将自己的活尸缢死"便失了原意。"将"字则没有这种嫌疑。原文"给"下有"我"字。删掉了，既可改正此行冗长的弊，又可免掉重复，因为前二行都有"我"字。第一节末行我请改"婚前"为"婚姻"。第二节末行改为——

带我走进了山里。

理由如此："里"与音节之末字"礼"，末节之末字"死"为韵，因此全诗成了一个 whole unit，音节也好多了。我以为小诗的 form 比大诗的 form 要紧，所以不嫌这样字斟句酌的推敲。而且这首作品的意境"美"极了（恶魔缢死活尸当然不是寻常的美，而是艺术的美），形体再讲究点，便成完璧。

一九二二,十一

364

致梁实秋

实秋：

　　《红烛》寄来了。因为这次的《红烛》不是从前的《红烛》了，所以又得劳你作第二次的序。我想这必是你所乐为的。放寒假后，情思大变，连于五昼夜作《红豆》五十首。现经删削，并旧作一首，共存四十二首为《红豆之什》。此与《孤雁之什》为去国后之作品。以量言，成绩不能谓为不佳。《忆菊》，《秋色》，《剑匣》具有最浓缛的作风。义山、济慈的影响都在这里；但替我闯祸的，恐怕也便是他们。这边已经有人诅之为堆砌了。我前次曾告你原稿中被删诸首，这次我又删了六七首。全集尚余百零三首，我还觉得有删削的余地。但是我自己作不定主意了。所以现在寄上的稿子随你打发；我已将全权交给你了。你也可以仿你从前的故伎，将他们分成等差，超，上，中＋者存之；余皆淘汰。你当然可以请景超作你的帮办大臣。但我要的是你们的意见，我并不想讨大众的好。假若《红烛》删得只剩原稿三分之二，我也不希奇。

　　我们两人的作品定要同时出世，我想这定能作到。我想我们在互作的序中，固不妨诚实地发表自己的意见，但也要避开标榜的嫌疑。这是我要请你注意的。

　　印刷定要在上海才好。我的弟弟在上海，初二次的校对我可以教他干。末次还是要你看过的。你同书局将交涉办妥了，印费须付多少，请你写信告诉我的哥哥（他的通讯处附后）叫书局向他领取。我想印费只可在出版以前付他一半或三分之一。不然我便拿不出了。我不便向我家里索款，我只好自己省着，再在这里借点，凑成这笔款项。因为经济的关系，所以我从前想加插画的奢望，也成泡影了。封面上我也打算不用图画。这却不全因经济的关系。我画《红烛》的封面，更改得不计其次了，到如今还没有一张满意的。一样颜色的图案又要简单又要好看，这真不是容易的事（这可奇怪了，我正式学了画，反觉得画画难了——但这也没有什么可怪的）。我觉得假若封面的纸张结实，字样排得均匀，比一张不中不西的画，印得模模糊糊的，美观多了。其实 design 之美在其 proportion 而不在其花样。附上所拟的封面的格式，自觉大大方方，很看得过去。但是那里一块纸是要贴上去的。这样另费一次手续，也许花钱还是不少。但我宁可这样花钱，花得稳当多了，划算多了。还有一层理由：我画出的图案定免不了是西洋式；我正不愿我的书带了太厚的洋味儿（今天我带黄荫普、何运暄、宋俊祥、雷海宗、姚崧龄等去逛 Field Museum 同 Art Institute Museum，我不引他们久看西洋画，而到有中国的美术品之处，我总对他们讲解赞叹，他们莫名其妙了）。书内纸张照《雪朝》，《未来之花园》的样子。封面的纸张也应厚如《雪朝》的；颜色不论，只要深不要浅，要暗不要鲜就行了。书内排印格式另详附样。售价多则六角，少则五角。

以上是《红烛》的计划。《荷花池畔》既定同时出世，当然最妙是一切仿此。（除了封面的纸张可以换一颜色以资区别）只看你愿意否？你嘱我画《荷花池畔》的封面，依我的提议，当然是用不着了。实秋！我老实告诉你，我真画不出使我满意的一张图案来，我更信在中国定印不出一张使我满意的图案来。等我们出第二本集子时，我定在中国了；那时我定能弄出一本真正的 artists 的书来。

讨厌的 business 讲完了，可以闲谈几句了。我近来认识了一位 Mr. Winter，是芝加哥大学的法文副教授。这人真有趣极了。他是一个有"中国热"的美国人。只讲一个故事，就足以看出他的性格了。他有一个中国的大铁磬。他讲常常睡不着觉，便抱它到床边，打着它听它的音乐。他是独身者，他见了女人要钟情于他的，他便从此不理伊了。我想他定是少年时失恋以至如此：因为我问他要诗看，他说他少年时很浪漫的，有一天他将作品都毁了，从此以后，再不作诗了。但他是最喜欢诗的。他所译的 Baudelaire 现在都在我这里。我同他过从甚密。他叫我跟他合同翻译我的作品。他又有意邀我翻译中国旧诗。我每次去访他，我们谈到夜深一两点钟，我告辞了，我走到隔壁一间房里去拿外套，我们在那间房里又谈开了；我们到门口来了，我们又谈开了，我们开着门了，我们在门限上又谈开了，我走到楼梯边，我们又谈开了，我没有法子，讲了"我实在要回去睡觉了"，我们才道了"Good night"，分散了。最要紧的，他讲他在美国呆不住了，要到中国来。一星期前我同张景钺（现从他读法文）联名替他写了一封介绍信给曹校长了，荐他来教法文。只不知道他的运气怎样，母校的运气怎样。你们如果有法子为他 push 一下，那就为清华造福不浅了。我从来没有看见这样一个美国人！还有一件有趣的事，他没有学过画，他却画了一幅老子的像。我初次访他，他拿着灯，引我看这幅油画，叫我猜这是谁。我毫不犹疑地说："是老子？""果然是老子！"他回道。他又 copy 了几幅丈长的印度的佛像画。这些都挂在他的房子里。他房子里除几件家伙外，都是中国、印度或日本的东西。他焚着有各种的香，中国香，印度香，日本香。

承你寄来的各种诗集杂志都收到了。《创造》里除郭、田两人外无人才。《未来之花园》在其种类中要算佳品。它或可与《繁星》并肩。我并不看轻它。《记忆》、《海鸥》、《杂诗》（五三页）、《故乡》是上等的作品，《夜声》、《踏梦》是超等的作品。"杀杀杀……时代吃着生命的声响"同叶圣陶所赏的"这一个树叶拍着那一个的声响"可谓两个声响的绝唱！只冰心才有这种句子。实秋！我们不应忽视不与我们同调的作品。只要是个艺术家，以思想为骨髓也可，以情感为骨髓亦无不可；以冲淡为风格也可，以浓丽为风格亦无不可。徐玉诺是个诗人。《惠底风》只可以挂在"一师校第二厕所"的墙上给没带草纸的人救急。实秋！便是我也要骂他诲淫。与其作有情感的这样的诗，不如作没情感的《未来之花园》。但我并不是骂他诲淫，我骂他只诲淫而无诗。淫不是不可诲的，淫不是必待诲而后有的。作诗是作诗，没有诗而只淫，自然是批评家所不许的。全集中除你已加圈的《谢绝》外，我还要加一个圈在《画是》上——

　　　　画是失路的鸦儿，
　　　　彷徨于灰色的黄昏。

颇有意致，薄有意致。
　　久未通音，竟积起了这多的话。夜深了，再谈吧。祝　你冬安！

　　　　　　　　　　　　　　　　　　　一多　启

三分邮票就把两条好汉从东半球送到西半球来了，贱么要算贱极了！但你们也太贱了哦！五柳先生不以五斗米折腰；两条好汉竟为三分邮票把腰身折断了。

　　"单矢易断，众矢难折"。文学社的全体却平安地到了芝城。

　　信写完了，搁了一天。今早又接到你十一月二十五日一信并《努力》之评论。实秋，我们所料到的反对同我们所料得的同情都实现了。我们应该满意了。郭沫若来函之消息使我喜如发狂。我们素日赞扬此人不遗余力，于今竟证实了他确是与我们同调者。《密勒氏评论》不是征选中国现代十二大人物吗？昨见田汉曾得一票，使我惊喜，中国人还没有忘记文学。我立即剪下了一张票格替郭君投了一票，本想付邮，后查出信到中国时选举该截止了，所以没有寄去。本来我们文学界的人不必同军阀，政客，财主去比较长短，因为这是没有比较的。但那一个动作足以见我对于此人的敬佩了。

　　文学社出版计划既已打消，前回寄上的稿子请暂为保留。那里我还没有谈到《女神》的优点，我本打算那是上篇，还有下篇专讲其优点。我恐怕你已替我送到《创造》去了。那样容易引起人误会。如没有送去，候我的下篇成功后再一起送去罢。

　　文学社出版计划取消也好。我们从此可以随时送点东西给《创造》也不错。如果《红烛》排印费时过久，请你替我抄几首送给《创造》登登，《荷花池畔》也可以照办。因为我们若要抵抗横流，非同别人协力不可。现在可以同我们协力的当然只有《创造》诸人了。

　　　　　　　　　　　　　　　　　　　　　　　　　　　　　　　又及。

　　承答一首及《小河》都浓丽得象济慈了。我想我们主张以美为艺术之核心者定不能不崇拜东方之义山，西方之济慈了。我想那一天得着感兴了，定要替这两位诗人作篇比较的论文呢。

　　《冬夜草儿评论》收到了。这点玩艺儿大致还不差，只是校对者没有将落叶扫得干净，殊为憾事。现在销路如何？出版后有何影响？这都是我急要知道的。一切经理的手续，麻烦了你，太对不起你了。

　　你嘱我作《荷花池畔》的序，我已着手了。但我很想先看到一部全集的原稿。

你能抄一个副本给我吗？《红荷之魂》、《题梦笔生花图》、《送一多游美》、《答一多》、《小河》、《幸而》、《秋月》、《旧居》、《对情》，这些我都有存稿，就不必再抄。我想想我们很可怜，竟找不到一位有身价的人物替我们讲几句话，只好自己互相介绍了。但是我们的主张在现代的诗坛里恐怕只有我们自己懂得吧。此候　文安。

毓琇，景超，毅夫诸友问候。

一多　自芝城（一九二二）十一，廿六

致梁实秋

实秋：

感谢你的劝勉抚慰的信。感谢毅夫同一切的新知故好底宠爱。我将为劝勉我者，抚慰我者，宠爱我者，重视我者，悗惜我者……努力作个不堕落的诗人。若果生活是黑暗，黑暗中还有这些"……我者"存在，那末生活中还是有光明的，生活还是值得努力的。

景超嘱作描写清华生活的诗。我开始作了一首《园内》，旷了两天课；诗还没有作完，课可不能再旷了。《园内》的大纲我写在下面：

第一章　园内之昨日

第二章　园内之今日

一、晨曦

二、夕阳

三、凉夜

四、深更

第三章　园内之明日

这是一个 gigantic attempt。两个多月没有作诗，两个多月的力气都卖出来了，恐怕还预支了两个月底力气。我先通知你，请你向总编辑先生疏通疏通，把《增刊》底最前的十页纸留给我，如何？我还要印大字，十页也许不够呢！现在不过约略地讲罢了。换言之，这首诗可作《周刊》增刊的题辞。此刻作完《夕阳》了，已写了七页白纸。我先将每章之序曲合并抄来，给你看看：

第一章

你开始唱着园内的"昨日"，

请唱的象玉杯跌得粉碎，

血色的酒浆溅污了满地；

然后请模拟掌中的细沙，

从指缝之间溜出的声响。

第二章

你唱到园内的"今日"之时，

当唱得象似一溪活水，

在旭日光中淙淙地流去；

或如村塾里总角的学童，

走珠似的背诵他的课本。

第三章

你若是会唱园内的"明日"，

当想着我们紫白的校旗，

你便唱出风旗飘舞底节奏；

最末，避席起立，额手致敬，

你须唱得象军乐交鸣。

请转告景超所嘱的三件事，诗已作了，封面也要画，文章可没有功夫作。三分天下有其二，吴大帝还不当知足吗？顺问近好。

一多（一九二三）三,六

371

致吴景超、梁实秋

景超、实秋：

《园内》的大功告成了。然而为成为败，我自己实在毫无把握。这是我初次作这类"清庙明堂"式的玩艺儿。两年前我回浦薛凤等办十周年纪念增刊，我已拟作这样一首诗，竟没作成。不料这回离了清华，倒作成了。两年前要写写不出的情绪如今全都吐尽了，痛快极了！痛快极了！这首诗的局势你们可以看出是一首律诗的放大。第三四节晨曦夕阳为一联，第五六节凉夜深更为一联；再加上前后的四节共为八节，正合律诗的八句。中间四节实是园内生活之正体。晨曦的背景是荷花池，夕阳的是体育馆，凉夜的是大礼堂，深更的是高等科大楼。每景有一主要的颜色，晨曦是黄，夕阳是赤，凉夜是蓝，深更是黑。我觉得布局 design 是文艺之要素，而在长诗中尤为必需。因为若是拿许多不相关属的短诗堆积起来，便算长诗，那长诗真没存在的价值。有了布局，长篇便成一个多部分之总体 a composite whole，也可视为一个单位。宇宙底一切的美，——事理的美，情绪的美，艺术的美，都在其各部分间和睦之关系，而不单在其每一部分底充实。诗中之布局正为求此和睦之关系而设也。

至于诗中故典同喻词中，也可看出我的复古的倾向日甚一日了。末章的 appeal 恐怕同学们读了，要嗔目咋舌，退避三舍罢？但是这种论调他们便在美国也是终久要听到的。倒不如早早地听惯了的好，省得后来大惊小怪，不知所措。草此顺问两友好否？

一多顿首（一九二三）三，十七

372

致梁实秋

实秋:

　　你老叹着文学社完了，好象叹了几声，你的责任便也交卸了。本来真的文学不在乎有社没有，但是偌大的清华，这么多的有志于文学者，连一个社都维持不住，也要算是吾辈的耻事了。我不希望多的，只要文学社底招牌还挂着，到期奉行故事地换选一次职员，我的心愿就足了。因为有了这一个对象，我在海外若有替他尽力的机会时，便有下手之处了。"文学"二字在我的观念里是个信仰，是个 vision，是个理想——非仅仅发泄我的情绪的一个工具。The Muse 是有生机，有意识，有感觉的活神——伊被忘弃时，也会悲伤，也会妒怨——正同你们朋友们，我若久不写信来，你们也要悲伤、妒怨了。实秋，我现在不是责备你，但是我的牢骚除你以外，也无处可发了。你若不会周旋，你若学生会、这个委员会、那个委员会的公事太忙了，你若中央公园的公事也太忙了，校中的有志文学的同学们若都不在你眼里；那么我只好用我的 awkward 的周旋本领，我只好从课务之暇，我也只好瞎着眼睛来照顾照顾我们这可怜的美斯司了！我的基督教的信仰已失，那基督教的精神还在我的心里烧着。我要替人们 consciously 尽点力。我的诗若能有所补益于人类，那是我的无心的动作（因为我主张的是纯艺术的艺术），但是相信了纯艺术主义不是叫我们作个 Egoist（这是纯艺术主义引人误会而生厌避之根由），你前次不是讲到介绍薛雷吗？那我们就学薛雷增高我们的 human sympathy 罢！闲话讲多了，我写信的原意，是要请你将《文艺增刊》里发表过文艺者的真姓名都告诉我，让我好同他们通通信。请你立刻就办，可否？还请告诉我下列几人底最近的 development，若果你知道。他们是杨世恩，胡毅，朱湘。

　　"我们是以诗友始，但是还要以心友终的啊"！我这回讲太激烈罢？但

373

是我并不懊悔。你同景超负气辞文艺编辑，印《增刊》单行本，处处都见你childishly selfish，因为你知道辞文艺编辑是《文艺增刊》的不幸，但《文艺增刊》单印与否，于其内容无关，于其价值无关。你为了自己的意见而牺牲了《文艺增刊》，所以我说你是selfish。但你这selfishness是直觉的情操的，不是功利的；所以我说你是childish。哦，幸而是childish，若变到成人的，那真是不可救药了！草此便问近好。

一多顿首
（一九二三）三，廿二晚

　　《园内》收到否？这里的朋友们若昭瀛，遂生，隆基，泽霖及同居的两位都极力称赞。说句陈俗的俏皮话，我真拨动了他们的心弦了吗？再一句时髦语，你们的心弦起了共鸣没有？这几天很忙，改日再写信来谈别的事。

　　《红烛》交泰东，甚善，甚善。

致臧克家

（1943 年 11 月 25 日）

克家：

　　如果再不给你回信，那简直是铁石心肠了。但没有回信，一半固然是懒，一半也还有些别的理由。你们做诗的人老是这样窄狭，一口咬定世上除了诗什么也不存在。有比历史更伟大的诗篇吗？我不能想象一个人不能在历史（现代也在内，因为它是历史的延长）里看出诗来，而还能懂诗。在你所常诅咒的那故纸堆内讨生活的人原不止一种，正如故纸堆中可讨的生活也不限于一种。你不知道我在故纸堆中所做的工作是什么，它的目的何在，因为你跟我的时候，我的工作才刚开始。（这可说是你的不幸吧！）你知道我是不肯马虎的人。从青岛时代起，经过了十几年，到现在，我的"文章"才渐渐上题了，于是你听见说我谈田间，于是不久你在重庆还可以看见我的《文学的历史方向》，在《当代评论》四卷一期里，和其他将要陆续发表的文章在同类的刊物里。近年来我在联大的圈子里声音喊得很大，慢慢我要向圈子外喊去，因为经过十余年故纸堆中的生活，我们有了把握，看清了我们这民族，这文化的病症，我敢于开方了。单方的形式是什么——一部文学史（诗的史），或一首诗（史的诗），我不知道，也许什么也不是。最终的单方能否形成，还要靠环境允许否，（想象四千元一担的米价和八口之家！）但我相信我的步骤没有错。你想不到我比任何人还恨那故纸堆，正因为恨它，更不能不弄个明白。你诬枉了我，当我是一个蠹鱼，不晓得我是杀蠹的芸香。虽然二者都藏在书里，他们的作用并不一样。这是我要抗辩的第一点。你还口口声声随着别人人云亦云的说《死水》的作者只长于技巧。天呀，这冤从何处诉起！我真看不出我的技巧在那里。假如我真有，我一定和你们一样，今天还在写诗。我只觉

375

得自己是座没有爆发的火山，火烧得我痛，却始终没有能力（就是技巧）炸开那禁锢我的地壳，放射出光和热来。只有少数跟我很久的朋友（如梦家）才知道我有火，并且就在《死水》里感觉出我的火来。说郭沫若有火，而不说我有火，不说戴望舒，卞之琳是技巧专家而说我是，这样的颠倒黑白，人们说，你也说，那就让你们说去，我插什么嘴呢？我是不急急求知于人的，你也知道。你原来也是那些"人"中之一，所以我也不要求知于你，所以我就不回信了。今天总算你那只"流泪的白蜡"感动了我．让我唠叨了这一顿，你究竟明白了没有，我还不敢担保。克家，不要浮嚣，细细的想去罢！

　　新闻的报导似乎不大准确。不是"抗战诗选"而是作为二（克家按："二"下漏"千"字）五百年全部文学名著选中一部分的整个"新诗选"。也不仅是"选"而是选与译——一部将在八个月后在英美同时出版的"中国新诗选译"（译的部分同一个英国朋友合作）。我始终没有忘记除了我们的今天外，还有二三千年前的昨天，除了我们这角落外还有整个世界。我的历史课题甚至伸到历史以前，所以我研究了神话，我的文化课题超出了文化圈外，所以我又在研究以原始社会为对象的文化人类学（《人文科学学报》第二期有我一篇谈图腾的文章，若找得到，可以看看）。关于《新诗选》部分，希望你能帮我搜集点材料，首先你自己自《烙印》以来的集子能否寄一份给我？若有必要，我用完后，还可以寄还给你。其他求助于你的地方，将来再详细的写信来。本星期及下星期内共有三个讲演，都是谈诗的，我得准备一下，所以今天就此打住了。顺祝　撰安。

一多　十一月廿五日灯下